卷3陰謀
尋龍記
無極
著

目錄

第一章 無敵神箭

草原的上空如項少龍的心情一樣顯得陰沉沉的，但卻沒有下雨，只有一陣一陣的旋風在草原上空呼嘯著。

雖是與妻妾愛子相聚了，但項少龍的心卻還是沉浸在一種無言的哀痛之中。眾多烏家兄弟的死，讓他始終有著一種難以釋然的自責感。

他們是為了救我而犧牲的！這叫我怎麼去面對他們還沉浸在悲痛中的親屬呢？我又能為他們做些什麼呢？什麼也不能！反只會再次將他們牽連到戰爭中，讓他們也成為自己創造歷史的犧牲品。項少龍閉上眼睛痛苦的想著。

項羽死了！項梁還活著！項梁就在自己的身邊！自己的義子卻也天緣巧合的叫做項羽！

這些……這些對自己來說到底是一個怎樣的宿命陰影呢？

項少龍只覺著自己的心在痛苦中卻又凌亂如麻。

「爹！你在想些什麼呢？項梁伯伯說要教我射騎之術，你去不去看看？」項羽語帶興奮的話音突地在項少龍的耳邊響起，打斷了他憂傷的神思。

抬起頭來雙目慈愛的望著自己的愛子，項少龍心裡有著一種難以形容的怪怪感覺。

寶兒難道就是將來歷史上的西楚霸王項羽麼？瞧他一臉的凜然英氣，倒也是真有幾份王者之態呢！

但是……事實若真成為如此的話，卻會打破自己目前這種平靜的生活啊！

項少龍的心被這種思想壓力擠出了苦水，但還是只得擠出一絲笑意，走上前去拍了拍項羽結實的虎背，微微一笑道：「噢，是嗎？你項伯伯的箭術怎樣？」

項羽聽了，英俊的臉上頓然流露出一抹欽佩的神色道：「這個……可厲害著呢，他的箭法啊，可千步之外三箭連中紅心，箭力直透射靶而出，把箭靶紅心射出了一個箭洞來！」

項少龍聞言心下駭然。

如此絕世箭法，當世能有幾人會得？若用於戰爭，其殺傷力可想而知。

倏地記起項梁曾提起過的家傳《無敵乾坤箭法》來，項少龍不由得好奇心大起，當下道：「好！我也就去看看你項伯伯的絕世神箭風采！」

二人走出帳營，來到了牧原的練武場。

卻見場中射箭場處圍了百十來人，滕翼、荊俊、項梁、龍且等人也在其中。

眾人都圍著項梁嘖嘖的讚歎著他的絕世神箭，項少龍、項羽二人來到他們身側時也沒人覺察到他們到來，直待項羽擠入人群中，來到項梁身前大叫大嚷時，才注意到了項少龍。

項梁走上前來朝項少龍微一抱拳道：「原來項兄也來湊熱鬧了。對了，我想傳教項羽小哥兒射騎箭法，不知項兄可應允否？」說完一臉的渴盼之色，雙手不由自主的愛撫著項羽的烏髮。

項少龍看得出項梁對寶兒甚是喜愛，心下莫名的感到欣慰之餘，卻又是一種忐忑不安。寶兒是否可以認項梁為義父呢？

項少龍自己也不知道為何會有這種奇怪的想法，想來時頓覺心神猛的一跳。若果真如此的話，寶兒也就接近史實的身分了。

但是史記上卻為何沒有關於自己的記載呢？

項少龍的心中又產生了一種惶惶不安的感覺來。

自己幫助小盤成為一代天驕秦始皇，但是由於自己知道他不為人知的秘密身世，所以導致了歷史上有名的焚書坑儒事件，自己也因此沒有被載上史冊。

這次如若把寶兒締造為西楚霸王，自己卻又為何在史冊上無影跡呢？

項少龍不由得想得癡了。

項羽瞧著他愣愣的神態，以為項少龍不同意，不由得大急道：「爹，寶兒要向項伯伯學箭術嘛！你同意了好不好？」

項少龍看著已是滿臉成熟的兒子，此刻和自己撒嬌，心中不由一甜，再次深深的望了項梁一眼，卻見他也正目光迫切的望著自己，沉吟了片刻後道：「好，我應允你向你項伯伯習箭，不過你可得給我認真的去學，你項伯伯的箭術可高深著呢，你可不能辜負了他對你的一片栽培之心，也得給我學會像你項伯伯那樣舉世無敵的箭法來，知道嗎？」

項羽自是當即連連點頭應承。

項梁聞言也是舒心一笑，目光慈愛的看著正高興嬉笑的項羽。

項少龍似是在考慮些什麼，沉默的神思了片刻後，似做了什麼決定似的，突地走上前去拉過項梁走到一邊，在眾人詫異的目光中誠摯向他低聲道：「項先生，你是否喜歡羽兒呢？」

項梁愣了愣，不知項少龍突的說出此話，是為何意，但還是點了點頭道：「這個……是的！看著眼前的小公子酷似在下侄兒，且他們兩人同名同姓，在下真的是不其然的把他當作了侄兒項羽。嘿，想來此舉是讓項兄見笑了！」

項少龍沒有接話，只是忽又道：「項先生是否看得起在下這草莽之人，願意與在下義結金蘭，真的認作犬子項羽為侄子否？」

項梁聞言臉上頓然顯出欣然之色，大喜道：「項兄此言當真？嘿，在下也真有此意，只是難以啟齒，怕得項兄……」

二人突然像心有靈犀般，同時伸出堅實的大手來，緊緊的握在一起，仰天發出一陣哈哈大笑。

當項少龍走向眾人宣佈此事時，滕翼、荊俊等頓時率先拍掌哄然叫好。

但是最為高興的卻還是項梁夫人公孫春。

卻見她聞聽可以認項羽為侄子時，竟是禁不住俏臉頃刻淚如雨注，走上前去，一把摟過項羽，當著眾人的面失聲痛哭起來。

項羽似感覺到了婦人對他的關愛，卻也乖巧的連叫了她幾聲「二娘」，令她對項羽更是喜極的破涕為笑。

項梁走到雙目紅腫的夫人面前，連連安慰，心下卻又是激情澎湃。

上天是被自己痛苦的命運所感動了嗎？不久前自己痛失愛侄項羽，現在上天卻又是何其寬德的讓自己再得到了一個義侄！一個比親侄更是英武不凡的義侄！自己的一生所學將是不至於會老死黃土了！家傳的《無敵乾坤箭法》終是後繼有人了！項梁感激的望向了項少龍。

項少龍正被婦人和項羽的感人場面激動著，欣慰之餘卻又有一絲慚愧。原來項少龍思量再三之下，終覺命運像是真註定了要自己再一次創造歷史似的，於是痛下決心……決定把自己義子項羽締造為一代流芳千古的西楚霸王。

卻看項梁身懷當世絕技，目中透出智者之光，心念電轉之下頓然生起籠絡住他為己用的想法。同時想起歷史中記載的項梁是項羽霸業基礎的奠基人，於是想出了以此認親取得英雄歸來之計，利用他和其夫人痛失親侄項羽後，乍見寶兒頓把對侄子的思念之情投注到寶兒身上這一點，通過認親來取得項梁今後對寶兒的扶持。

忽然項梁的一眾家將這時突地來到項少龍跟前，同時下拜道：「屬下等見過少爺！」

項少龍已是多年未見得有人對他如此恭敬的行如此大禮了，不由俊臉一紅，把他們一一扶起後道：「各位兄弟，今後不必如此拘謹的了，在這草原上我們彼此都是和和氣氣的兄弟，沒有什麼尊卑之分的。」

他的話剛剛說完，烏家諸兄弟紛紛皆來向項少龍和項梁道喜。

待得眾人情緒平息後，眾人又皆都觀看起項梁神乎其技的絕世箭法來。

項羽這幾天除了每天皆與項梁一起練習箭法以外，就是喜歡與虞姬混在一起玩耍。

項羽似很喜歡這個新認識的小妹妹，閒暇之餘就與她處在一起，給她講故事，教她練習防身技，或偶給講講兵法之道，更多的卻是講自己今後的理想。

「我要像爹爹一樣，長大後成為威震天下的大英雄！」項羽向虞姬說這話時總是一臉的豪氣。

虞姬聽了一雙秀目則是向項羽射出崇拜的柔和神色來，但這時卻也會叮囑項羽道：「要作大英雄就必須擁有像項伯伯那樣天下無敵的武功。羽哥哥，你現在可要認真的學好武功，以後才可以憑武力去雄霸天下，讓全天下的英雄豪傑都在你面前俯首稱臣。」

雄霸天下？項羽被這小妹妹的話給震驚住了。

對這個問題他從來沒有想過，只是內心深處時時的跳動著一種不甘於這草原生活的平靜罷了。

他自小就喜歡打打殺殺，羡慕父親項少龍當年縱橫疆場、威震七國的風光場景。他在這草原生活中自小被眾人溺愛，不知不覺的養成了一種高傲自大、剛愎自用的性格，當他決定做某一件事情時，任何人都無法阻攔他的意志……除了項少龍。

項羽只覺心中那股深藏著的模模糊糊的不安被虞姬的這幾句話給點醒過來。對！雄霸天下不就是英雄的至高境界嗎？

他日我若真的能讓全天下的英雄豪傑都在自己面前俯首稱臣，那我的成就豈不是超過了爹？

項羽只覺這種種思想在自己心中迅速的膨脹起來，最後竟擴遍全身，在他正逐漸成熟的心靈中烙下了深深的印痕。也正是此刻這種思想在項羽心目中的鮮明，而導致影響了他今後一生的命運。

唉，項少龍的預感不幸而言中了。

看著項羽和虞姬的日益親密，項少龍心下雖是有點怪怪的感覺，但還是不置可否的笑笑，沒有出面阻止他們的交往。唉，該來的總會要來，自己想阻止也阻止不了。這或許就是歷史的一種宿命吧！

想到這裡，項少龍又突地想到了劉邦。

若歷史的宿命果真不能改變的話，劉邦豈不是羽兒的勁敵？想起項羽最後被劉邦迫至烏江自刎，項少龍心裡不自然的湧起了恐懼。不行，自己若真把寶兒締造成了西楚霸王項羽，就一定得派人刺殺劉邦。但是劉邦現在在哪兒呢？

自己只知道劉邦的豐沛起義，其他對劉邦的故鄉等等都是一無所知。

那要等到劉邦豐沛起義時才可派人去刺殺他了，到那時還有五六年光景呢！

項少龍長歎了一聲，不禁暗恨起自己當初在現代時為何不熟讀一下中國的古代歷史，同時有著一種惶惶不安的感覺。難道這是天意使劉邦命不該絕？

那自己到底可不可以逆反天意而殺掉劉邦呢？

項少龍心下不由得緊張起來。

這天，項梁面色興奮而又沉重的來找項少龍。

項少龍見著他的神色，心下一緊，不知項梁因何事而面色如此凝重，但想來以他一貫的沉著，當是有得什麼要事與自己商量的吧！

項少龍正如此想著，項梁突然開口道：「三哥，我想近些天來教羽兒《玄意心法》，《無敵乾坤箭法》沒有《玄意心法》的配用，是不足以發揮出其十分之一的威力的，羽兒將來定為當今不可一世的英雄，要讓他天下無敵，就務必讓他習此心法，學會真正的《無敵乾坤箭法》！」

項少龍聞言心神倏地一驚，臉色微變。

項羽可是因練此心法走火入魔，導致心脈齊斷而武功全廢的，寶兒若步入他的後塵……

項梁見項少龍面有難色，知他心中所想，當下又凝神接著道：「三哥，你放心吧！這《玄意心法》練來雖甚是危險，但我察看了羽兒體質根骨，他完全可以承受得住心法第八層的『地獄煉火』的煎熬。再說，從上一次侄兒練功的失敗中我也總結出了一些怎樣安度此關的心得，所以羽兒練此功應是不會有什麼危險的。但是練習此心法，最主要的是要集意。意中生氣，氣隨意發是此心法的要旨。我看羽兒心性顯得有點心浮氣動的，所以我們現在最主要的是要教他如何才能安下心來！」

項少龍卻是一時難以取決的望著項梁發愣。

若是寶兒因此而出了什麼差錯，自己可是怎麼向嬌妻愛妾和幾位兄弟交代呢？那時他們和自己定都禁受不住那等沉重打擊的！

但是……但是寶兒若是學會了此等無敵神箭，要殺劉邦豈不易於反掌？

項少龍突地模糊的記住在現代時看過的一則小故事，說是項羽曾在圍攻劉邦的某一役中，因劉邦閉關不出，項羽久攻不下，一怒之下射出一箭，竟射穿了劉邦所穿甲冑，而致使劉邦身負重傷，狼狽而逃，而項羽當時發箭之處竟距離劉邦有兩千米之遙。

如此神猛的一箭當是舉世無雙！項羽當時用的是不是就是《無敵乾坤箭法》呢？若真是如此，寶兒成為項羽，習此箭法當是不會出什麼差錯的。

對，賭他一把！

項少龍看著項梁正氣凜然的神色，想到這裡，對他信心陡增，一把握住了他的雙手，沉聲道：「好吧！羽兒就交給你了！」

項梁聽了，提起的心神只覺一鬆，望著項少龍舒心的笑了，但心裡又倏地升起另一種沉沉的壓力，項少龍話中要他對項羽負責的壓力！

如何才能教羽兒心平氣和的去修習《玄意心法》呢？

項少龍這兩天來為著這個問題煩惱上了。

紀嫣然走到項少龍身邊輕輕的道：「夫君，你又為著何事犯愁呢？」

項少龍轉身輕撫著她的玉手，眉頭緊鎖的輕歎道：「唉，不知有什麼法子可以讓寶兒安靜下來？」

紀嫣然聽了嬌笑道：「這還不容易嗎？只要你對他一陣大罵啊！他至少可以安靜下三四天的！」

項少龍突地掐了一下紀嫣然的玉臂，氣惱道：「我這是跟你說正經話呢，你卻跟我開玩笑，瞧你真是該打了！」

紀嫣然痛得俏臉一曲，頓時還擊了項少龍的虎背兩下，委曲道：「我也是見夫君你不開心，想散散你心中的不快嘛！你怎麼這麼狠心啊！瞧，手臂都給你掐得腫起來了！」

項少龍咒了聲「活該」，卻又不禁摟過紀嫣然，輕輕愛撫著她的柔髮道：「唉，嫣然，項兄弟說這幾天準備教羽兒《玄意心法》，而習此心法者卻又必須心平氣和，我看羽兒自小就顯得有點氣浮意動，所以甚為此事苦惱呢！」

紀嫣然躺倒在項少龍懷裡，臉色神迷的醉聲道：「若要一個人在心燥氣煩中平靜下來，最好的藥物就是愛情了。」說到這裡頓了頓又道：「寶兒現在正值情竇初開、血氣方剛之齡，要穩住他紊亂的心，就只有讓一個女孩的影像烙印進他的心裡去，讓感情的力量來軟化他。」

項少龍聽到這裡腦海中靈光一閃。

虞姬？項羽一生至愛不渝的女人是虞姬，但是虞姬現在年齡還太小啊！她怎麼能給羽兒以愛情的感化力量呢？

項少龍正這樣怪怪想著，紀嫣然又接口道：「在你被桓楚他們抓走了的那段時日，四弟王剪著人把他的獨生女兒王菲給送了過來，還說過得不久的將來，他或許也會退隱來這塞外，與我們一起定居。王菲侄女現在正值二八妙齡，人也出落得水靈靈的，若天仙般個麗人，我看她和羽兒也挺般配的，若湊合他們二人，倒也真是一對如意璧人。」

項少龍對紀嫣然這一番話只聽得口瞪目呆，想不到以才女著稱的愛妻，此刻竟也像個……像個老太婆似的如數家珍的為自己兒子作起媒來。

項少龍忍不住一陣悶笑，怪怪的看著紀嫣然狎笑道：「嘿，想不到我的老婆大人竟然也會理會此些煩瑣事情來呢！」

紀嫣然俏臉一紅，強辯道：「人家始終是女人身嘛，自是會管這些兒女間的婚嫁之事，哪像你們男人，整天腦海裡想的都是些什麼憂國憂民的大事呢！」

項少龍聽了心下不以為然。

唉，女人終究是女人，思想總是脫離不了世俗的想法。但是紀嫣然剛才所提之言，也不失為目下可行之計。

對！愛情改變心性，羽兒也不小了，在這古代十五六歲的本也就可論及婚嫁之事。為了羽兒的將來，自己不得不……成功與否就看天意了。

王菲這幾天總是去找項羽聊天，可能是聽了紀嫣然對她說的些什麼話，每當她與項羽面對時，都會不自然的俏臉浮起兩片紅雲，心頭更是亂如鹿撞。

項羽對她的羞態大惑不解道：「菲姐，你是不是生病了？臉上那麼紅？可能是在發燒呢！我去告訴娘，請個大夫來為你看看好嗎？」

王菲聽了又羞又急又惱，連連搖頭的咳道：「誰生什麼病了嘛！我……只是這天氣太熱罷了！……哼，你這個大傻瓜！我再也不理你了！」說完氣羞而逃！

項羽見了搖頭苦笑的自言自語道：「這……我只是關心她嘛，又沒有招惹她，她幹嘛如此生氣呢？」

兩人都還有得小孩心性，王菲待怒氣消了之後便會又來找項羽。

但項羽卻是再也不敢胡亂開口說話了，怕又說錯了些什麼惹她生氣。

王菲卻是見項羽不與她說話，又感煩悶，嬌嗔道：「羽弟，你幹嘛不說話嘛？是不是生我的氣了？」

項羽見她又顯不快之色，心下大是心痛的不知怎麼應付，趕忙恭謹的道：

「這個……菲姐，沒有呢！我只是怕開口說話又得罪了你嘛！」

王菲聞言「撲哧」一笑道：「只要你不再說我生什麼病之類的話來，我自是不會生你的氣啦！」

項羽訥訥道：「我上次說的話也只是關心你嘛！誰知你卻……」

王菲臉上一紅，心下卻喜道：「好了，算我上次不對，現在向你陪禮認錯行了吧？」

兩人心懷釋然後，自是心無猜忌的天南地北海闊天空的胡聊起來。

但項羽隱隱的感覺出了王菲對自己的心事，心底暗驚之餘，卻是再也不敢單獨與她相處了。

因為他有自己的心事，深深地埋藏在心底裡的心事。

於是王菲再約他相見時，他每次都帶上虞姬。

項羽感覺虞姬在他身邊時，他就有了可以排除萬難的勇氣。

項少龍知道自己的計畫是失敗了。

從王菲多次雙目紅腫的來向他哭訴說項羽「欺負」她時，他便知道了羽兒不喜歡菲兒！項少龍心下一聲長歎。

看來歷史終究是歷史，自己雖是生活在歷史之中，卻絲毫也改變不了歷史的本質……項羽喜歡的只有虞姬。現在只有十歲的虞姬已俘虜了十五歲項羽的心了。看來自己只有應歷史來安排諸事了。

項少龍見到鳳菲時，這美女正和嫣然興然的相互談論著音律之道。

見著面色沉重的項少龍走來，二女頃刻止住了話聲。

項少龍想著自己和鳳菲的關係，又想著項羽將來和虞姬的關係，心中也不知是個什麼滋味，只是長歎了一聲後，望著紀嫣然道：「我們的計畫失敗了呢！羽兒他……」他說到這裡又望了一眼鳳菲。

唉，這叫自己怎麼啟口呢？

項羽是自己的義子，虞姬現在也可以說是自己的義女……這到底是一種怎樣混亂的關係呢！

項少龍真想放棄讓項羽學習什麼以意生氣，氣隨意發的《玄意心法》。練習武功竟也有這麼麻煩的！但是想著項羽和虞姬將來終是結成了夫婦的，心下又不禁平靜了些。

唉，說來羽兒和姬兒也沒什麼血緣關係的，他們相親相愛也沒違反什麼常理，但是姬兒現在年紀還太小啊！自己若向鳳菲提出這事，可真是讓她笑話自己了。到底怎麼辦呢？

讓兩小自行發展，那自是最好，但是現在卻需要點破他們二人的關係啊！這……項少龍正左右為難的想著，鳳菲已接口道：「少龍，為得何事如此苦惱呢？菲兒可以幫得上什麼忙嗎？」

項少龍脫口而出道：「你當然可以幫這個忙，只要你讓姬兒和羽兒……」說到這裡時紀嫣然俏臉一紅，似明白項少龍將要說出的話來，忙打斷他的話頭道：「這個我已想出他法來了，少龍，你就不要讓鳳菲妹子心煩了吧！她這兩天來身體可不舒適呢！想是在這草原受了些傷風感冒。」

項少龍聞言往鳳菲望去，果見她顯得有點面色蒼白，容顏憔悴的，不禁憐意大起，暗責自己這些天來可真是疏忽大意了，連俏美人兒病了也沒察覺。走上前去憐愛的撫摸著鳳菲顯得消瘦的臉，項少龍訕訕的道：「這個……菲兒，為夫可真是該死呢！連你病了也……」

鳳菲見著他的憨態，心下一甜，不禁「撲哧」一笑道：「也沒什麼大礙，少龍你也就不用擔心了。對了，你到底有什麼煩愁事，說與菲兒聽聽，好嗎？」

項少龍見著鳳菲的溫柔嬌態，禁不住低下頭去親了一口她柔嫩的臉蛋，怪笑道：「嘿！我的煩愁事就是這些天來沒得空閒與菲兒親熱呢！」

鳳菲聽了粉臉通紅，想著紀嫣然就在身側，不禁連連掙扎著想脫出項少龍的懷中，嬌羞之下秀目泛紅的瞪了項少龍一眼，滿臉的求饒之色。

項少龍哈哈一笑，鬆開鳳菲時在她耳邊低語道：「菲兒，這兩天想不想念夫君啊？」

鳳菲嚶嚀一聲，聲若蚊蚋的低聲道：「菲兒天天期盼著夫君的到來呢！」

項少龍聽了心中一樂，又道：「那今晚你約上小屏兒，我到你帳營裡與你們兩個一起共效于飛好嗎？」

鳳菲更是嬌羞不已的扭動嬌軀，脫出項少龍的「魔爪」，無限風情的望了他一眼後又低垂下了粉首，五指不安的擰扭著衣角，一副少女懷春之態。

紀嫣然這時轉過身來，幽怨的瞪了項少龍一眼，倏地想起鳳菲對她所講的凄涼身世，又不禁嫣然一笑的走上前去拉過鳳菲的玉臂，嬌笑道：「鳳妹子，你的病一下子就給我們這老不正經的夫君給治好了一半呢！瞧你，方才還是蒼白的臉，現在卻起了紅潮了。我看今晚啊，少龍再給你治一治，弄得你出一身汗來，你的病可就會全好了。」

鳳菲聞言不勝嬌羞的追上去，與紀嫣然笑罵著追打起來。

項少龍看著兩位嬌妻的此等風情，一時只覺心中大樂，倒是暫時忘了身邊的許多煩惱事。

紀嫣然找著虞姬時，她正端坐在草地上，一雙小手托著腮巴，遠遠的出神的看著項羽練功，美目上的睫毛忽閃忽閃的，烏黑的眼珠兒發出明亮的光。

紀嫣然輕悄悄的走上前去輕拍了一下虞姬的酥肩，把她嚇了一大跳，轉過身來，見是紀嫣然，粉臉微紅，童音清脆的嗔道：「嫣然阿姨，是你呀！把我嚇了一大跳呢！」

紀嫣然蹲下身，也坐到了草地上，神秘的望著虞姬笑道：「你剛才看到什麼來著呢？竟然那麼出神！」

虞姬看著紀嫣然的目光和神色，似明白她在故意取笑自己，一時大羞的撲進紀嫣然的懷裡撒嬌道：「我……我只是在看天邊浮動著的彩雲呢！」

紀嫣然疼愛的看著懷中的嬌女，又望了望遠處正在跟項梁習箭的愛子項羽。

嘿！可真是天造地設的一對璧人！只是聽少龍說懷中這嬌女崇拜英雄的心理特強，只怕羽兒將來娶了她會受她的影響而喜歡與別人打鬥。這……羽兒看來似特聽這嬌娃的話，看來此點確也會成為羽兒今生的負累。唯一的辦法就是讓羽兒學會天下無敵的武功，讓所有人都打他不過，羽兒和虞姬的姻緣也就會美滿了。

紀嫣然如此怪怪的想著，不過她現刻卻怎也想不到虞姬對項羽將來的影響，遠遠不止如她所想。

虞姬見紀嫣然微笑不語的怪怪的看著自己，以為她看破了自己心思，更是顯得慌亂不已的道：「嫣然阿姨，我說的是真話呢！你瞧，那邊的一片雲彩，多像我們牧場上悠閒吃草的馬兒呀！還有，那邊……」

虞姬一雙小手不停的指著天邊的雲兒，只看得紀嫣然目不暇接，卻是暗讚虞姬這小鬼頭機智靈敏和想像力豐富來。

二女又再閒聊了些其他話題，紀嫣然突然道：「虞姬，我請你幫我個忙好嗎？」

虞姬訝道：「我能幫上阿姨什麼忙嗎？」

紀嫣然笑道：「當然可以了！你知道嗎？你羽哥哥啊，這兩天正在練一種天下無敵的武功，可是由於他不能集中精力，所以沒有什麼進步，我要你幫的這個忙呢，就是要你幫著穩住你羽哥哥的心神，讓他能一心一意的去練功。」

虞姬聽了大羞的故作不解道：「可是我怎麼能幫得上這個忙呢？羽哥哥……怎會聽我的話呢？」

紀嫣然道：「我知道我的姬兒是很聰明的，定會有辦法教你羽哥哥聽你的話的。你羽哥哥不是最疼你的嗎?他呀，只要你……」

虞姬這時突地捂住雙耳，嬌羞的把頭直搖道：「我不聽，我不聽了嘛！」

紀嫣然故意歎了一口氣道：「唉，羽兒要是再不能靜下心來練功，說不定就會……做不成英雄了呢！」

虞姬終是小孩心性，聽了紀嫣然這幾句話，當即又撲到嫣然懷裡，語氣焦急的道：「是不是我依了你的話去做，羽哥哥就可以成為大英雄了呢？」

紀嫣然見虞姬終被自己的話給引誘住，心下大喜，但臉上卻還是不動聲色的道：「這個當然了，你羽哥哥只要練成了此項神功，他就可以天下無敵了呢！那時他要成為大英雄不是輕而易舉嗎？」

虞姬聞言點了點頭，突地湊到紀嫣然耳邊低聲道：「好吧，我一定叫羽哥哥靜下心來練功。」

項羽每次面對著虞姬時，心裡就有著一種忐忑而又平靜的感覺。

虞姬睜大著一雙美目，直盯著項羽道：「羽哥哥，你這兩天是不是在練一種叫做《玄意心法》的武功？」

項羽聽了神色一黯道：「伯父說我心浮氣燥，不能練這門心法，要不然會走火入魔的。」

虞姬問道：「什麼叫做走火入魔啊？」

項羽抓了抓後腦道：「這個……這個我也說不明白，可能就是練功時出現什麼差錯而導致心脈大亂，武功全廢的現象吧！」

虞姬聽了嚇得粉臉變白，沉默良久才道：「羽哥哥，你想不想練那個什麼心法呢？」又突地低聲羞澀的道：「就算是羽哥哥為了姬妹而去認真的練習此項功夫好嗎？」

項羽聽得心神猛地一震，愣愣道：「這……姬妹妹，你說什麼？」

虞姬看著項羽的驚愣模樣，嬌首一垂，銀牙一咬，忽的撲到項羽的虎軀中，緊摟住他，送上香唇痛吻起項羽。良久，二人才都面紅耳赤的分了開來。

虞姬嬌軀微顫著，俏臉通紅，低垂嬌首，聲若蚊蚋的道：「羽……羽哥哥，你一定得學會《玄意心法》啊，姬妹會永遠待在你身邊的！」

話音剛落，已是扭轉嬌軀快步而「逃」，只剩下心懷蕩漾，傻愣愣望著虞姬身影的項羽。

第二章　天降神雖

《玄意心法》共分四步練習。

第一步練意：排除心中的一切雜念，將所有的意念集中於眼神，注視身前六尺外的燭火，直瞧至燭火能隨自己的意識而動。

第二步練神：意念萬寂，讓所有的思想都無存心中，目注燭火時，也已感覺渾然無物，靈台一片空明，再漸至幻想出自己的意念若陽光般，在這世上無處不在，無孔不入。

第三步練氣：意與神通，以意生氣，以腹呼吸，氣隨意動，意動氣發，燭火被目中所發之氣撲滅。

第四步地獄煉火：意氣神箭合一。

《無敵乾坤箭法》的至高境界就是達到把無形的意、氣、神與有形之箭合而為一，練至此境，可以意動氣發，氣發神斂，把人的整個精神和體能提至於極限，使至千步之外箭發甲穿，石裂至粉，當是舉世無匹。

《玄意心法》就是修習《無敵乾坤箭法》的內力根基。

《心法》第四階段最為難練。

因為要把有形之箭滲合為無形之意，甚是困難，必須使原已練至空明的意，此刻滋生出幻象，使之成為魔劫的地獄煉火，而把有形之箭為無形——

即為手中無箭，箭在心中，意動箭出。

然修習此段甚是艱險，稍有不慎，就會被魔劫攻心，導致走火入魔。

所以靜心靜性，是為修習此功之要旨。

時間就如微風般匆匆從手指間溜走。

項羽修習項梁傳授的《玄意心法》，已經有六個多月了。

項羽的確是個練武奇才，在這短短的六個多月裡，《玄意心法》已練至了第三段。項梁見了心中自是大為快慰。

死去的侄兒當年修習至此段時差不多花了三年的時間呢！

不過項少龍傳授與項羽的《墨氏心法》已經讓項羽有了一定的內力基礎，且《墨氏心法》在某些方面與《玄意心法》竟是息息相通。

二者皆是由靜生意，以意生氣。

再還有就是有一種力量在鼓舞著項羽。——虞姬的深情一吻！

項少龍呆立草原的一山頭上。

清風迎面颳來，吹得他衣衫飄揚，卻吹不去他心中此刻的哀痛。

秦始皇嬴政，也就是小盤，駕崩了！

自己一手塑造出來的一代梟雄秦始皇竟然死了！

項少龍的心一陣一陣的抽搐著。對於小盤的感情在他內心深處一直是介於師徒和父子之間。現在驕橫殘暴的秦始皇死了，項少龍也不知自己是悲是喜。

秦王朝秦二世三年後而亡，即也是說天下百姓在不久的將來將不再遭受秦暴政的統治了！還有就是西楚霸王和漢高祖劉邦都快要出世了！

這……羽兒？西楚霸王？到底是福是禍呢？

項少龍在悲痛之中又陷入了痛苦的矛盾。

自己真要無可避免的捲入戰爭的殘酷中去？

只是如此一來，又會讓多少生靈為之塗炭呢？百姓日子只會因戰爭而更加難過。項少龍的眼前似乎浮現起了戰火紛飛的慘景。

這……戰爭的目的到底是什麼呢？難道是為了創造英雄？項少龍的心在沉重中覺著一絲可悲的好笑來。

這時滕翼走到項少龍身旁，伸出一隻寬厚的手搭在項少龍的虎肩，沉聲道：「少龍，不要悲傷了！堅強點，小盤死了，說來是天下蒼生的一大幸事呢？」

項少龍聞言苦笑。

在他對秦朝歷史的印象中，繼位的秦二世胡亥不是第二個秦始皇嗎？在宦官趙高和變質的宰相李斯的挾持下，秦二世胡亥還不是變本加厲的推行秦始皇的暴政？

天下百姓現在以為秦始皇死了，就會有好日子過了嗎？

不！這卻是天下大亂前夕的陰雲。群雄奮起反秦，割據天下的亂世快到了。

項少龍又不自然的想到了項羽。

西楚霸王項羽！

虞姬在項羽每次練功前，都會目中情意款款的對他勉慰一番。

項羽的心只覺在激蕩中又有著一份帶著甜美的平靜。他已經開始進入了《玄意心法》第四段的修習。

項少龍和項梁等這幾天心情均顯得特別緊張和興奮。項羽將可練成《無敵乾坤箭法》了！現在只剩一線之差！還有七天，項羽就可通過這七七四十九天的地獄煉火了！那時《玄意心法》就大功告成！

項羽這時渾身通紅，在他周圍三尺遠處都覺肌膚被灼得微微生痛。但在他身體周圍卻是霧氣環繞。這卻是怎麼回事呢？

原來項梁為了助項羽安全度過地獄煉火這一關，閉關自思十日，想出了個陰陽相克之策。

因為火屬陽，寒屬陰，只要找個陰寒之地，讓項羽修習練功，地獄煉火的劫象就會被陰寒之氣所鎮，練功時被反噬的危險當會減少一半。

於是派人尋訪得了項羽現在練功的所在，雲夢大澤山的冰風火離洞。此洞在大澤山的一處谷底裡，那裡終年不見天日，森木遮敝，乃是地寒靈穴所在，所以洞中集聚了天地之寒氣，確為項羽修習《玄意心法》第四重的絕妙之所。

為了防止還有餘勢的彭越等人來搗亂項羽練功，項少龍自大江幫那裡借兵三千，夥同二千烏家軍，浩浩蕩蕩的趕到了此雲夢大澤山。

找到了冰風火離洞後，項少龍吩咐滕翼、荊俊和大江幫的護法英布等領兵守住谷口，自己則和項梁、鄒衍、蕭月潭等幾人守在洞口為項羽護法。

項羽在洞中修習《玄意心法》，只覺渾身灼熱如火燒，他身體所散發出的熱力與洞中的寒氣相遇，不禁使洞中陰寒被他熱力蒸發，所以他的四身有著霧氣。

守在洞口的幾人都是目不轉睛的看著洞內的項羽，心神都被提高到了喉嚨。

洞中因有預先放置的二顆龍眼般大的夜明寶珠，所以眾人可看到洞內之境。

項羽赤條的上身此時肌肉暴漲，紅中帶著些晶瑩之色。

項梁的臉色凝重而又透著興奮。

對了，紅中帶晶，這就是快度過地獄煉火的跡象了！

啊！我項家的家傳武學至寶終於有機會於世重放光芒了。

原來項梁之父項燕也並未學全這《無敵乾坤箭法》，因為他自知自己因操勞國事而無法靜心靜性，所以練至第三重《玄意心法》便沒再煉了，而項梁呢？卻因國破家亡而終日憂鬱於心，以致也不能突破第四重的修習。病死的項羽原本最有機會練成此項神功。卻又因急度燥進，以致功虧一簣，走火入魔。

項少龍的心情現刻也是極度緊張著，額上隱隱可見滾動的汗珠。

時間在一分一秒的顫動中過去。

項羽的臉色此刻突地紅中泛起點點青色來。

眾人心神均是一震，項少龍的身形更是就欲衝進洞內。

項梁急忙一把把他拉住，低聲道：「別衝動！羽兒已經到了練功的至緊關頭了！他此刻的痛苦是地獄煉火在煉化他眼中所見的有形之箭而成無形，藏於心中，看來他可以提前幾天大功告成了，想是這冰風火離洞的妙用吧。」

項少龍聞言頃刻冷靜了下來，心中狂喜狂憂。

喜的是項羽只要度過此難關，他的武功就會無敵於天下。

憂的是項羽功成之後，就會野心暴長，自己到時也不知能否駕馭得了他。

項少龍正這樣怔怔的想著，卻突聽得鄒衍焦聲道：「啊！不好！滕翼他們遇上敵人了！」

項少龍心神一震，舉目朝鄒衍所指的高空望去，卻見天空被火光燒得一片火紅。啊！果有敵人來犯！這卻是何方強敵呢？

難道是兵敗逃亡的彭越？他們真的敢與大軍相抗？

喊殺聲隱隱傳來，項少龍心急如焚。

谷口離此地有三四里路之遙，若被敵方騎兵衝破防線攻至的話，羽兒可就前功盡棄了！這……到底該怎麼辦呢？

項梁這時倒是沉著的道：「項羽再過四五個時辰就可功成圓滿了，憑二哥他們抗拒敵軍這麼幾個時辰，應該沒什麼問題的吧！我們不要分心，免得擾亂了羽兒這最後的清修。」

四人只得強壓住心頭的燥動。

項羽的臉色漸漸的由紅變白，再由白變紅，一陣陣的青煙自他頭頂百會穴冉冉冒出。

啊，羽兒達到了現代武俠小說裡所講的三花集頂的境界了？

項少龍見了項羽身體的變化，心中在忐忑不安中又驚喜的想著。

滕翼、英布等領兵所守的谷口是一個易攻難守的低坑之地。四面皆是樹木森森的密林。若有熟悉此地山勢的敵人來犯，與己方展開遊擊戰的話，自己這方定會傷亡慘重。

滕翼邊打量著地形邊暗暗心驚的想著。

自己等的主要任務是防守谷口，不讓敵人去驚擾羽兒練功，但若有敵來犯的話，自己等的任務可真是艱難。

不過滕翼並不慌亂，他此刻又運用上了他當年所熟悉的防禦戰術。

在密林裡廣布絆馬索和陷馬坑，幾個至高點上都派人率先把守，同時把兵力分為三重防守，敵人要衝破他所設防的幾道防線，真是比登天還難了。不過最怕的是敵人用火攻，此地皆是林木，大火燒起來，自己等可真是退無可避。

滕翼瞧出此於己方不利的最大隱患後，大是頭痛。不過自己卻是真也想不出如何防禦敵人的火攻之策了。

滕翼把這層顧慮向荊俊、英布等人說了之後，英布看著由谷內吹來的陣陣寒風，忽而靈光大開的道：「有了！以火攻火！」

荊俊聞言不解道：「何謂以火攻火？」

英布臉上布著興奮道：「你瞧，風向是由谷內吹往谷外，只要我們利用這一點，在此中伐出一片開闊地來，以重兵防守，不讓敵人越過此開闊地，當敵人在對方點火燒林時，我們亦也在此斷林空地處點火，借著風勢，火勢將往敵方推至。我們這邊亦也引水防止敵人甩來的火把，儘快把它撲滅，如此一來，敵人火攻將是失敗。」

滕翼聽了大喜道：「果是妙策！就依英兄之言行之。」

滕翼當即發動了四千兵士伐木，其餘之人則全力戒備敵蹤。

三天下來，就給眾士兵伐出了一片近方圓一里的空地來。兩邊對立的密森邊緣，盡是岩石。

滕翼滿意的看著這片被開伐出來的空地，重新佈置了一下兵力。已經是來這雲夢大澤山一個月了，羽兒的《玄意心法》也不知進展怎麼樣了？

聽項梁說此《玄意心法》第四重需七七四十九天方可大功告成，那麼現在羽兒應練至最為緊要的關頭了吧！滕翼心裡如此忐忑的想著，這一個多月來雖沒見半個敵人來犯，但他一刻也沒有因此而放鬆戒備。景況看似愈是平靜，大戰卻愈是即將暴發。滕翼的第六感覺敏銳的給他一種有敵來犯的冗沉感覺。果然這晚入夜時分，前面密林裡布以誘敵的惑兵與敵人打了起來。

一陣陣喊殺聲震破了黑夜的寂靜，繼而沖天的火光騰空而起。

敵人的攻勢終於展開了。

滕翼只覺心裡倏地一緊。

項羽的軀體突地發出一陣「畢剝畢剝」的骨骼吱響聲。

他身體的紅色已經漸漸褪去，肌膚此刻是一片凝白的晶瑩之色。

他身體周圍已經沒有了什麼霧氣，但半空中卻有一滴滴在夜明珠映照下閃閃發光的水滴在他身體周圍的一堵「氣牆」上滾動著。

啊！項羽已經練成《玄意心法》了！

四人心裡同時喜極的高喊著。

項梁的雙手已不由自主握著項少龍的雙手顫抖著，目中隱隱浮現出了淚光。

火勢是愈來愈大。滕翼、荊俊等人隱隱聽到了對面林子遠處傳來的陣陣狂笑之聲。看來敵人是以為自己等必都葬身火海了！

滕翼心下冷笑，突地衝著手下一眾手持尚未點燃的火把的武士道：「好，大家也準備點火燒林！」

他的話音剛落，即見幾百支火把朝對面樹林甩去，一時間熊熊大火沖天而起，火勢在風力的吹催之下，更是蔓延得快，朝敵方那邊狂燒過去。

敵方的驚罵之聲又起。

但對著如此猛烈的火勢，滕翼卻又是擔心起怎樣出谷來了。

項羽突地睜開了虎目，兩道逼人的精光如兩把利劍般，往洞外正焦坐不安的項少龍等四人射來。

四人均被項羽逼人的目光給震得身子微微一顫。

看著四人望向自己驚愕的神色，項羽愣了愣，站起來走出洞外，望著項少龍道：「爹，你們是怎麼了？淨望著我幹嘛？」

項少龍收回心神，再次上下打量了一陣已是神氣內斂的項羽，突地一陣哈哈大笑道：「好！西楚霸王誕生了！」

幾人聞言皆都一愣，對項少龍的話意很是不解。

項羽聞言卻是微愣，神定後似是明白項少龍話中之意，沉聲道：「爹，我要做你所說的西楚霸王！」

項少龍聽了項羽這句語氣無比堅強的話，心中也不知是憂是喜，一時只是愣愣看著項羽，說不出什麼話來。

一陣陣熱浪撲面而來。

項少龍看著眼前如此猛烈的火勢，對這出谷之法也甚是傷起腦筋來。

「看來我們只有待這場大火燒完了以後才可出谷了！」荊俊長歎一聲，愁眉苦臉的道。

「那我們這麼多人的食物問題怎麼解決呢？大澤山這麼大，這場火要是不下雨的話，不燒它一個多月才怪！那時我們餓也餓死了！」英布接口苦笑著道。

項羽這時卻大改修練《玄意心法》時的安靜，暴跳如雷的道：「老子若是有機會活著出去，不殺光彭越他們這群山賊才怪！」

項少龍見他此態，心下頓生感觸。

嗯，歷史上的項羽不就是因為不夠冷靜的剛愎自用而敗給劉邦的嗎！

羽兒的這個性格可不正好跟歷史上的西楚霸王相吻合？

項少龍心下想來，感到一陣陣莫名的惶恐不安來。

羽兒有自己的相助，也會敗給劉邦嗎？

鄒衍這時卻是仰首凝神觀看著天上的繁星，良久，忽的面露喜色歎了一口氣道：「根據星象位置來看，在我們現刻所處位置的上空有一顆明亮的星星，雖然烏雲遮蓋天空，但此星星卻還是能破雲而出，看來我們此次劫難還是會因為此星星的出現而倖免於災了。」

項少龍正那般怪怪的想著，此刻被鄒衍的這番話吸引過了精神，心下大喜道：「你的意思是說，我們不會被這場大火困死在此山谷之中？」

鄒衍點了點頭，目光滿是深意的望了項少龍一眼後，沉吟片刻道：「看來我們此次要脫逃此次劫難，得依靠少龍你了！」

項少龍聞他此言，驀地想起了當年鄒衍觀看天象說自己是「新聖人」的事來，不禁心下苦笑。看來鄒衍此次又是把自己當作是什麼「新聖人」了！

他的預感雖是沒錯，但當年他所預測到的「新聖人」卻是小盤。

這次呢？是不是羽兒？

項少龍心裡一突的望了項羽兩眼，卻見他此刻練成《玄意心法》後英俊的臉上更增了幾分王者的霸氣，整個體態也隱生龍虎之姿。

看來鄒衍這次所說的星星就是羽兒了，項少龍心緒複雜的沉默了起來。

眾人亦是心情沉重而帶著希望的等待著解救眾人出谷的「聖人」的到來。

大火一直燒著，已經四五天了，火勢卻是一點也沒有轉弱，反是愈燒愈猛。天氣卻也是異常的晴朗，絲毫沒有要下雨的跡象。

軍心已經有不少顯得有點焦燥不安了。所帶的乾糧和水都只夠再吃個十來天，若是這火還如此繼續狂燒下去，景況可就不大妙了。

因為這裡是大澤山的谷底，終年不見天日，許多動物都在其中自生自長，所散發的屍氣無法排出谷外，人長期在這裡生活下去，不知不覺的也會中毒。

再有就是這谷裡的水也不能飲用，因為其中含有大量的寄生蟲。

這……卻是如何是好呢？

項少龍仰首看著天上的星星。難道上天在懲罰我項少龍想改變歷史的不詭之心麼？但是……史記上記載了項梁此刻是不會死的啊！義父鄒衍口中的救星為何還沒出現呢？羽兒？他這幾天也沒有什麼特異的舉動啊！

項少龍求生的信心被眼前的熊熊大火給燒得漸漸萎縮了。

滕翼從帳營走了出來，坐到項少龍身邊，看著他淒愁的面容，長歎了一口氣後安慰道：「少龍，不要這麼拉長著臉！天無絕人之路，我們會安全無恙的脫離困境的。」

項少龍聽了苦笑道：「我也希望能如此啊！唉，若大家都真的給困在這裡，我……可真的不知用什麼言辭來表達我心中對大家的歉意悔意了！為了羽兒，累得大家如此，我真的是……」

說到這裡，項少龍只覺喉嚨似被什麼哽住了似的，竟是再也說不出什麼話來，只是虎目浮現出了兩滴瑩瑩的淚珠兒。

滕翼見了心中也是感覺有點不大對頭。

項羽是他的親生兒子啊！項少龍為了項羽，這些年來已是付出夠多的心血了！此刻滕翼見著項少龍，為了成就項羽練成《玄意心經》，而把所遇到的困難的責任全都推置於自己身上，一時只覺百感交集。

滕翼冷峻的臉上這時突地露出了一抹難得的笑容，顫聲道：「三弟，你知道嗎？我滕翼這一輩子所感到的最大幸事，就是認識了你！」

項少龍聽了目光頃刻迷離起來。

二人緊緊的抱在一起。心中所有的言語都在這不言之中而全部表達出來。這就是一種友情——

生死與共的友情！

突地一聲驚天動地的怪獸吼叫聲響徹夜空，驚醒了所有還在做著憂心忡忡的酣夢的人。

大家都一臉驚慌的跑出了營帳，互相傻愣愣的問道：「怎麼了？發生了什麼事了？」

項少龍正沉浸在悲沉中的心神也被這聲巨吼驚得猛地一震。

鄒衍、項梁、蕭月潭、項羽等幾人這時也都聞聲奔出帳外，朝項少龍的帳營走來。

眾人皆都面色驚疑而又沉重。鄒衍似喜非喜，似憂非憂的仰首察看著星象。蕭月潭則是再次傾耳細聽著周圍的聲響。

項梁卻是發話道：「此等獸吼，必是神物，也不知給我們帶來的是禍還是福？」

項羽則是好奇的道：「我們何不去找找此神物看看？」

話音剛落，卻突地又傳來一聲尖銳的馬嘶聲，聲音顯得慘厲而急促，但並未聞得什麼馬蹄之聲。

「此馬定是千年難得一遇的神駒！」項梁聞聲色變道，臉上露出驚慕之色。

「喂，未聞蹄聲而先聽其鳴，此馬的確不同尋常！只是聽其鳴聲，必是有什麼猛獸在對其追趕。」蕭月潭亦也點頭沉聲道。

項羽卻是聽得心神癢煞，想到神駒難求，當即轉身對項少龍語音興奮的道：「爹，我們去看看好嗎？」

項少龍想著在此坐著也是愁煩難眠，不如去看看此神駒獸也好，說不定會給自己等帶來什麼好運呢！

心下如此怪怪想來，對項羽的提議當下點首同意道：「嗯，反正大家也是睡不著了，不如就去找找神駒靈獸散散心也好！」眾人分成兩行。

項少龍和項羽、鄒衍三人一夥。項梁、荊俊、英布三人一夥。滕翼則請命為帶兵守護營帳。

項少龍等三人點燃火把，一路順著馬鳴聲摸索著向谷底行進。

兩旁皆是怪石嶙峋，間或草木深深，在這夜中給人一種詭秘恐怖的感覺。

也不知走了多遠，馬嘶聲愈來愈清切，「得得得」的蹄聲亦也隱隱傳來。

三人心中同是大喜，加快步伐的尋聲跟去。

一陣陰風迫體而來，項少龍和鄒衍二人不約而同的皆打了一個寒顫，只有項羽卻是毫無知覺。

項少龍駐足舉目細看，卻見自己三人又已來到了項羽先前練功的冰風火離洞前，而馬蹄聲和馬嘶聲均從洞中傳來。

怎麼？此洞……

三人心中同是又驚又訝！

原來在項羽進這冰風火離洞前，三人均都進得此洞去細細察看過，發現此洞只有十多米深，四周均產寒冰，內中也只有五六十個見方而已，此刻裡面怎麼會……

項少龍真想衝進這洞內去看個究竟，但想起自己根本抗抵不了洞中的陰寒之氣，又只得強忍住心中的好奇。

項羽這時臉色卻是訝異中帶著興奮，只聽他歡聲雀躍的道：「爹，我進洞去看個究竟好嗎？」

項少龍知道項羽因練了《玄意心法》，可以抗拒洞內的寒氣，眾人之中也只有他才能進入這冰風火離洞。

沉吟了一番後，項少龍解下腰中的百戰寶刀遞與項羽，面色凝重的緩緩道：「你自己可要小心了！遇到什麼危險就即刻返回洞外，知道嗎？」

項羽接過百戰刀後，目光倏地射出一陣灼灼逼人的厲芒，語氣沉穩的道：「爹，你放心吧，我會隨機應變的。」

項羽正準備步入洞中，項梁的聲音卻在身後傳來道：「羽兒，等等！」

項羽聞聲駐足，轉過身來，卻見項梁、蕭月潭等三人快步向洞口走來。

項梁來得項羽身前，從背後取下一把烏黑強弓，再從革囊中取出五支整個箭身皆為精鋼煉成的長箭，遞與項羽道：「羽兒，這個你帶上，在洞內遇著什麼危險，可以試試你新練成的《無敵乾坤箭法》，或許可以幫你脫身，此弓名曰：『玄月神弓』，乃是先祖當年用無意得著的一塊月亮隕石，經過九九八十一天精煉而成，專配以用《無敵乾坤箭法》的，現在我把它送給你了，希望你能發揮它的威力。」

項羽愛不釋手的細細撫弄著玄月神弓，臉上露出欣喜之色，連聲道：「謝謝伯父！」

眾人再次叮囑項羽一番，才讓他進得了冰風火離洞。一陣一陣的寒氣襲體而來，項羽忙運起《玄意心法》第四重的地獄煉火來驅除寒流。

洞內四壁的寒冰在他手中夜明珠的映照之下閃爍生光。馬蹄、馬嘶聲似乎從洞內四面八方傳來，讓人捉摸不到聲音到底發自何處。

項羽細細的敲擊每一寸冰壁，想探探哪處會有得空層。但是他失望了，所有的冰壁發出的都是堅實的回音。

看來這裡沒有什麼其他的通道呢！項羽有些氣惱的想著。但是這馬蹄聲、馬鳴聲明明是從洞內傳出的，怎麼會沒有他道呢？

項羽正在焦燥不安的有些喪氣之時，突地又是一震耳欲聾的怪獸吼叫聲傳來，震得洞內冰壁紛紛裂落，而其中一處冰壁塌裂尤是厲害。

項羽被這巨吼震得頭錯腦轉，猛地一頓心神，看到眼前的狀況，忽心下大喜，哈哈笑道：「終於找到靈物的發聲之處了！」

拔下腰間的百戰寶刀，運起全身的功力，項羽朝塌裂的冰壁發出了雷霆萬鈞的攻勢。

「嘩！嘩！嘩！」又是一陣冰塌。

項羽連劈了二十多刀，冰壁被他沉猛的刀勢劈進了二米多深，但還是未有什麼成績。直得虎目圓睜，銀牙直咬，項羽突地從背部取過玄月神弓。就讓我新學會的《無敵乾坤箭法》來顯顯他的神威吧！

項羽身形往後退了五六米，站定後凝神提氣，從革囊中取出一支鋼箭，架於玄月神弓之上，頓時一股猛烈的霸氣從項羽身上散發出來。

運起《玄意心法》第四重，把功力提至極限，項羽只覺渾身充滿了欲待暴發的力量，驀地大喝一聲，一個坐馬沉腰，拉滿玄月神弓，倏地一放。

「崩！」鋼箭如神駒脫韁離弦而出，帶著呼呼風聲，隱藏著萬鈞之勢往冰壁直射過去。

「轟！」的一聲震天巨響，隨著鋼箭往冰壁相觸的一剎那猛然響起。冰晶飛射，項羽忙揮動百戰刀封架。良久，一切平靜下來後，一個黑黝黝的洞口乍現項羽眼前。此時的馬蹄聲確是清清切切的傳來。

「啊，果真是這裡了！」項羽興奮的歡叫起來，心底裡同時為自己的《無敵乾坤箭法》的威力感到驚喜不已。

縱身洞中，項羽走了百多米後，突地覺出了一種異狀來。

原來在項羽走過的百多米洞道內，其中又分有十多個洞口，各洞主支相連，其間洞洞往下深延，左彎右折，彎曲離奇，洞內有洞，大洞套小洞，洞洞相通，令人如入迷宮。

兩馬蹄聲和另一異獸沉重的步履聲又像是時時就在耳側響起。

看來這洞是有點古怪，聽這馬蹄聲在這洞內奔馳的時間也有二個多時辰了，為何始終沒有奔離出洞呢？難道這洞真的是座迷宮，讓這神駒找不著出路？那麼牠又是怎麼進得這洞內來的呢？是被那隻叫聲嚇人的猛獸追擊所致？

項羽心中突地又湧起一股憤怒來。

他自小在草原牧場長大，對馬有著一種莫名的親情，想到自己意想中的神駒被個什麼怪獸追擊，心裡不禁對這怪獸惱恨起來。管你是個什麼靈物猛獸，待會被我找著，定一箭把你射進心窩。項羽心下想著，邊走邊察看洞勢。

此洞與外洞渾然不同，這裡毫無寒意，反隱隱傳來一股一股的熱浪。

洞穴層層深進，洞壁長滿鐘乳石、石筍、石柱、石花，有的從洞頂垂下，有的立於洞的中間，或托於洞壁，變化多端，千姿百態，閃閃發亮。

項羽感覺彷彿置身於一個光怪陸離、富麗堂皇、虛無縹緲的天宮神話世界裡。突地一陣旋風從項羽身旁的一洞穴裡風馳電掣而過，項羽忙快步衝上前去，舉起夜明珠極目望去，卻見一道烏光從眼前一閃而沒，還沒回過神來，又是一陣「蹬蹬蹬蹬」的腳音傳來，一縷快捷無比的紅光從眼前劃過。

啊！這是什麼怪獸？渾身通紅似火，頭長一支獨角……

項羽還未看得清楚，怪獸已是不見了蹤影。

第三章　冰風火洞

項羽心神未定，目瞪口呆的看著已是不見了烏光紅影空空如也的洞穴，耳中對那神駒和怪獸的足聲還感餘音未了。好快的速度！

百多米的洞穴在眨眼就馳過，如此神駒我若把牠降服下來，作為自己的坐騎，那豈不是威風快哉？

但倏又想起後面那隻追擊烏騅馬的怪獸，心神又是一凜。

那到底是隻什麼怪物？竟也如此神速，看似其體還不若烏騅馬大，但烏騅對牠卻是逃之相避？

項羽的心突地緊張了起來。

那怪物定是什麼奇異的猛獸，要擒食烏騅馬，烏騅馬敵牠不過，所以狂奔逃命，怪物窮追不捨，二者奔到此洞，被洞內迷途困住。

這……自己現在該怎麼助烏騅脫離怪獸虎口呢？

牠們速度奇快，自己要想攔截住怪獸定是不可能的，因為自己根本就追不上怪獸的蹤跡。

項羽氣惱得拳頭緊握，臂上青筋暴現。唉，看來自己只好守株待兔了！

這洞內猶如一個迷宮，烏騅馬和怪獸始終在這洞中打轉，自己可以利用這一點，在某一洞內死守著牠們到來，待怪獸出現時，就發刀攔擊。

這也是沒有辦法的辦法了。

項羽凝神靜聽了一下馬蹄聲。左側？嗯，自己去右側一洞中守候。

這洞內的迷途似乎是成圓形的，待牠們奔至右側時，自己已經藏身其中了……

項羽來到一比較開闊的石洞內，卻見此洞的一切依比例都較其他自己所見之洞為大，粗大的石柱、石筍、石幔，有七八口洞口與此洞相接，構成錯綜複雜的地勢，倒也確是一處守候佳地。

項羽已經在此洞內閉目靜待了半個多時辰了，還不見烏騅怪獸蹤影，不禁有點心煩氣燥起來。項羽正想破口大罵時，突地一陣馬蹄聲急促傳來，粗粗的喘氣聲也清晰可聞。

項羽精神大振，雙手緊握住百戰寶刀，辨清聲位，靜氣凝神而待，一顆心卻是禁不住怦怦跳起。

啊！烏騅馬！

項羽這時清切可見前方一匹通體毛髮烏黑發亮，體態雄健高大的馬向自己迎面馳來，但速度卻是比之先前所見慢了許多，鬃毛上已是隱隱可見汗水淋漓。

在烏騅馬的身後一頭渾身紅鱗披體，頭上長著一支約有十多寸的血紅犀角，身體似若麒麟又非麒麟，似若飛龍又非飛龍的怪獸，正瞪著一雙火紅的三角眼直盯著前面的神駒。

烏騅馬乍見項羽現身，突地駐足，提起前腿，仰天一陣長嘶，雙目乞求的向項羽望來。

後面的怪獸見烏騅馬停身不前，訝異片刻後旋又大喜，正待飛身往烏騅馬撲來，卻突見一縷寒光乍向自己襲來，猝不及防之下，被擊個正著。

「噹！」項羽手中的百戰刀如砍在厚厚的鋼鐵之上，一陣強猛的反震之力直震得他雙手虎口發麻，百戰刀差點脫手而出。

心中大驚，知這怪獸身堅如鋼。

怪獸被項羽這蓄勢而發一擊，卻也感被砍著的鱗身一陣火辣辣的疼痛，向烏騅馬撲去的身形頃刻緩了下去。

一聲巨吼突地從怪獸口中暴喝而出，頓住身形，一雙紅目閃著血紅凶光向項羽射來。

項羽耳膜本給怪獸這聲巨吼震得「嗡嗡」作響，此刻又見著牠目中的凶光，不由自主的心裡打了個寒顫。

但又條見一旁向自己投來憐憐目光的烏騅馬，不禁勇氣鬥志陡升。自己拚死也得保護這匹可愛的馬兒！

項羽暗下決心，提氣凝神，將全身功力集於雙臂，百戰刀在他強筋的催動之下，卻也暴長出半尺來長的寒芒。

這怪物身體不懼刀劍，也不知牠的死穴給藏匿於何處，看來自己只好以智取勝了！對，眼睛永遠是動物的弱處，自己就襲牠雙目！

心念電閃之下，項羽已是展開了父親項少龍所傳的百戰刀法來。

卻見項羽手中的百戰刀寒光閃閃，挑起點點刀芒，往怪獸雙目刺去。怪獸似是氣急敗壞，身體倏地竣空而起，口中噴出一條火舌，直朝項羽襲來。

項羽未料著怪獸有此奇招，全身頃刻被罩於烈火之中，心中寒氣大冒之下卻又是臨危不亂，身體往後一倒，百戰刀猛往上刺。

怪獸見一擊不中，陡地伸出利爪向項羽手中的百戰刀抓來。

項羽見著此怪獸利爪閃出烏黑之光，知其也是不畏刀劍，當即收回百戰刀，身體一陣急滾，自腰中拔出十多枚鋼針，撒手往怪獸雙目射去。

「噹噹噹噹！」鋼針全被震落於地。

項少龍見狀驚嚇之餘已是一個鯉魚打挺，翻身站穩地上，但這時形態卻是狼狽之極，全身衣服被燒得七零八落，頭髮眉毛也給燒去了一大半。

容不得項羽有片刻喘息之機，怪獸又是身形一閃，快若閃電向項羽撲來，約有三四尺長拳頭般大小的粗壯尾巴，借身體騰空之勢，朝項羽一陣橫豎直掃。

「啪！啪！啪！」

項羽連連被怪獸尾巴掃個正著，身形不穩的往後直退，手中百戰刀已是不成章法。看來我命休矣！

項羽見此怪物如此神猛，不禁氣餒的愛莫能助的望了烏騅馬一眼。

烏騅馬突地又是一聲長嘶，奔至項羽身前，前腿騰空向怪獸一陣猛踢。

怪物頓被烏騅馬這陣強猛攻勢給迫退開去，但一雙三角眼裡的紅光卻更是連連暴閃。

項羽緩了口氣，卻又聽到烏騅馬在他耳邊溫馴的低低嘶鳴，似在示意項羽騎上馬背去。項羽會意過來後心下大喜。看來此神駒似通人性呀？我項羽能為此等靈物而死，卻也是死得其所了！心下想來，當即躍身上馬，一種凌匹無比的鬥志剎時湧遍全身。百戰刀凌空一揮，呼呼風聲破空而發。

「殺！」項羽一聲大喝，烏騅神駒卻也似聽懂他的話來，身形若風馳電閃般朝怪獸奔去。

怪獸似也一時被此人馬合一的強猛氣勢所懾，身體往後退了兩步後，卻又是四足往地一拍，軀體頃刻直往下衝，待得升至有四五米高時，身形倏地倒直往下直降，若離弦之箭般往項羽射來。

已是避無可避，烏騅馬突地四足在地一陣急踼，身子竟也騰空而起，口中同時吐出一縷白光往怪獸直射過去。

「噹！」白光正好射著怪物雙目，使得怪獸身體在半空連翻兩翻，似是被擊得痛極。

項羽見了心下暗駭。

烏騅馬方才口中吐出的只是一口吐沫，一擊之下竟比自己手中百戰刀的萬鈞之勢更是厲害，看來此馬確是神物了！

怪物吃痛之下，身形速度慢了許多，攻擊之威力大減。

項羽見狀，手中百戰刀從身體右側斜劈而出，借著烏騅馬奔馳之勢，威力何止增加一倍！

「噹！」

怪物被項羽百戰刀劈得的同時，尾巴也掃劈了項羽一記。

但項羽這一刀力道狂增，使得怪物吃痛的又是狂叫，背上鱗片竟也被震落幾片。

「轟轟轟轟！」怪物吃痛之下，狂性大發，尾巴朝著洞內石柱、石筍、石幔等一陣猛掃。石飛灰揚，整個山洞剎時被怪獸給掃得面目全非。

烏騅馬飛身馳入另一山洞。怪獸頓時停住狂舞的身形，緊追而至。

烏騅馬正欲再次逃奔，項羽突然大喝一聲道：「好凶狂的怪物！今天我就讓你嘗嘗我的《無敵乾坤箭法》！」

項羽話音剛落，已是取過玄月神弓在手。

烏騅馬似是感應項羽要使什麼絕招對付那怪獸，忙又停住如電奔馳的身形，倏地反轉身來朝怪獸面對面的馳去。

怪獸驚愕之下，旋見一團與空氣磨擦而生出火光的烏黑之物帶著威猛絕倫，快疾如電的奔雷之勢向自己襲來。

「噹！噹！」怪物的護體鱗甲竟被項羽射出的鋼箭破體而入。「嗚！嗚！」怪獸痛得發出連聲慘厲的慘叫，洞內的岩石都給震得紛紛塌落。

項羽已聞得怪物連番幾次吼叫，此刻已適應了此等聲勢，除了只覺著耳朵嗡嗡作響一會外，心神片刻就平靜了下來。

啊！牠中箭了！

《無敵乾坤箭法》果然厲匹絕倫！

項羽正暗自大喜的洋洋得意時，怪物口中突地吐出一顆發出灼亮紅光的光球，散發出強烈的勢量來，光球在怪物口中所吹出的氣流之下向項羽直射過來。

啊！這是什麼鬼玩意兒？

項羽的手臂被這光球碰了一下，頃刻被燙出紅紅的火泡來。

烏騅馬似也對這光球顧忌非常，竟又轉身撒腿向前狂奔。但光球卻是在背後窮追不捨。項羽手臂被灼傷處傳來的疼痛，讓他冷汗直冒。還好怪獸也受了重傷，吃驚之下身速慢了許多。

現在雖是逃命的好機會，但此洞穴就如迷宮，自己一時也逃不出此洞，怪物定會如鬼影附體的跟著自己。如此下去，自己和烏騅馬命定喪身於此怪物手下。

這……現在怪物受傷，自己反不若藉此機會把牠殺死，免除後患，如此也就可無後顧之憂的去安心尋找出口了。

項羽心下想來，虎牙一咬，身體往下一沉，叫烏騅馬停住前衝的身形，同時自革囊中取出了兩支鋼箭。

「哩！」一聲破空之聲響起，又是一團烏光自項羽手中射出，直沖光球而去。怪物見狀，知其厲害，忙吸一口氣，吞納回光球。但是箭勢依是狂猛之極的向怪獸射來。怪獸卻也臨急生智，身體快捷無比的一個倒轉，尾巴如鞭連掃，幻想漫天「鞭」影。

「啪！」勁箭竟也被怪物尾鞭掃落，但尾巴卻也是被箭擦傷，滲出血來。

怪物見自己能破敵人的絕招，正心下大喜之際，卻又見一支勁箭朝自己腦門射來，大駭之下已是來不及轉身。

「噹！噹！」厲箭再次穿甲而入！

這一次射中的卻是腦門！

怪物頓時滾倒在地連聲慘叫，一股鮮血從腦門急噴而出。

項羽卻也因連番運功極限使用《無敵乾坤箭法》而顯得虛脫之極，面色蒼白，粗喘著氣，虎軀在馬背上搖搖欲墜。

「唬」的一聲突地響起，怪物又吐出了像火球般的內丹，只見一團火光猛向項羽射來。

此刻怪獸發出的是死亡前最後的暴發攻擊，當是威猛絕倫，內丹倏地光焰大熾，熱力似是比先前更增二倍有餘，洞內剎時湧生一股熱浪。

「不好！」項羽心下暗叫一聲，自己若是被此火球射中，或許會燒成焦炭。心念電閃之下已自革囊中取出了最後一支鋼箭，架在了玄月神弓之上，掙扎著再次運起《玄意心法》第四重功力，用《無敵乾坤箭法》射出。

「轟」的一聲巨響震天動地而起。

鋼箭和怪獸內丹強烈碰撞，頃刻引起爆炸。

整座山洞都在這聲巨大爆炸聲中而震動起來，洞頂和洞壁的石塊紛紛塌下。

項羽這時卻是因勁力用盡，身體終於虛脫得支撐不住而失去了知覺，倒伏在烏騅馬背上。

項少龍、鄒衍、項梁等五人在洞口焦急不安的等待著項羽的平安出洞。

已經是二個多時辰過去了，洞口時時傳來的怪獸的巨吼聲和馬嘶聲讓眾人的心都不覺給懸了起來，緊張異常。

聽這洞中傳來的怪獸叫吼聲比先前頻率大了許多，項羽定是與牠遇上了！眾人心裡都忐忑的想著。

這時天已是透出了濛濛的曙光，這大澤山的底谷卻更是顯得詭異恐怖。霧氣騰騰環繞，森密的樹木和蔓延的怪藤在這晨色中像是一個個鬼影死立。

突地冰風火離洞中傳來連聲怪獸的巨吼慘叫，緊接著就是一聲巨大的爆炸聲，剎時眾人感覺腳下所站的地面微微震動起來。

天空這時亦傳來一陣陣驚雷聲，晨色的光亮突地給暗了下來，眾人眼前頓時一黑，耳中只聽得一陣「嘩嘩嘩」的密集下雨聲。

眾人心裡又驚又喜又詫異下，項少龍邊往洞內衝去邊悲叫道：「不好！羽兒可能出事了！」

眾人心神大震之下，也跟著項少龍閃身衝入洞內。

項羽悠悠醒來時只覺渾身骨骼肌肉像被火燒一般的灼痛。

慢慢的集聚思想，方才憶起自己來這冰風火離洞中與怪獸相鬥的景況來。

對了，烏騅神駒呢？牠有沒有被那爆炸炸傷？項羽醒來的第一思想就是擔憂起烏騅馬來。

心下大急的睜開了灼灼疼痛的虎目，掙扎著坐起身來，環視四周。

卻見烏騅馬就跪臥在自己一尺多遠的地方，正盯著自己，目中涓涓的流出淚來。

項羽心下大喜的精神鬆懈了下來，望著烏騅馬露出了舒心的笑意，但渾身火燒般的灼痛頃刻又襲遍全身，使他英武的面孔扭曲起來。

烏騅馬見項羽醒來，高興得旋即站了起來，走近項羽，低下頭在項羽耳邊歡快的低鳴著。

項羽疼愛的伸出手去溫柔的撫摸著烏騅馬頭上烏黑的毛髮。

怪獸橫陳在離項羽十多米遠處，周圍流了滿地的鮮血，但令項羽感到怪異的是：怪獸此刻身上的紅鱗和頭上的獨角都轉成了烏黑之色。

洞內到處都是坍塌的石塊，烏騅馬身上亦有幾處像是被石塊砸出的傷口，血液此時亦是凝成了烏黑的血塊。

項羽強忍住周身的灼痛，用右手握著的百戰刀撐起虛弱的身體，舉步準備去尋找出口。

烏騅馬突地用頭輕撞了項羽兩下，發出幾聲柔和的輕嘶，似是示意項羽騎到馬背上去。

項羽與這烏騅馬似是天生心意相通，雖是明白烏騅馬的意思，但卻還是憐愛的搖搖頭，因為項羽想著烏騅馬此刻也身負重傷，自己怎麼能要牠駝負自己呢？

但烏騅馬似是焦急起來，嘶叫聲大了些，且跪下身子，張開嘴輕扯項羽已被怪獸噴出的火光和牠內丹燒破的衣服，眼神裡顯出哀求的神色，卻又似像告訴項羽要帶他到什麼地方似的。項羽見了心下大奇。

難道烏騅馬知道這迷洞的出路？心下想來不禁衝口而出道：「你知道這洞的出口在哪兒嗎？」

烏騅馬卻似聽懂了項羽的話似的，點了點頭後又搖了搖頭。項羽心下大是驚奇的疑惑不解，但卻也不再多想，翻身騎上了馬背，因為他感覺自己的身體實在是太脫力了，根本不能走得多遠。烏騅馬見項羽不再堅持，興奮得連聲嘶叫，聲音清切而響亮，站起來了，不快不慢的在洞內轉來轉去，不多久就到了一個……

項少龍等幾人衝進了冰風火離洞後，逼人的寒氣頃刻迫體而來，眾人皆冷得渾身一顫，但都已顧不得這陰寒，身形仍是不停的向前急衝，不消片刻就發現了被項羽用神箭射開的洞口，洞內寂然無聲。

項少龍取出龍眼般大的一顆夜明珠走在前頭為眾人引路。

走了二十多米遠，發現了項羽射裂洞壁時用的鋼箭，箭頭已是爆裂，箭身亦已因磨擦而變少了許多。

項少龍目光愣愣的看著炸損的鋼箭，心下喜憂參半。羽兒練成的《無敵乾坤箭法》果是威力絕倫的無敵神技，只是不知他現在……

項少龍正如此想著，突聽得鄒衍驚奇的「咦」了一聲道：「這洞有點古怪，似是布有什麼迷途的陣法！我們不要冒然前進了！」

眾人聞言心下一凜。陣？這洞內難道住有什麼高人？

項羽任由烏騅馬背負著，卻見烏騅馬在洞內一陣東轉西轉後，帶他來到了一個有石門關閉的山洞前，洞頂上寫有三個隸體古字——

乾坤居！

這是什麼地方？項羽見了心下大是驚異。

烏騅馬卻是來到洞門前二米多遠處，按北斗星陣位置，四蹄在地面上一陣猛踢。

「轟轟轟——」一陣巨響乍地響起。

項羽心神倏地一驚，卻見「乾坤居」的洞門驟然打開。

啊！難道這烏騅馬與這「乾坤居」有什麼關係？

會不會烏騅馬是這「乾坤居」主人的坐騎呢？

項羽心下一緊，烏騅馬這時卻已負著項羽走進了洞內，洞門突然關閉。

鄒衍叫眾人再往前行的時候做上標誌，用「一、二、三……」等數字記號來記數所走過的洞數，但轉了半個多時辰，卻又給轉回到了標有「三」的洞中。

鄒衍叫眾人不要再走了，蹬下身子拿起一塊石頭在洞內的地上畫起古怪的圖形來。

又是半個多時辰過去了，鄒衍突地舒了一口長氣，語氣興奮而感慨的道：「我知道了！這迷洞所布的陣法是『乾坤北斗陣』！傳言此陣是春秋晚期吳國享有『百世兵家之師』稱譽的孫武所創，卻不知怎麼會出現在這裡？」

項梁受鄒衍點醒，臉色微變道：「果是『乾坤北斗陣法』！想不到這洞內隱居有如此高人！此陣法天下間無得幾人能會，而此洞隱居之人竟把它用此洞中套洞之勢演化成迷途之用，其機智真是當世罕有了！」

項少龍震驚之餘卻是問道：「你二人可知破解這『乾坤北斗陣』之法？」

鄒衍、項梁二人同時搖頭苦笑。

唉，看來自己等也給困在這洞中了！但不知羽兒被困在此洞何處？為何這洞中現卻聽不見了任何的異響？項少龍黯然長歎一聲的想著。

但願上天保佑羽兒不要有什麼差錯！

項羽見洞門突然自動關閉，心下本是大驚，但覺眼前並不黑暗，心神旋即又平靜了些，騎在烏騅馬上舉目環視四周。

此洞約有五六十平方見丈，裡面四壁和地面都平整如鏡，洞頂鑲嵌有四顆龍眼般大的夜明珠，把洞內照得一片光明。

在洞壁左側又有一個一人多高的圓弧形洞口，洞內發出的光線卻是柔和而略帶淺黃，看來並不是什麼珍寶之類發出的光亮，而是點著的油燈一類。

洞正中壁上掛著一幅白帛八卦全圖，帛布或許是因時間長了的緣故而顯得有點黑而黃。

在右側是一個蓮花石墩，約有一米多高，石墩周圍布有許多用強力機簧裝成的銅球，可能是用來作練功之用的。

項羽見著洞內此景，不禁心下大是詫異。

看來這洞內確是有人居住了！烏騅馬也與這洞內主人大有關係！

但自己進來這長時間了，怎麼不見洞內有什麼動靜！

項羽邊想著邊從馬背上躍了下來，童心大起之下飛身躍上了蓮花石墩，正待伸手去碰觸那些銅球，卻又被另一異象吸引住了。

卻見蓮花石墩的一片蓮花瓣上裝有一面銅鏡，悉然可見此「乾坤居」洞外之洞的情形。

哇！此等機關確是設計得巧妙非常！

項羽心下大是好奇，不禁細細的打量起其他的蓮花石瓣來，卻見其他七片石瓣上赫然是一幅幅的軍事戰略地圖，細看之下竟是戰國時期秦、燕，魏，趙，韓各國的防禦要塞全圖。

項羽見了心下突地一跳。他想起了父親項少龍曾無意失口跟他所說的他將來會成為一代西楚霸王的話來。

我……要是有了這七幅地圖，將來想去雄霸中原豈不是容易許多？虞姬一直都希望我成為個頂天立地的大英雄，要是我將來震服天下，那她豈不是會永遠的跟著我了？

項羽的野心在這一刻突地爆發出來。

這或許也就是歷史的必然性所趨吧！

真正的項羽死了，他要走的路卻轉移到了項寶兒身上來。

項羽的整個精神突地顯得興奮異常。

我一定要把這七幅地圖描繪下來！

項少龍等幾人雖是因被困在「乾坤北斗陣」下而顯得有些灰心喪氣，但想著還未找著項羽的影跡，心下卻是更為之著急。

項梁一向沉著冷靜的臉色顯出情緒波動的焦急道：「方才還聽到洞內怪獸的吼叫聲和爆炸聲，但此刻卻又毫無動靜，羽兒會不會……」說到這裡聲音竟是有點哽咽起來。

眾人心頭均是沉重異常。

項少龍這時卻平靜的道：「我看我們還是分散開來去尋找羽兒的好！」頓了頓又緩緩的道：「活著要見人！死了要見屍！」

話剛說完，身形已是向其中的一洞口衝去。

眾人亦默然無聲的分散開來。

項少龍此時心中的感受猶如萬針穿胸，讓他的呼吸都快要窒息了。

你可千萬不要出了什麼事！爹還要把你締造為一代西楚霸王，讓你做個流芳永世的大英雄呢！還有虞姬！你能捨棄她而不顧嗎？

項少龍邊在洞內尋找著項羽的蹤跡，邊心懷激蕩的想著。

突地聽得鄒衍自右方發出「啊」的一聲驚叫，接著又是他語音興奮而激動的道：「大家快來！這裡發現羽兒的衣衫了！」

項少龍聞言心神振奮，飛步往鄒衍發聲處奔去。

片刻就已找著鄒衍所在之洞，卻見項梁等也已聞聲趕來，正圍著鄒衍，神情激動的看著鄒衍手中所拿的一塊項羽身上的碎布，布身已是被火燒得焦黑。

項少龍三步並作兩步的衝上前去，一把奪過碎布緊握手中，顫抖的道：「羽兒……定在這附近不遠，我們就快找著他了！」

蕭月潭這時突地在一邊低聲道：「啊！是項羽的鋼針！他一定在這洞中與什麼怪物發生了激鬥！但鋼針上卻又不見什麼血跡，這……難道敵人竟能抵抗鋼針的射擊？」

項梁這時亦已發現了怪獸被項羽百戰刀劈落的鱗甲，捏在手中用力一握，竟是絲毫無損。這到底是什麼怪獸呢？堅硬的鱗片！鋼針射牠不傷！

項羽從蓮花石墩上躍了下來，準備去找幾塊帛布和筆墨來繪下蓮花瓣下的地圖。烏騅馬突地來到他身邊，用頭輕推著，示意他進得圓弧形洞門的石洞裡去。

項羽心下大訝，這洞中之洞難道會有得什麼古怪？

項羽心有疑惑，但想來烏騅馬此舉可能大有深意，當即便也心神緊張的向洞內走去。

首先映入的是一具巨大的石棺，棺身約有一米來高，長約有二米五左右，用粗鐵鍊懸掛半空。石棺正前方鑿有六個方方正正的楷書——乾坤真人之墓！

石洞左側是一個石床，床沿前頭有一張圓形石桌，上面放滿了竹簡帛一類的東西，在這石桌上方的石壁上懸掛有一盞長明油燈，正發出淡黃的光亮。

石床對面是一個冒著嫋嫋霧氣的水池，水池周圍攔以石杆，石棺就懸掛水池上空。

項羽看著這石洞內奇異的佈置，頓然感覺一種神秘的氣氛來。但想著外洞蓮花石墩的蓮花瓣上的地圖，不由自主的對這石洞主人生出一股敬意，想來這石棺裡的「乾坤真人」定是這石洞主人，地圖為他所繪，烏騅神駒為他所養，自己巧進他的洞內，倒正是應給他叩幾個響頭，以謝他賜圖賜馬的恩德呢！

心下想來，當即雙膝跪地，對著那空中石棺行了個三拜九叩的大禮。

禮畢後，正待轉身出洞，卻突聽得一陣「啪啪」之聲傳來，倏見一團灰色黑影向自己射來，項羽心神一驚之下，忙自腰中拔出幾枚鋼針正等射出，卻突聽得黑影發聲道：「小子！乖乖！小子！乖乖！」

項羽聞聲凝遲片刻，往黑影望去，卻見是一隻鸚鵡，從石棺項部的一暗格裡向自己飛來，一雙烏黑發亮的眼睛正炯炯有神的望著自己。

項羽聽這鸚鵡剛才所講之話，心下不禁有氣，罵了聲道：「你才是乖乖小子呢！」

鸚鵡聽了卻是發出如少女一般的笑聲道：「小子，有福！生氣，何必？」說完竟又展翅柱石棺上飛去，從暗格裡啣出一束白色錦帛，飛到項羽肩頭之上。

項羽大是訝異的把鸚鵡自肩上拿下，放在掌心道：「乖乖小子，這錦帛是給我的嗎？」

鸚鵡此刻卻是斂去了剛才的玩笑之態，目光嚴肅的點了點頭。

項羽大是不解的自鸚鵡口中取過白色錦帛，卻聽著鸚鵡又發聲道：「師父，慧靈兒已經完成你交給我的任務了！我可以來陪你了！」話剛說完，竟在項羽手中倒身死去。

項羽大驚而又不明所以，但想起此鸚鵡剛才說話的滑稽可愛和牠對主人的忠心，不禁生起一種憐愛的悲傷感覺。走近石桌把鸚鵡的屍體輕放桌上，雙手合十，默默的為牠死去的靈魂祈禱一番後，再面色凝重的拿起錦帛細看起來。

第四章　奇變突生

原來這乾坤真人，是春秋晚期吳國大將享有「百世兵家之師」之稱的孫子的師父。

當年乾坤真人授予孫子一套《乾坤混元無極神功》和十三篇《乾坤兵法》，也即流傳後世的「孫子兵法」，從而使孫子領兵疆場用兵如神，戰無不勝攻無不克，從未有過敗績，聲名也隨之鵲起，威震各國。

乾坤真人見孫子把自己的畢生所學發揮得淋漓盡致，為國立下了赫赫戰功，亦感此生宿願已了，於是老懷大開的離開了孫子，遊歷四方，想尋找一處自己理想的晚年隱居之所。

當他來到這塞外漠北，發現大澤山谷底的冰風火離洞後，生起強烈的興趣，於是決定在大澤山谷底偷留一段時日，以探究一下這冰風火離洞的形成原因。

卻發現原來這大澤山谷底地殼深層有一處活火山和一冰寒刺骨的寒氣使得谷底的天然石洞亦陰變陽，但陰陽互不干涉，於是便形成了冰風火離洞。

探得冰風火離洞的成因後，乾坤真人本打算離開此大澤山，卻於一日無意中被他發現此谷地底的活火山口處隱居有一隻獨角怪獸，似麟非麟，似龍非龍，心下大感訝然。

通過查閱大量的古典文藉，得知此獸名曰獨角麟龍，舉天下之間甚是罕見，在所有文獻記載中只出現過三次，每次相隔的時間大約都是三百年左右，且每出現一次都會令天下風雲色變，戰事連起，同時亦也會在這亂世之中誕生一代天下無敵的英雄來決定此亂世風雲。

乾坤真人有此發現後，心懷大是激動，便決定把這冰風火離洞作為自己的隱居之所，來窮畢生餘力以研究這獨角麟龍身上的奧秘，卻發現這怪獸每日自口中吐出一顆火球般的內丹，來吸納這火山裡的熱能精華。

為了避逃獨角麟龍發現自己，乾坤真人於是把那些天然石洞改造設計為一座「乾坤北斗陣」！

隱居其間，乾坤真人偶然在大澤山的頂峰「烏龍峰」上發現了一匹毛髮黑得發亮，奔速奇怪無比的野馬，心下頓然生出愛慕之心。

於是把牠收馴為自己的坐騎，給牠取名為烏龍神騅。此馬可以日行千里，其速如電似風，其聲可震天動地，乃是一名為天地赤龍的怪獸與山中一體格健壯的野馬交配所生。

天地赤龍也是一種天下罕有的異獸，龍身馬面，能吸取天地日月精華修煉己身，其性雖是通靈溫和，但其威猛之勢卻也是百獸中難尋敵手。

乾坤真人收馴烏龍騅後，把牠帶到了冰風火離洞中，而在修煉的天地赤龍發現其子不見後，尋著烏龍身上氣息找到了冰風火離洞中，被洞裡的「乾坤北斗陣」所阻，急得暴跳如雷連聲巨吼，這巨吼驚擾正在火山口修煉的獨角麟龍，於是怒氣沖沖的竄出地底，見著天地赤龍凶性大發的便向牠展開攻勢。

二獸這一戰真是驚天地，哭鬼神嚎，整個大澤山谷底都被牠們所發的功力給震得晃動起來，天空亦也是烏雲密佈，狂風大作，傾盆大雨倏地從天急降。

然而天地赤龍終是功力稍遜獨角麟龍一籌，被獨角麟龍擊得重傷之下，怒急攻心竟施展了同歸於盡的打法，吐出體內修煉有幾百年功力的內丹，向獨角麟龍炸去……二獸在巨大的爆炸聲中均滾下了山崖。

目睹了這驚心動魄的一戰，乾坤真人心中的驚駭真是無法用筆墨來形容之。

事後，乾坤真人去山崖下尋找二獸屍體，卻只發現天地赤龍的屍身，而獨角麟龍杳無影跡，想來是沒有死吧。

回到冰風火離洞的活火山口處，果見已是重傷的獨角麟龍正在運功療傷，乾坤真人本想乘機除去獨角麟龍，但又思想如此做法或許會觸犯天怒，帶來不可設想的後果，於是強捺心中衝動，但為了防止獨角麟龍來侵犯自己，便重修了「乾坤北斗陣」，同時在獨角麟龍所修煉石洞周圍布下了「乾坤八卦天罡陣」！

思想到此獨角麟龍在自己死後，可能還是會破陣而出，那時天下將會再起風雲，於是便決定在餘生最後的光明裡撰寫出自己的畢生所學，取名為《乾坤混元譜》，留待有緣人以拯救天下將來的浩劫。

《乾坤混元譜》裡面記載得有《乾坤混元無極神功》、《乾坤兵法》、《無敵乾坤箭法》、《玄意心法》、《玄機乾坤陣》等乾坤真人的畢生心血，並且還有一套《七國戰略防禦軍事圖》。

在乾坤真人臨終前，他託付烏龍神雖把有緣人引入「乾坤居」中，再由他飼養通靈鸚鵡慧靈兒指示有緣人取得《乾坤混元譜》。再下面接著寫的是《乾坤混元譜》的所藏之處，以及告誡有緣人得他所傳練成秘譜中的武功以及領會其中陣法、兵法後，必須擔起拯救天下亂世蒼生的責任，否則必遭天譴。

再有就是叫有緣者留意洞內火山口處的獨角麟龍，以防牠出洞擾亂人間。最後寫著得他真傳後，務必在十二個時辰之內離開此冰風火離洞，因為《乾坤混元譜》取出後也就是發動了洞內的機關，十二個時辰後會有巨石自動封住冰風火離洞的所有進出口，此著也是為了防止獨角麟龍出洞之用。至於烏龍神雖可以帶出以助己威。

項羽看完上面的記述後，心下驚喜不已。驚的是自己要負起平定亂世的重任。喜的是自己因禍得福，獲得不世奇緣。不過心下同時有些暗暗訝異。

《玄意心法》和《無敵乾坤箭法》不是項伯伯的家傳武功嗎？怎麼會在這《乾坤混元譜》裡出現呢？莫不是項梁伯伯的先人與這乾坤真人也有著什麼關係？自己出洞後可得向項伯伯問起一下其中的因緣。

不過自己這有名無實的乾坤真人師父對這獨角麟龍的擔心卻是多餘的了，自己已經殺死了這該死的傢伙了呢！

然而項羽卻是怎也想不到，八年後就因他殺死獨角麟龍這一舉而觸犯了冥冥中的天怒，而使得他……

項少龍、鄒衍、項梁等幾人發現項羽和怪獸起先劇鬥中的山洞所留下的遺跡後，心下均都又驚又喜，忙都分散開來在這山洞周圍搜索其他的形跡來。

突地傳來龍且的驚叫聲：「啊！這裡有一具怪獸的屍體！還有項羽的鋼箭！」

項少龍等幾個聞聲心神一震，幾乎是同時趕到龍且所在洞中。

鄒衍乍見死翹翹的怪獸，失聲道：「獨角麟龍！這……這怎麼可能呢？」

蕭月潭見鄒衍看著怪獸臉色突變，不禁心生疑惑，大是訝異的問道：「鄒老兄有什麼特別的發現嗎？」

鄒衍似沒聽見蕭月潭的問話，一雙眼睛只是怔怔的看著地上死去的獨角麟龍的屍體，突地又自言自語的道：「這怎麼可能呢？獨角麟龍？羽兒竟能殺死獨角麟龍！難道這世道又要進入亂世了嗎？唉，天意！這或許是天意！天意預示著秦朝的江山將坐不長了！」

項少龍聽了心神大震。

乾爹為何一看到這叫什麼獨角麟龍的怪獸就說什麼亂世，秦朝江山將不長了等怪怪的話來？難道他又猜出了什麼天機嗎？

想起歷史上真的是在秦二世三年，眾路義軍把秦王朝攻滅，項少龍的心裡不禁有一種怪怪的感覺來。

乾爹的話中似藏著什麼玄機。獨角麟龍？羽兒？亂世？這……難道就因羽兒殺死了這獨角麟龍，而導致天下將來風雲劇變嗎？

項少龍如此忐忑的想著，不禁色變道：「乾爹，這獨角麟龍到底是一種怎樣的怪獸？羽兒他殺了這怪物，會不會令他有什麼危險？」

鄒衍臉色沉沉的沉默了良久後才緩緩道：「是福不是禍，是禍避不過。唉，看來天意冥冥中似顯出羽兒將來的不平凡了，他殺了這獨角麟龍可以說是福，也可以說是禍。只要他能避過他此生的一次血光之災，此舉對他而言就是天大之福，有望攝足九五之尊！」

頓了頓又道：「至於這獨角麟龍乃是傳說中的一種靈獸，凡人絕不會見著其身，只有具有王者之氣的人才可見著此獸。傳言當年赤帝馴養了這樣一頭靈獸，他在此獸腹部雕刻有七十二顆星象位置，以示此靈獸與七十二之數皆為王者之標誌，後來，赤帝死後，此獸悄然不見。只在以後的每三百年期間就出現一次，每次牠的出現都會令天下發生一次大亂，也會因此而誕生一代名震天下的帝王。羽兒今次殺了此獸，天下大亂必定而起，只是他的命運卻是未知之數了！」

項少龍聞聽此言，心下不禁又驚又喜。

羽兒見著此獨角麟龍，就是預示著他身具王者之氣了！自己把羽兒締造為西楚霸王也可以說是天意安排了！

但是羽兒殺死了這靈獸，會讓他此生有一次血光之災，這是不是項羽最後被劉邦迫至烏江自殺一事呢？那……只要自己派人暗殺了劉邦，羽兒豈不是可以避過此血光之災，而可攝足九五之尊？項少龍心裡突突的如此想著。

蕭月潭和龍且這時突地同時訝聲驚叫起來道：「啊！此獸腹部果真有七十二顆星象位置圖！」

鄒衍聽了神色一陣激動，喃喃道：「果真是赤帝所馴養的那頭獨角麟龍！那傳說真是屬實了！啊！天意！一切都是天意！」

項少龍聞聽此言，心中更是喜憂不平。

項梁見著項少龍臉上怪怪的神色，知他心裡所想，頓即接口道：「對！天意！項羽殺死了此獨角麟龍，老天馬上降下了一場及時大雨，此刻我想谷口處林中的大火已被澆熄了吧！這叫做天助我也，乃是羽兒殺死這怪物後給我們帶來的福氣！大家可知道嗎？我們在這冰風火離洞的洞口聞聽洞內怪獸的連聲巨吼後，老天才突然風雲雷聲大作而下起雨來的，我想那時真是羽兒射死這隻獨角麟龍的時候了！」

項少龍聽了這話，亦覺也有道理，心下稍寬，嘴角露出一絲微微的苦笑來。

唉，希望羽兒殺死這獨角麟龍真是給他帶來福運了！

鄒衍突然道：「我們現在不要討論這個問題了，還是尋找項羽要緊！」

項少龍心神頓斂。

對了，這洞中為何只見怪獸屍體而不見著羽兒呢？現在到底怎麼樣了呢？

項羽按照錦帛中的指示，從石棺下的水池中取出了一個黑色鐵匣，打開一看，果見裡面裝有一疊已呈現出紅黃舊色的羊皮，首先落入眼簾的就是五個龍飛鳳舞的隸體古字——《乾坤混元譜》！

心神激動的拿起那疊羊皮，翻開細看起來，卻見裡面滿是一個個的蠅頭小楷，記錄的全是武功、兵法和機關玄學的內容，最後幾張羊皮畫的卻正是那外洞的蓮花石墩的蓮花瓣上所刻的七國軍事防禦戰略圖。

項羽強壓住自己精神的亢奮，想起錦帛中所言，自己取出鐵匣後得儘快離開這冰風火離洞，否則洞中所有的出口都將關閉，當即放好羊皮裝在鐵匣，縱身躍出了水池，但一種異樣的感覺又讓他生出驚訝的心情來，原來在縱身上岸的一刻，項羽感覺自己身上的傷勢竟然好了一大半，想來是這池水有著什麼療傷的作用吧。

項羽真想再次跳進水池中好好的泡他一陣子，但又想起還在洞口外等候自己的父親項少龍他們，只得抑制住自己的這種衝動，跪下身來對著懸掛空中的乾坤真人的石棺拜了幾拜，臉色露出一股堅毅的神色道：「師父，我一定會像師兄孫子一樣不會辜負你的期望的！你在九泉之下的靈魂請安息吧！」

說完項羽站了起來，把慧靈兒的屍體放在一鐵盒中，把鐵盒放入水池中，默默的為慧靈兒悲哀一陣後，收拾心情出得內洞來到外面的石洞之中。

卻見烏龍神騅正靜靜的站在那可察看石洞外面情形的銅鏡前，聽得項羽的腳步聲，當即收回目光，親切的望著他低低的嘶鳴了兩聲，輕快地跑到項羽身邊。

項羽看著這匹健壯威武的神騅，想起牠逝去的「父親」天地赤龍，心下一陣悲然，不禁伸出雙手緊緊的抱住烏龍的馬首，低下頭去與牠親了幾個面，溫和的道：「烏龍兒，我已經替你報了殺『父』之仇了！以後你就跟著我一起出去闖蕩江湖好嗎？」

烏龍兒似是聽懂了項羽的話，既顯興奮又顯悲哀的嘶叫一聲，目中流露出無限的深情，環視了石洞一番後，又跑到石洞門前，四蹄按照地面石板上所作的圓形標記，依北斗七星陣一陣輕點，洞門又居然大開。

項羽想著自己這次九死一生的奇遇，心中生起無限的感慨，看了一眼還在戀戀不捨的看著石洞的烏龍神騅，輕拍了下牠的頭道：「烏龍兒，走吧！」

烏龍神騅突地巨裂一聲嘶鳴，前蹄跪地，把頭一陣亂磕，竟也懂得像人一樣行起跪拜大禮來，目中卻是流出了兩行熱淚。

待烏龍兒情緒平定後，項羽走上前去又問牠道：「烏龍兒，你知道怎樣走出這洞中的『乾坤北斗陣』嗎？」

烏龍馬此刻像是回復了所有的精神，把頭一陣輕點，目光親切的望著項羽。

項羽見了心中大喜，縱身躍上馬背，一人一騎旋風般向洞外馳去。

項少龍等幾人見著獨角麟龍的屍體，心中喜憂參半。喜的是項羽殺死了獨角麟龍，應該是預示著他還活著；憂的卻又是不見著項羽的人影，弄得眾人心裡還是忐忑不安。

眾人正準備再次分散開來去尋找項羽，突地一聲尖厲的馬嘶聲傳來。

項梁率先抑不住心中的興奮，脫口道：「馬嘶聲！羽兒可能跟這叫鳴的馬兒在一起！」

項少龍亦是神情激動，心念電轉的道：「對了，羽兒若真和這嘶叫傳來的馬在一起的話，我們就必須一齊大喊羽兒的名字，也以聲音引得羽兒的注意！」

眾人覺得此法甚好，於是一齊運足氣力齊聲大喊道：「項——羽！你在哪兒？」

這五人齊聲暴發出的巨喊聲，竟也聲大如雷，震得石洞頂部本已碎裂的石頭紛紛下落，聲音更是在這石洞之間迴蕩著，久久不停。

項羽耳中突地聽得父親項少龍等叫喚自己的聲音隱隱傳來，心中又是驚喜又是激動，知道他們在洞口外久等自己不回，於是便進得洞來尋找自己了。

心下想來，項羽當即拍了拍烏龍神騅的馬背道：「烏龍兒，你聽見前面呼喊我名字的聲音了嗎？那是我的朋友在尋找我，我們快尋著聲音傳來的方向去與他們會合吧！」

烏龍馬聞得項羽此言，當即放慢腳程停了下來，凝神靜聽一番後，又放開四蹄閃電般在這錯綜複雜的山洞裡奔馳起來。

「啊！馬蹄聲！像是朝我們這個方向馳來的馬蹄聲！」龍且突地驚喜的叫了起來道。

蕭月潭側耳聽，點了點頭道：「定是羽兒聽見我們對他的呼叫聲，驅馬向我們這裡馳來了！」

項梁則是突地更是興奮的激聲道：「啊！羽兒對我們的呼喊聲！聽！羽兒對我們的呼喊聲！」

項少龍這時也聽到了項羽在喊自己道：「爹爹，你們在哪裡？」

鄒衍卻是舒了一口氣，臉上露出肅穆的神色道：「看來羽兒是逃過此劫數了！日後他的命將貴不可言！少龍，你可要好好的照顧教導羽兒！唉，羽兒他……性子太是剛愎自用，日後他定會因此而吃大虧的！這一切可就靠你了！」

項少龍聽了鄒衍這番語重心長的話，只覺心裡沉沉的，他知道眼前的這位已年花甲的義父確有著通天蓋地的預測之能，當年他根據天上星象預測到自己就是將來一統天下的新聖人，這雖是有些偏差，但統一天下的新聖人卻是由自己一手給締造出來的，所以鄒衍的推測預算能力確是可稱天下無雙，準確非常。

現刻鄒衍對項少龍所說的這幾句話，項少龍自是深信不疑，且知道鄒衍話中的深意。

看來羽兒確是將來的西楚霸王了，只是想起項羽到最後兵敗劉邦而自殺，落得個千古英雄悲劇，項少龍的心就有些恐懼的刺痛起來。

這也就是義父口中所說的羽兒將來所要吃的「大虧」了。唉，自己到底能不能違背歷史的把劉邦刺死呢？項少龍心下對自己有些懷疑起來，因為他感覺自己身邊所發生的事情都太酷似於現代真的歷史了，但自己卻沒有能力去把它改變分毫。歷史會因自己的努力而按自己的意志發展下去嗎？

項少龍喜喜憂憂的想著時，突地聽得項梁驚叫道：「啊！羽兒！果真是你嗎？你……你沒有發生什麼意外嗎？大家可都為你擔心死了呢！」

項少龍聞言心神頓斂，舉目望去，卻見項羽騎在一匹通體毛髮烏黑發亮的雄健威猛的馬背上，渾身濕淋淋的，衣服破爛不堪，模樣兒甚是狼狽，但他一雙虎目卻射出一種項少龍從未見過的威嚴神光，臉上更是流露出一種堅毅的莊穆神色，給人一種震懾感覺。

啊！羽兒與獨角麟龍的一戰，似乎讓他顯得更加成熟多了！難道天意冥冥的真的要讓他做西楚霸王？

項羽就在項少龍愣愣的看著他的此刻，已從馬背上躍了下來，歡呼著奔向了項少龍。

項少龍伸手一把把他擁在懷裡，心下有著一種自己也說不出的激動情緒。

羽兒對自己始終還是有著一份天性的依靠和敬愛，日後他成就大業時，自己或許就得利用這一點對他進行改化了，他的剛愎自用的性格的確是他將來的最大危險，歷史上不就記載有他因為太過獨斷處事，而導致手下的人才不能得以發揮自己的才能而流失的嗎？

韓信就是一個例子，因為得不到項羽的重用而投靠了劉邦，後來竟成了項羽最強硬的對手。還有范增，因為項羽不聽他的諫言而氣得噴血而亡。這些個都是因為項羽太過自傲自大的性格而造成的嗎？

項梁這時走到了還擁抱在一起的項少龍、項羽父子二人身邊，對著項少龍笑道：「嘿，我不是說過羽兒吉人自有天相，不會有什麼危險的嗎？瞧！羽兒現在就是毫髮無損呢！」

項少龍放開了懷中的項羽，再次細細的打量了他一番，繃緊的臉上也露出了一絲笑容道：「過去的事就不用再提了，對了，羽兒，你似乎對這洞中的地形很熟悉呢？難道你……」

項羽不待父親的話說完，已走到烏龍神騅身邊拍了拍牠的腹部，喜悅的道：「我可是全靠烏龍兒的幫助呢！牠啊！通悉這洞內所布的『乾坤北斗陣』！」

蕭月潭聞言大奇道：「什麼？你說這匹馬兒破解了這玄奧無比的『乾坤北斗陣』？」

項羽自豪的笑道：「當然啦！你可知道烏龍兒的主人就是這『乾坤北斗陣』

的創始人嗎？」

項少龍、鄒衍、項梁幾人亦是心下大是訝異，鄒衍更是神色一動道：「什麼？『乾坤北斗陣』的創始人？難道孫子他還活著？」

項羽知道眾人對自己所經的奇遇均都不知，當下正色道：「此話可是說來話長了呢！」

項羽當即把自己怎樣遇著獨角麟龍和烏龍馬，怎樣與獨角麟龍進行苦鬥直至最後殺死這怪物，怎樣被烏龍馬帶進孫子師父乾坤真人的隱居之所，以及得到乾坤真人的遺囑真傳等等，一一向大家道出。

眾人聽得均都心神緊張無比，直至項羽把話說完，才恍然大悟的放鬆下了精神。

鄒衍雙目放光的望著項羽，語音激動的道：「羽兒，你真的得到了孫子師父乾坤真人的遺囑？哈哈哈，看來當真是天意要滅大秦了！羽兒，你可要好好的把握住這個天賜良機，一定要依真人所言，替天行道，解救天下正受苦受難的黎民百姓。只要你以誠待人，以德服人，你的前途將會是無可限量的了！」

項羽這時卻突地語氣堅毅的道：「我的理想是要做威震天下的英雄！」

項少龍和鄒衍聽了這話臉色一沉，項梁卻是哈哈大笑道：「好！羽兒，有志氣！伯父一定幫你到底，助你實現自己的宏大理想！」

項羽突地記起山洞出口在十二個時辰之內將會全部關閉的事來，臉色微變道：「對了，我們得趕快出洞！十二個時辰之內洞門將會關閉起來的！現在都已經過了七八個時辰了！」

眾人聞言均都色變，項羽躍上馬背，正欲叫烏龍馬帶領眾人出洞，鄒衍突道：「等一下！這獨角麟龍渾身是寶，我們不若把牠的屍體帶回去，光是牠身上的這身鱗甲就可為羽兒製一件刀槍不入的護身寶衣了！」

項少龍、項梁等亦大有同感，於是把獨角麟龍的屍體抬上烏龍兒的馬背後，一行人在烏龍神騅的領路之下，出得了這冰風火離洞。

雨這時已停了下來，大澤山谷底的空氣在大雨沖刷過後顯得清新許多，一陣陣清涼的微風輕輕拂來，給人一種很是舒爽的感覺。

眾人都深深的吸進了幾口清新空氣，吐出了久壓胸中的悶汙之氣。

項梁望了望谷口的天空哈哈大笑道：「瞧！大火果真被雨給洗滅了，這就叫天助我們也！」頓了頓又道：「哼！彭越那傢伙若是還來侵犯，我們就殺他個片甲不留！」

項羽驚疑道：「怎麼，彭越他們真的來偷襲我們啦！」

項梁點頭氣狠狠的道：「是啦！那傢伙想利用險惡地勢和他們對這大澤山地形的熟悉，以用火攻困死我們，可是誰知老天卻不讓他奸計得逞！」

項少龍這時突又憂心忡忡道：「唉，也不知二哥滕翼他們現在怎麼樣了？」

蕭月潭微笑道：「有你這位當年威震七國的項上將軍在這裡坐陣，滕翼他又怎會有得什麼危險呢！他啊，計智武功可稱你項少龍第二了。當然除了你泡妞的本事他比不上你。」

鄒衍亦笑道：「說起少龍泡馬子啊，我想古往今來沒有人敢作第二人想了！連嫣然、琴清、鳳菲那等才色雙全的人都全給少龍泡上了……」

項梁也正想加入來開幾句玩笑，項少龍苦笑的看著他們道：「唉，你們可不知道我的苦衷，齊人之福可是難以消受得很哪！」頓了頓，臉色倐地一斂，正色道：「好了，我們快起程去看看谷口外面的情形吧！」

項少龍等一行來到谷口時，卻見滕翼和荊俊正興高采烈的談論著這場老天降下的及時雨。

眾士兵對著項少龍等歸來的歡呼聲，讓得滕荊二人停住了談笑。

項少龍已衝上去一把抱住了二人，拍了拍他們的肩膀道：「二哥，四弟，你們可沒事吧？那場大火可正讓我擔心得很呢！」

荊俊脫開項少龍摟住他肩頭的手臂，神采飛揚的道：「嘿，二哥這次可是機智盡顯呢！想了個以火攻火的策略來對付彭越他們的火攻，讓他們的鳥蛋詭計絲毫沒有傷得我們分毫，不過卻也阻住了我們的出路，但天公卻又似乎在暗助我們似的，在危急關頭下了這場大雨把火給澆滅了。」

滕翼拍了一下荊俊的頭，嘿嘿一笑的轉變話題正色道：「對了，三弟，羽兒的《玄意心法》練成了嗎？」

項少龍點了點頭道：「嗯，羽兒練成了《玄意心法》第四重後，《無敵乾坤箭法》真的是得以發揮出它的絕世威力來了呢！羽兒就用《無敵乾坤箭法》射死了一隻刀槍不入的怪獸呢！」

荊俊聞言頓即生起興趣，正待向項少龍追問項羽射殺怪獸的經過，項少龍卻又突然笑道：「對了，二哥，有沒有發現彭越他們的敵蹤？」

滕翼搖了搖頭道：「大火被雨澆熄後，我也派人出查探過林子外面的情形，但卻沒有發現敵蹤，想是彭越見計不成，又想到我們這裡有大批兵馬，知是難敵，所以撤軍了吧！」

項少龍聞言卻是臉色劇變的失聲道：「啊！不好！這是彭越他們的聲東擊西之計，他們現在可能已領兵去攻打我們牧場或大江幫去了！」

滕翼聞言臉色亦是大變道：「這……我們現在就趕回去增援他們！」

項少龍心懷大亂，想著現在都是兵力空乏的大江幫和烏家牧場，若彭越他們真的帶兵攻去，情形可就十分危險了。

項梁這時已走到了三人身邊，聞言後雖是驚慌，但還是冷靜的道：「看來我們現就要兵分兩路了。一路由三哥和羽兒領去救援大江幫。另一路則由我們領去救援牧場。彭越他們對大江幫甚是懷恨在心，去攻打大江幫的可能性比較大，所以三哥多帶些人馬去！」

項少龍聽得此話，心神定了下來道：「好！我們就兵分兩路，叫兄弟們整裝出發！」

第五章　貢品風雲

當項少龍和項羽率領著二千人馬風風火火的趕到大江幫總舵所在地哀牢山時，山上卻是平靜無常。

見著項少龍率領大隊人馬趕來大江幫，當即有兩個嘍啃進山通報。不消片刻，卻見大江幫護法吳丙領了十多個堂主出得谷口迎接項少龍等人。見到項少龍一行顯得有些形色匆匆，吳丙不禁訝異的問道：「項幫主，發生什麼事了嗎？」

項少龍見大江幫無恙，心中的焦慮稍稍平靜了些，但又即刻為著烏家牧場而擔憂起來。

彭越他們沒有來攻打大江幫，那會不會是去攻打烏家牧場了呢？

對了，桓楚為何沒有出來接見自己？難道他是聞得彭越他們去攻打烏家牧場而趕去增援了？若真是這樣，那牧場豈不……

項少龍如此想來，有些心煩意亂的問吳丙道：「桓幫主呢？怎麼不見著他？」

吳丙見項少龍心情不好，以為他是在怪桓楚沒有出來接見他，肚裡暗自失笑，但臉上卻滿是恭謹的道：「桓幫主因聞聽得匈奴國近些天會進貢一批珍寶去秦國，而他們去秦的路線必須經過我們這塞外，所以他於兩天前領了一眾兄弟去準備劫這批匈奴貢品去了。」

項少龍聞言心中一動，又問道：「那有沒有大澤山的彭越他們一夥也去劫貢品的消息？」

吳丙點了點頭道：「據探子回報，彭越他們於昨天也突地領了大批兵馬佈置在匈奴族人必須經過的塞外關隘中，看來也是想去劫這批貢品了。不過聽說這次護送貢品的人馬有一萬多人，其中大半是秦兵，由一名叫章邯的秦將領兵。看來這批貢品確實價值連城，要不然不會如此勞師興眾。嘿，桓幫主說要是我們能劫得這批貢品，就作為日後反秦大業的經費呢！」

項少龍聞聽得彭越他們果如自己所想去劫匈奴貢品去了，那自是不可能再有力量去攻打烏家牧場了，心下不由大寬。

但又想到這次護送貢品的人馬有一萬多人，而桓楚卻只有三四千的兵力，且那些官兵武器裝備精良，久經嚴格訓練，自都是比大江幫的那些兄弟厲害得多，那桓楚此次去劫貢品的景況真是危險得很了。嗯，自己得儘快領兵去增援他來！

心下想來，項少龍當即又問吳丙道：「那你知不知道桓幫主他們現在埋伏在哪裡？」

吳丙答道：「這個屬下知道！項幫主是否也要趕去桓幫主那裡？」

項少龍點頭道：「桓幫主他們兵力太弱，我得趕去增援他們，對了，吳護法，你派人去我們烏家牧場通知我二哥滕翼一聲，讓他也帶領一部分人馬去與我們會合。」

吳丙點頭應是，道：「那屬下就派人領你們前去與桓幫主他們會合。牧場那邊我也即刻派人去通知他們。」

項少龍應了聲「好」，又叮囑了吳丙一番，叫他好好的守住哀牢山，嚴密防守外敵來犯。

項少龍領了一千五百兵馬，在吳丙叫派的四名堂主領路下，來到了桓楚所埋伏的一個叫作浮屠山的山谷裡。

桓楚見著項少龍，興奮得連連大叫道：「項大哥，你怎麼也來這裡呢？對了，這就是侄子項羽吧！果真是虎父無犬子！他日定會像項大哥你一樣名震天下！」

項羽對桓楚侵襲自己的烏家牧場和擒過父親項少龍這些事有點耿耿於懷，一臉勉強的走到桓楚面前，雙手抱拳，朝他微微一拂後，氣呼呼的道：「小侄項羽見過桓伯伯！」

桓楚見得項羽臉上神色，知他心中所想，嘿嘿一笑道：「小鬼頭，是不是對伯伯有些氣惱啊？嘿，伯伯以前是做錯了事，不過也讓你父親給狠狠的教訓了一頓，現在啊，是改過向善了。對了，你要是真氣你桓伯伯啊，那我現在就向你陪個禮道個歉，請你這小鬼頭原諒你這曾經得罪過你父親的伯伯了！」說完，身子成九十度角向項羽鞠了一躬。

這一來，可把項羽給弄得手足無措，滿臉通紅地道：「我……我……沒有生桓伯伯你的氣呢！我只是……心下對你有個疙瘩罷了！」說著也忙躬身還禮。

桓楚聽了項羽的話，哈哈一陣大笑道：「羽侄兒說話可也真坦誠得很呢！心下有個疙瘩！哈哈，有意思！但不知現在侄兒心下的疙瘩好了沒有？」

項羽此刻已是平靜下心懷，恭謹道：「桓伯伯說話如此坦誠，小侄怎還會對你有什麼成見呢？光是你借兵於我父親為我練功護法這一事，已是令小侄感激不盡了呢！因為你此舉卻是冒了彭越他們再次反攻大江幫的危險呢！小侄在這裡謝過桓伯伯了！」說完又朝桓楚深施一禮。

桓楚見項羽處事說話如此得體，不禁心下對他生出萬分喜歡，走上前去拍了拍他的虎肩，又是一陣哈哈大笑道：「好！好！羽侄兒果真有你父親的幾分大家風範！」

項少龍這時走近來，對桓楚尷尬一笑道：「方才羽兒在桓兄弟面前說話有失分寸，還請你不要放在心上。這傢伙被我寵慣了，以至有點不知天高地厚呢！」

桓楚連連擺手道：「哎，我就喜歡羽兒這種直率的性格，項大哥可是不要責怪他了！」說到這裡，突地又改變話題道：「對了，項大哥，彭越和秦嘉他們昨天下午派人與我們商量說，願與我們一起聯手動搶匈奴進獻大秦的貢品，你看看這事我們應該怎麼辦？」

項羽聞言脫口罵道：「可惡，與他們合作個鳥蛋啊！那幫傢伙我還想一個個的把他們全給宰了呢！合作？我看是免談！」

項羽還想再罵幾句以發洩一下自己對彭越他們心中的怨氣，但突地看見父親項少龍朝自己投來的威嚴目光，當即不敢再吭聲了。

項少龍瞪了項羽一眼後，沉吟了片刻後道：「我們與彭越他們雖然是處於敵對位置，但是我們反秦的意願是一致的，所以我們與他們之間的關係是儘量的想辦法能夠化敵為友，這在反秦大業上於我們是有利的。我們的思想一切都要以反秦為重，私人的恩怨就要暫時放在一邊。」

說到這裡頓了頓又道：「我看彭越他們此次派人前來與我們商量共同對敵，其意還是誠心的。因為這次護送貢品的官兵太多，憑他一己的力量很難取得勝算，而我們與他們志同道合，都欲搶得這批貢品，所以我們是他的最佳合作夥伴。我們可以利用這個機會與他們議和，以前的恩恩怨怨一筆勾消，日後井水不犯河水，各自去發展自己的勢力，蓄勢反秦。這樣一來我們這次劫搶貢品成功的機會大了許多，二來將來也多了一支反秦義軍。」

桓楚聞言連連點頭稱是，項羽則是低聳著腦袋，一臉的愧然之色。

項少龍接著又道：「對了，桓弟，你去告知彭越派來的人，叫他們回去通知彭越，我們今晚將趕去他們那邊商談此事。」

桓楚臉色微變道：「我們去他們營中商談？那豈不是孤羊入狼群？項大哥，我看此著萬萬不可，萬一彭越那傢伙……」

正說到這裡，項羽突地打斷了桓楚的話道：「怕得彭越他們個鳥來！今晚我陪爹爹去，就是刀山火海，我們也要闖他一闖！我倒是想看看彭越那龜孫子的王八蛋有得什麼能耐！」

桓楚聽得項羽此番豪氣凌雲的話來，以為他是在含沙射影的說自己膽小怕事，當即老臉脹得通紅的大聲道：「誰說我是怕得彭越那龜孫子王八蛋了！我只是擔心……他媽的，老子現也不擔心什麼了！羽侄兒，你都有這份豪情壯志，我這做伯伯的難道會示弱了不成？好！今晚我們三人就去彭越他們營中闖他一闖！就算是龍潭虎穴我也不會有得什麼害怕！」

項少龍見得桓楚被項羽這一番激將的話，氣得像個孩童般耍起脾氣來，連鬍子都快冒煙了，心下直覺好笑，但臉上卻還是露出嚴肅沉著的神色道：「這個……我們自是也得有他一番防備佈置才可去得敵營的嘛！你們伯侄兩個幹嘛都如此情緒容易激動了？好了！好了！我們現在去喝它兩杯熱茶以消消火氣吧！」

夜色漸漸的暗了下來，天空上的星星忽閃忽閃的頑皮地眨著眼睛，但這塞外的夜風卻是讓人覺著有了幾分寒意。

項少龍從所領來的隊伍中選出了一百個精通夜行術的烏家軍交由英布帶領，

教他暗中如何偷偷進入敵營中進行保護行動，又從軍中抽出了二十多武功高強的好手，跟著自己和桓楚、項羽三人一起，在彭越派來的使者的領路下向彭越營地進發。

二個多時辰後，彭越營地在望。項少龍發出與回去通信的信者約定好的信號，燃起了三支火把，成品字形佈置。過得片刻，對方果也燃起火把以作回應。

項少龍叫眾人暗中提神戒備，繼續前行。

一陣馬蹄聲突地傳來，項少龍心中一突，舉目望去，卻見敵營中突然亮起了幾百支火把，且似有大批人馬向自己這方漸漸逼近而來。

項羽頃刻忍不住的破口罵道：「他媽的，彭越這老傢伙果然不守諾言！我們與他們拚了！」

項少龍卻是低喝道：「大家不許妄動，待看看彭越到底在搞什麼鬼！」

不一會兒，雙方已是彼此可見人影，項少龍聽得在對方迎上來的三四百人當中，有一個身形十分高大，體態顯得有點肥胖的中年老者用很洪亮的聲音道：「哈哈哈，項少龍果然是項少龍，有膽有識！竟然真的敢隻身來我營中！好！我彭越今日能得以見識如此有膽色的英雄人物，也真是不枉此生了！」

項少龍聽得他話中火藥味並不太濃，知他擺出如此聲勢來是想給自己等一個下馬威，當下也毫不畏懼的一陣哈哈大笑道：「哪裡！我項少龍哪裡能算得什麼英雄人物！只是有一份不怕死的傻勁罷了，哪像彭將軍一樣有得那麼多手下保護，威風八面呢！」

彭越聽出項少龍話中暗含譏諷，說自己帶這麼多人來「迎接」他。心下雖是有些氣惱，但臉上卻還是滿面笑容的大笑道：「嘿，項上將軍說笑了呢！在下的這些兄弟只是都對當年名震天下的大秦上將軍感到欽仰不已，所以也都要跟著出來見識見識項兄弟而已嘛！」

二人說著，不覺雙方已是會合在了一處。項少龍這時細看彭越，只見他濃眉大目，方臉粗耳，手臂寬大，給人一種很是猛武有力的感覺，他的背部插著一對巨斧，看來此人武功以威猛著稱。

彭越這時也在細細的打量著項少龍，見他劍眉斜飛，星目精光閃閃，腰中佩著百戰寶刀，一臉的肅然正氣，確是有著幾分大將風範。

桓楚見著彭越身後的秦嘉、景駒二人，頓刻氣得濃眉倒豎，正想即時衝上去把這兩叛幫的傢伙殺個稀巴爛。

項羽見得桓楚臉上氣怒的神色，湊到他耳邊低聲道：「桓伯伯，是不是這幫山賊之中有你的仇人？待會雙方打起來時，我幫你去把他們給解決了！哎，你指給我看是哪幾個人嘛！」

桓楚正待說話，卻聽得彭越又是大聲道：「項兄弟等遠來是客，在下倒是疏忽了應盡地主之宜。好，各位就到在下營中喝兩杯水酒，順便談談咱們此次如何聯手劫取匈奴貢品的事吧！」

項少龍微微一拱道：「那在下等就多有打攪了。」說完叫眾人跟了彭越朝他們營中策馬馳去。

來到彭越的營地後，卻見他們所處的是一處山頂中比較隱密的空曠，四周是稀疏落落的樹木，且有許多奇形怪狀的巨石。

在空曠的左邊，燒著一堆很大很大的篝火，篝火旁邊擺有三張圓形的桌子，每張桌子周圍放了八把木椅，桌子上用木架子支起了一隻烤熟了的乳豬，還冒著騰騰熱香，看來是剛烤熟不久，並且每張桌子擺有八隻瓷碗。

但在席桌不遠處站了四十幾個身帶佩劍的武士，且擺有一個兵器架，倒像是一個臨時的練武教場。

項少龍見著此情形，知道今晚定會有得一場打鬥了，忙示意桓楚和項羽小心戒備。

彭越突地發出一陣哈哈大笑道：「此等山野之地，一時難以置配其他菜餚了，簡陋之處還請三位見諒一二！」

叫得項少龍、桓楚、項羽和自己的一眾手下坐定後，彭越又道：「來，大家嘗嘗這烤乳豬的滋味如何？」

邊說著自己邊先行用刀子割了一塊肉送到口中大嚼起來，似是在告訴項少龍等道：「你們放心，我不會下毒害你們的！」

項少龍見彭越自己先割肉大吃起來，當下也拿刀邊割邊笑道：「在下倒還是平生第一次吃著如此美味呢！」

彭越這時又端起酒碗來猛喝了一口後道：「嘿，是嗎？在下等出身低微，向來都是隨隨便便的將就吃來，倒是教項兄弟見笑了吧！」

項少龍這時也放了一塊肉到口中邊嚼邊嘖嘖讚道：「嗯，好味道！好味道！」

彭越見項少龍竟也毫不介意此等粗野吃法，心下不禁對他生出幾分好感來，大聲道：「項兄弟竟也是個如此豪爽之人，在下真是佩服！來，我敬你一杯！」說完端起碗來把酒一飲而盡。

項少龍心下犯愁，因為他害怕彭越在這碗中下毒，那酒入碗裡之後，毒藥溶化酒中，自己喝下碗裡的酒，豈不……但手下卻還是毫不遲疑的端起酒碗，心中暗道：「賭他一把了！」想畢也把碗中之酒一飲而盡。

彭越見了又是一陣哈哈大笑道：「好！項兄弟果是個胸懷大度、有膽有識之人！唉，為何不讓我彭越比桓楚早一步認識項兄弟這等英雄人物呢？要是我能得到你的相助，成就一定會比他桓楚大得多了。不知項兄沒有興趣加入？」

桓楚聞得此言，氣恨得從座位上站了起來，不等彭越把話說完，就已大喝道：「給我閉上你的烏鴉嘴！想挖我的牆角？我呸！門都沒有！項大哥現在與我是八拜之交，我桓楚唯他馬首是瞻，你彭老鬼會願意交出自己的位子，讓項大哥來做你的老大嗎？」

彭越聽了卻也毫不示弱的還罵道：「我呸呸呸呸！你以為只有你才有膽略讓出個什麼鳥屎狗屁的大江幫幫主的位子來啊？只要項兄願加入我們這邊，我也一定擁他做我們的龍頭老大！」

項少龍想不到彭越和桓楚此刻會因為爭自己而互相破口大罵起來，心下甚覺好笑，但同時亦也由此看出了彭越卻也並不是一介兇神惡煞有勇無謀的盜賊，其實他也有一股強烈反秦的心裡，只要是與反秦大業有利的事情，他還是會願意付出自己的一切。心下想來，項少龍不禁也對彭越生出幾分好感來，不過卻還是對其深懷戒心。

正當項少龍如此想著，桓楚也又已還口罵道：「你在哄三歲小孩子啊！我看你這老鬼權勢欲望特大。想吞併我們大江幫，滅了烏家牧場而獨霸塞外，這些你以為我們看不出來啊！哼，只要你願意讓出老大的位子，項大哥我就讓　半給你！怎麼樣？沒有魄力了吧！嘿，你的鬼心眼誰看不出來啊！」

彭越這時卻也已站了起來，並且跳到椅子上，指著桓楚正待出口還擊，項少龍卻突地衝著他說道：「我想我們今天來這裡的目的，並不是為了吵架吧！嘿！說起我們之間的恩恩怨怨也並不是就這麼吵他一架就可解決的！現在我們最要緊的就是商討一下怎樣聯手去劫匈奴的貢品，這是我們共同的目標和利益，彭兄難道願意就這麼一個毫無意義的問題而浪費我們大家的時間嗎？」

彭越聽了項少龍的話，情緒頃刻平靜了下來，尷尬的笑了笑道：「嘿，項兄的話說得沒錯，我們為這樣沒有結果的爭吵確實是沒有意義，不過我想請項兄弟坦誠的回答我一個問題——如果你先認識的是我彭越，你會不會與我合作？」

項少龍沉吟了片刻後緩緩道：「只要是與反秦大業有利的力量，我都會與他合作！對於彭兄弟，我想我原本也是沒有敵意的，至於我們現在弄至的緊張局面，我想彭兄弟知道應該由誰來負這個責任吧！不過，就在下而言，我還是希望與彭兄握手言和，雖然做不成兄弟，但是做朋友也無不可。」

項少龍這一番話說得委婉而又不卑不亢，彭越聽了心下暗暗敬服，當即又是哈哈大笑道：「好！能與項兄弟做朋友，也是在下的榮幸了！來，我們再來乾一杯。」

酒過三巡後，彭越忽發問道：「對了，項兄弟，我們此次合作有何計畫呢？」

項少龍聞言好整以暇的道：「這個，此次護送匈奴貢品的官兵大約有一萬五千人左右，而我們雙方各自都只有六七千人，就單方而言，我們各自皆難取勝。但是合作起來的話呢，我們的兵力也就達到了一萬二三千人了，與官兵勢力相差無幾，雖然官兵武器精良，訓練有素，但是我們卻熟悉這裡的地形，可以加以利用，所以二者優勢相互扯平，現在最要緊的就是合作的誠心和我們的士氣，如果我們彼此心懷鬼胎，自是難以相互照應，士氣也會大減，此戰就必敗無疑，但是如果我們確都誠心誠意，到時與官兵作戰，大家齊心協力，上下一條心，一鼓作氣，自是大有把握取得勝算了。如此一來，我們就需要選出一個最佳人選來，負責全盤作戰計畫，只有這樣，我們才可以臨戰不亂。」

桓楚聽了頓然叫「好」道：「我就選項大哥作此次的指揮者！」

彭越那邊的人也有人發出暴喊道：「我們選彭老大作此次的指揮者！」

彭越卻是突地一聲大喝道：「大家不要吵了！這個指揮的人選可是件大事，我們要慎重的對待！」

說到這裡忽又轉身問項少龍道：「不知項兄弟有何選將良策沒有？」

項少龍聞言心中忽地一動。對了，羽兒是……將來的西楚霸王！自己何不這次讓他出面指揮此次行動，而讓他起到震攝人心的效用呢？憑羽兒的《無敵乾坤箭法》定可技壓群雄，彭越現叫自己出策，那自己何不選出個武鬥之法呢？

心下想來，項少龍故作思量一番後道：「這個……我想諸位都是敬重武功天下無敵的好漢，那我們就不如以武功高低來選定誰為大家的共同指揮者吧！嗯，我們以三戰二勝來決定勝負，雙方均推薦出己方的合適人選來，讓他們實行淘汰制，最後的勝利者為我們的統領人。不知彭兄弟對我這個建議感覺如何？」

彭越聽了一陣哈哈大笑道：「項兄弟此語甚合我意，我們這些山野草莽之輩，服的就是武力強大者，不過，我們此次的指揮官需要的是個文武智謀雙全的人，所以我補充一點，在比武之前先來考較文才，項兄弟認為怎樣？」

項少龍想不到這彭越卻也粗中有細，看來的確是個不好對付的角色，只恨自己不精曉這古代歷史，只略略知道歷史上其人之名，卻不知他到底將來是幫劉邦還是幫項羽的，若是幫劉邦的，羽兒將來可就多了一個強硬的對手，自己可就要尋個機會索性殺了他……

見項少龍沉默不語，桓楚頓時接口道：「比文才就比文才，以項大哥當年能娶得紀才女，我們難道還會怕了你不成？」

項少龍這時卻突然道：「不！這次我不出面應選，我推薦我方的項羽為應選人。」

項羽聽了臉色頓時似是興奮又似緊張，嘮嘮道：「爹，我……能行嗎？」

桓楚卻是一臉的驚疑和大惑不解，但知項少龍辦事自是有他的目的和把握，當下拍了一下項羽的虎肩道：「嘿！小子，你爹都對你有信心，你怎可懷疑自己的能力呢？記住了，一定要為我們這方給爭口氣，打敗對方所有的敵手，把這次作戰的指揮權給奪到手，知道嗎？」

項羽聞言目中倏地精光暴長的點了點頭。

彭越卻是見著項少龍推出個十六七歲的毛毛小夥子出來向己方挑戰，以為項少龍看不起他，老臉都給氣成了豬肝色，語氣陰冷的嘿嘿笑道：「項兄弟，此次比武較技，刀劍無眼，若是有得什麼傷亡，我看……」

項羽這時一臉傲氣的冷笑著接口道：「那樣的話只能怪他學藝不精！」

彭越聽了怒極反笑道：「好！果然是英雄出少年！項兄弟可真是強將手下無

弱兵啊！連這麼一個十五六歲的小夥子竟也口出狂言！哈哈哈，好！刀劍無眼，學藝不精，死則無怨！」

頓了頓又道：「我們這方就由在下出面應戰，若這小兄弟勝得了我，我們自是全軍聽項兄這方面指揮，但若這位小兄弟敗了……嘿嘿……」

項少龍知他話意，當即沉聲道：「若項羽敗了，我們這方全由彭兄你們指揮了！」

彭越哈哈笑道：「用人莫疑，疑人莫用！項兄果是信得過自己手下！好，咱們就君子一言，駟馬難追，一戰決勝負！現在就請這位小兄弟在文鬥上劃出個道來吧！」

項羽自小就飽讀四書五經，大學中庸等文典，再加上紀嫣然和項少龍等對他的薰陶，真可以算得上是學富五車了。比文才，他自是毫不擔心，當下歉讓道：「彭先生年紀比我為長，還是請你先發問吧！」

彭越這時卻是突地道：「說起文才，我是斗大的字不識幾個，不過我可以請我的軍師景駒出來代替，他若輸了，也就是我輸了，我決不會反悔，不知項兄弟可願意答應我的要求否？」

項羽毫不在意的漫聲道：「隨便你啦！再多叫幾個出來與我比鬥也沒關係

的！」

景駒聽了項羽的話，心下惱怒，當即從座上站起來道：「我一個人就足夠了！」

話剛說完就即刻先從孔家哲學問起，然後上溯《尚書說命》，下至韓非子的《說難》，旁及屈原的《離騷》、《天問》，他莫不滾瓜爛熟，引經據典如數家珍，提出的問題也是刁鑽古怪，生僻冷澀。

可是項羽卻是毫不遲疑，信口對答如流，而且間或反問，常將景駒弄得昏頭轉向，一時不知怎麼回答，而且吞吞吐吐。

所有圍聽的人，卻見項羽和景駒兩人唇來舌往，如刀似劍，尖鋒相對。

景駒常是面紅耳赤，聲色俱厲，而項羽始終卻是面容平靜，辯夠即止，如同行雲流水一般。

眾人中雖有大多數人聽不懂他們問答的內容，有如鴨聽雷一般，但是看二人臉上神色，卻也已基本上清楚了誰輸誰贏。

但是景駒還是作「垂死掙扎」，更是天文地理，通幽鬼神，亂問一通，提出一些自己也莫名其妙的問題，但項羽全給了他糾正後的滿意答覆，以致景駒給弄得滿頭大汗，尷尬不堪。

秦嘉見景駒就要敗下陣來，在彭越對他連使眼色的暗示下，忙插口道：「這位小兄弟果然是才識過人，在下倒也有幾個問題想請教一下小兄弟，不知可否？」

項羽此刻正是談行大發，聞言傲然道：「有什麼問題就趕快問吧！」

秦嘉對項羽的傲態，倒也不惱不慍，徐徐道：「作戰時，如果敵軍人數眾多，我方兵力寡少時，我們應該怎麼辦呢？」

項羽想不到秦嘉問起的是有關領兵作戰的兵法問題，略一遲疑，沉吟一番後道：「這就要看在什麼樣的情況下了，如果是在平坦的地勢上，我軍就要儘量避免與敵作戰，而把他們引至險要的地勢上，對敵進行截夾。所謂說以一擊十，沒有比在狹窄隘路更好的了；以十擊百，沒有比險要地勢更好的了；以千擊萬，沒有比在險阻地帶更好的了。現在若是我方有百十士兵突然出現在一狹隘險道擊鼓鳴金，敵軍即便有千萬之眾，也會被我軍嚇得驚惶失措而士氣大減，此時我軍若是利用險要地勢對敵發動攻擊，敵軍必無戀戰之心，而不戰自敗。所以說，在指揮大隊人馬與敵作戰時，我們就要選擇開闊平坦的地勢；指揮少量人馬與敵作戰時，我們就要選擇狹隘險要的地勢。」

秦嘉聽了項羽的這一番精闢兵法論解，心下大感驚訝不已。

眼前這項羽小小年紀，竟如此精通兵法，看來項少龍果然是一代偉略人才。

心下雖是吃驚，明知自己在兵法方面還不如項羽精通，但自己其他方面的學識水準有限，當下也只得硬作頭皮繼續問道：「如果我軍與敵軍在溪谷之地相遇，兩旁多是險阻地形，而兵力上又是敵眾我寡，那又該怎麼辦呢？」

項羽不緊不慢的答道：「如果遇敵於森林、谷地、深山、大澤等不利地形，我軍就要用先聲奪人之計，搶先擂鼓吶喊，以虛作聲勢，令敵人心中對我軍情感到虛實不定而遲疑不決，甚至心生疑懼，而我軍此時就要乘勢攻擊，動用強大弩弓守陣禦敵，一面射擊敵人，一面齊聲吶喊，令敵軍退動。」

彭越聽得秦嘉、項羽二人這番對答，知道秦嘉也難不住項羽；再問下去也只會像景駒一樣狼狽敗下陣來，當下臉色難堪的喝退秦嘉、景駒二人，朝項少龍怪笑一聲道：「嘿！項兄弟手下果真是人才濟濟，連這麼一個小將就連敗我手下兩員大將！好！這一仗就算是我輸了！下面我們就進行武鬥吧！我倒是很想看看這位文才學識驚人的小兄弟，武功是不是也像項兄弟一樣無敵天下！」說完從座上站起來到放有兵器架的空地上，朝項羽微一抱拳道：「這位小兄弟，我們現在就以武功分個高底，到底誰是最後的勝者或誰是最後的敗者吧！」

項羽亦也從座上走出，站到桓楚對面，凜然無畏的面對著他，虎目露出無比堅毅的鬥志。

桓楚看著壯如天神的彭越，不禁為項羽暗捏一把冷汗，湊到項少龍耳邊低聲道：「項大哥，你看羽兒他有把握打得過彭越這老傢伙嗎？」

項少龍臉色平靜的沉聲道：「我想羽兒現在若是也打不過彭越，那我也定不是他的敵手了。放心吧，羽兒自練成了《玄意心法》第四重後，功力已是大增，我看他定可以贏得彭越。」

桓楚聽項少龍說項羽的武功已是與他不相上下，心裡頓時像吃了顆定心丸般，臉上露出了笑意道：「嘿，舉天下之間還有幾人能敵得過項大哥你呢？」

項少龍和桓楚正嘀嘀咕咕的說著話，場中彭越卻突地暴發出了一聲大喝，使得二人心神頓斂，卻見彭越已從背上拔下了一對巨斧，正以快若閃電的雷霆萬鈞之勢向項羽腦門和腰身劈去，斧刃在火光映照下發出冷冷寒光。

項羽乍見巨斧向自己劈來，亦感一種淩巨無比的沉重氣勢直襲心頭，但他卻還是臨危不懼，身形快捷的向右一閃，同時把身一轉，百戰刀已是拔在手中，由下至上斜劈向彭越身體右側。

彭越似想不到項羽反應速度如此之快，自己雙斧劈空，對方百戰刀已是帶著某種霸王的陽剛之氣雷奔電掣的向自己整個右側擊來，當下也只得把身形向後連退兩步，手中巨斧連揮，穩守住自身空門，招招強封硬架，想仗著驚人的體力和速度以及雙斧的沉力，抵消住項羽有若狂風暴雨般的凌厲刀法。

桓楚見項羽一個照面就使得彭越落於守勢下風，頃刻招來己方的二十名武士，哄然叫好，為項羽吶喊助威。

但項羽一刀雖是逼退了彭越，然對方巨斧的沉沉壓力卻讓他有點有力難施的感覺，因為自己手中百戰刀無論從哪個角度出刀，對方巨斧頓時會影隨而至，讓自己不敢與之相碰，而只得撤刀變勢。

彭越亦也不敢大意，自己雖然是著著可以守住對方刀勢，但卻是招招皆處於守勢而無進攻之能，心中甚是氣惱，眼中閃過森寒的殺機，而冒險的側身進步，雙斧從中間向兩側乍分，由上至下向項羽劈去，完全是一派急怒攻心，以命搏命的打法。

場中項少龍這方頓時驚呼四起。

項羽突見對方如此打法，心神亦是大震，當即咬牙提氣，運足全身所有力道，雙手握刀，舉刀向巨斧硬接過去。

「噹！」的一聲，震動全場每一個人的心弦。

項羽只覺雙臂被震得一陣劇痛，身形也給震得連退幾步。

然而彭越亦也好不到哪裡去，自己全力一擊，在對方的硬架之下，對方力道和自己半數的力道全由沉重的雙斧給反震回自己體內，手臂劇痛得差點握不住雙斧不說，整個內腑亦也給震得一陣血氣直湧喉間，差點就欲噴口而出，身形更是連連暴退一丈多遠方才穩住。

場中這時雙方均都驚叫出聲。

項羽見彭越比自己更傷得厲害，心下鬥志陡升，強忍住手上劇痛，抓住這個機會，身形向彭越猛衝過去，手中百戰刀在他功力的運逼之下，寒芒大盛，奇猛之勢，若長江大河般往彭越急攻過去。

彭越心神剛定，乍見項羽氣勢如虹的百戰刀又向自己襲來，嚇得亡魂大冒，臨亂之中竟是忘卻了舉斧相抗。

眼看百戰刀就要劈中彭越，項少龍突地大喝一聲道：「羽兒，住手！」

項羽聞聲頓把力道一鬆，收架不住的身形和刀勢亦也向彭越身體左側偏去。

彭越怔了怔，過得良久才清醒過來。

項羽這時卻是意態悠閒的把百戰刀扛在肩上，滿臉不屑之色的看著彭越。

場中此時則是一片寂靜。

突地彭越暴喝一聲，縱起身形向項羽撲去。

第六章　玄鐵之劍

項羽擊敗彭越後，正好整以暇的看著他被自己鬥敗的熊樣時，卻突見彭越身形倏地縱起，舉著雙斧向自己拚命般地撲來。

心神頓斂，扛在肩上的百戰刀猛地挑起，腰身一扭，百戰刀由上自下向彭越腰間斜劈過去，再往上挑起直奔對方的面門。

彭越雖是氣極的欲與項羽拚個兩敗俱傷，但他可不想同歸於盡，見對方長刀快若毒蛇吐信般攻向自己的面門，當下也只得撤招封擋對方長刀，身形亦同時向後倒退兩步。

項羽見自己力道大大勝出彭越，對自己的武功已是信心滿懷，再也不怕與對方硬碰硬了。見彭越被自己迫退，當下氣勢更盛，突地跨前一步，清嘯一聲，百戰刀似吞若吐，化作萬道精芒，再次緊跟著電掣而出，直挑彭越咽喉。

這一招威勢更是強猛無禱，有若狂風席捲落葉，看得桓楚等連聲拍掌叫好。

彭越連失臉面，雖是怒急攻心，但對方刀勢確是快捷迅猛，而自己一向自以為傲的力氣也竟不如對方，不能強硬與對方硬拚，看來自己此戰也是必敗了。

心下氣餒，攻勢頃刻一弱，雙斧封守住項羽攻來的刀勢後，身形急退數丈，緩舒了一口氣，把斧退給近旁的侍衛，擺手冷然恨聲道：「好！這一戰算我輸了！休息一會兒，我們再來比射箭之術，勝者為王，敗者為兵！」說完目光怨毒的盯了項羽一眼。

桓楚聽得此話，頓時氣得吹鬍子瞪眼睛道：「你在耍賴啊！我們先前明明講好了的，勝兩場者為指揮之帥，現在你怎麼可以出爾反爾呢？」

彭越嘴角逸出一絲陰冷的笑意道：「你給我看清楚，這裡是誰的地方？哼！在我這裡，就是我說了算！」

項少龍聞言氣得冷笑一聲道：「哈哈哈，我們可不管這裡是地獄冥府還是龍潭虎穴，既然敢來，我們自也會安然去得，你說出如此話來，是想威脅我們嗎？哼，告訴你，我項少龍一生只服軟不服硬！你若是想以勢壓人，就儘管放馬過來吧！看我們會不會怕了你？我原本還以為你還算得上是一介可以明白事理的英雄，想不到卻讓我大失所望，也只不過是個不守承諾的小人！在下等可是再也沒有興趣與你合作了，我們還是各幹各的吧！告辭！」說完，領了眾人就欲準備起步離去。

彭越被項少龍這一番話說得臉色紅一陣白一陣的連變，見項少龍等就欲離開，突地沉聲道：「站住！噢！不！請等一等！」

走到項少龍跟前，彭越朝他深施以一禮後道：「嘿，這個……在下方才說話多多有失理智，還請諸位能夠見諒一二了。唉，剛才因為連場輸給項公子，所以一時氣怒才說出了那番算是放屁的話來，但是我心底裡卻是誠心誠意的想與項兄弟合作的。唉！在下已連輸兩場，就依諾言，這次行動我們也全軍聽從這位小兄弟的指揮就是了。不過，我們還需討論一下此次行動的計畫以及事成後我們應怎樣分配財物的情況吧。來，大家坐下來邊吃邊談。」

項少龍方才一番話既是氣憤之言，亦也是激將之言，因為他從與彭越的這片刻交往中已經看出彭越這個人的心性，既性子直爽又有點愛面子，所以出言激他。現在見他果然被自己激將正著，語氣變緩下來，亦也隨風轉舵的乾笑一聲道：「但不知閣下這番話是真假，要是到時與敵人交鋒時，你又變得主意，那我們可就慘了，而你卻是可以坐收漁人之利。」

彭越聞言老臉脹紅道：「項兄弟的話意是信不過在下啦？好！我彭越現在發個誓，若是我與項兄合作有得異心，便叫我是烏龜王八糕子生的，我生兒子便會沒小雞雞，生女兒便會是個男人不能騎的石女！」

項少龍見得彭越神態，心下暗笑，當下臉上亦也裝作露出尷尬神色道：「嘿，彭兄也不必發得什麼誓來的嘛！我信你就是了。好，我們現在就來談談合作的諸項事宜吧！」

眾人當即再次圍坐桌旁，商議了一個多時辰，項少龍等才告辭離去，彭越卻也真沒有為難他們什麼，只有秦嘉、景駒二人望著他們離去的背影陰陰冷笑。

項少龍等回到自己營地時，天色已矇矇亮，東方的天空雲霞一片豔紅。剛剛坐定即有人來報說鄒衍、項梁、蕭月潭等領兵前來了，正在谷外一里多遠處。

桓楚聽了大喜的對項少龍道：「呵！大哥原來把烏家軍也搬請過來了！我看我們這次不與彭越合作也可吃定匈奴這批貢品了嘛！哼，五五分成，太便宜他們了！我們出動的兵力可比他們多了二三千呢！」

項少龍聞言淡淡一笑道：「我們這次劫貢品，並不是純粹有了財物，更主要的是藉此舉打擊秦二世的氣焰，讓他知道欺壓人民太甚，就會導致人民起來反抗他的惡果，同時也可給天下百姓起來反秦的勇氣和覺醒。」

桓楚聽了嘿嘿笑道：「我沒有大哥你想得深呢！只知道想著自己的利益，這個……或許也就是我自己不能成就大事的原因吧！」

項少龍聽他語氣有點悲澀，知道自己的話引起了他的自尊心和對自己的自責，當下拍了一下他的肩頭，道：「嘿！其實天下間能有幾人做到不以物喜，不以己悲的聖人之境呢？人其實天生下來都有各自的缺點，但只要我們能夠去做自己想做的，並且已經做到了自己想做的，那麼我們的一生也就不算失敗了，好了，不說這些，我們出去迎接蕭先生他們吧！」

晨風中呼呼飄響的旗幟浩浩蕩蕩而來。

項少龍見得這等陣勢，知是項梁所佈置，暗暗敬服他的軍事天才來。

因為項梁把彩旗分成了紅、黃、綠三種顏色，而各種顏色又皆屬一種兵種，紅是輕裝步兵，綠是重裝步兵，黃是騎兵。三種顏色分明有致，也就是兵種佈置得井然有序。

不消片刻，大隊人馬已到得眼前。

項梁策馬到了項少龍跟前道：「彭越那傢伙這次沒出兵搗亂，原來是為了劫匈奴貢品啊！我看他此舉大有深心呢！是想借奪得的這批財物招兵買馬，擴充自己的兵力吧！嘿，我們這次要叫他竹籃提水一場空，什麼也撈不著！」

項少龍笑道：「可我卻與他談妥了，準備聯手劫奪這批匈奴貢品，五五分成呢！」

項梁失聲道：「聯手？五五分成？我們太吃虧了吧？」頓了頓又道：「也不知彭越那傢伙到時會不會搗鬼？若是他居心不誠的話，我們可就有得麻煩了呢！我看我們還是單獨行事的好。」

項少龍搖了搖頭道：「既是已經商議好了的事情，我們就決不能反悔。若他們是真心與我們合作，而我們的計畫是單獨行事，屆時的局面豈不是一團糟？當然，我們可以佈置些兵力防著他點，以備萬一。」

鄒衍這時也已走了上來，聞言點頭道：「少龍說得不錯，言而無信不知其可也。我們決不可失信於人，這樣一來會叫天下志士知道我們是可信可靠的而奔投我們，二來也叫屬下所有士兵知道他們的將領是言出必行的，而更加信服我們。但是害人之心不可有，防人之心亦也不可無。彭越、秦嘉、景駒他們與我們有著曾經敵對的恩恩怨怨，所以我們需在不失信於他們的基礎上，防著他一手。」

說到這裡突地轉變話題道：「對了少龍，那隻麟龍怪獸，平常寶劍根本難動得牠分毫，看來要取下牠身上的鱗片，必須得有一把玄鐵之劍才行了。」

項少龍訝聲問道：「玄鐵之劍？哪裡去尋？」

鄒衍亦是皺眉道：「傳言玄鐵乃是從千米深的海底中的一種叫作鐵甲精母的怪獸，從其體內分泌出來的吐沫沉澱物提煉出來的鐵母精英，用其製鑄成的劍冷寒如冰，斷金如泥，血沾不滯，亦可破得內家罡氣。三百年前匈奴國的紅塵大師得到重二噸的鐵甲精母的吐沫沉澱物，他欣喜之下搬回寺內，叫眾僧日夜提煉，煉鑄出了一兩百斤的玄鐵，本想鑄一柄罕世利刃，但又恐其流傳於世，成為惡人為虎作倀的兇器，於是便把它煉鑄成了一口大鐘，懸掛寺中，此鐘被紅塵大師指命為鎮寺之寶，音能懾人心神，清脆可傳至百里之外，其間也有不少心懷不詭之人想去奪得此玄鐵之鐘，以煉鑄神兵利刃，但均都被玄鐵鐘聲所震斃。

「至於眾寺僧則因都練了一門叫天竺焚唱的神功，當鐘聲大作拒抗強敵時，眾僧就齊唱『天竺經』，發出的聲音就可抗抵鐘對心神的震懾，而不致受害。所以幾百年來此鐘還在匈奴國的一叫作『清涼寺』的寺裡，而『清涼寺』亦也因擁有此等神鐘，而被匈奴國國王封為國寺，加以派軍保護。」

項羽聽得大感興趣道：「嘿，我們去匈奴國的『清涼寺』奪得此玄鐵之鐘，把它煉鑄成一柄玄鐵劍，不就可以取下獨角麟龍身上的鱗甲了嗎？」

鄒衍點了點頭，正待再說什麼，桓楚卻突地沉吟一番後道：「聽說此次匈奴送給大秦的貢品之中就有一件寶物，乃是秦將章邯要脅匈奴國王貢獻出來的，因此還引起了匈奴國子民的眾憤呢！說不定就是這口什麼玄鐵神鐘的呢？」

項梁聽了大喜道：「若真如此，那可真是天助我也！到時我們奪得貢品就定把此玄鐵神鐘要來，那時就可製鑄成一柄絕世利刃了！」

項少龍聞言皺眉道：「只是我們真煉成了玄鐵寶鐵，會不會有傷天和呢？」桓楚「嗤」了一聲道：「我們煉鑄寶刃是為了替天行道，推翻暴秦，怎會傷得天和啊？」

項梁亦也笑道：「是啊！項三哥卻是多慮了呢！所謂心正萬物皆正，我們拿它來是用於正途，不會成為什麼不祥之物的了！」

項少龍苦笑道：「我也希望如此的了！」

項少龍感覺自己自離牧場以來，經過半年多與塞外幾大勢力勾心鬥角的爭鬥，心性又回歸當年扶持小盤的昂揚鬥志了，他不知此點對自己是好還是憂。羽兒天命要讓他成為西楚霸王，自己到底是須應歷史的發展任其自行發展下去，還是殺了劉邦，讓羽兒成為中國未來的皇帝呢？

項少龍一想到此點，心情就矛盾而又沉重。

自己若殺了劉邦，把項羽造為中國的皇帝，那將來的歷史又會怎樣發展呢？自己會因此而成為歷史的千古罪人嗎？

想著此點，項少龍的虎軀微微震了震。

這時桓楚突地進得項少龍的營帳，語帶興奮的道：「項大哥，剛剛有探子回報說，匈奴貢品護送隊距離我們還有五六十里的路程，估計天黑之前就可抵達我們這裡。你看我們現在該如何佈置兵力呢？」

項少龍聞言心神一斂，思想頃刻回到了眼前就要面對的現實，沉吟了一番後道：「先與彭越他們取得聯繫再說。對了，此次作戰的全權指揮者是羽兒，叫他召集大家研究商討一下此戰計畫吧，還有，馬上集合齊所有兵將，準備接受作戰任務！」

桓楚聞聽得項少龍真叫項羽指揮此次作戰，不由得臉上顯出遲疑之色道：「這個，羽兒他……」

話還沒說完，項少龍就已打斷了他的話頭道：「放心吧，羽兒的能力我是最清楚的，他自小就熟讀兵書，在草原上與眾孩子們進行模擬作戰演習，每戰必勝。我看他天生就是領兵作戰的天才，指揮此次作戰，應該不會有什麼問題，何況還有我們的輔助呢！這次與匈奴兵作戰，就算是給他一次實地演習，考驗他能力的機會罷了。」頓了頓又道：「對了，沿路的陷阱、暗樁、絆馬索、藏兵坑、雷石之類準備好了沒有？」

桓楚點頭道：「準備好了！現在是萬事具備，只欠東風。只要敵人一到，我們所有的佈置就都可發動攻擊。」

項少龍頷首道：「嗯！我們現在就去找項羽，叫他下達此次作戰的戰令吧！」

項少龍和桓楚找到項羽時，卻見他行色匆匆，滿臉興奮。項少龍叫他召集齊眾將，吩咐此次的作戰任務以及講解一下此次的作戰計畫。

眾人集齊坐定後，項羽好整以暇的道：「我剛才和英布一起去探察過敵情，照小將觀察動靜，敵人約在一萬四五千人許間，而其中秦兵約有一萬人左右，匈奴兵約有四五五人。但據情形看來，秦兵和匈奴兵關係似是不和，秦兵太過囂張的欺壓匈奴兵，而匈奴兵卻又甚是不服。我們可依據此點在作戰時用語言挑撥他們之間的關係，使他們的矛盾尖銳起來，而予我們有可乘之機。再就是敵軍因連日長途跋涉，所以陣勢不固，旗號紊亂，士氣散渙，行動遲緩，氣色疲備，已呈敗象之軍，所以我們只要待得他們進入谷地，借夜色風高，山上森木，虛張聲勢，擊鼓吶喊，戰旗四飄，以致人心惶惶，失去鬥志，如此一來我們再從山上滾下巨石和發射弩箭，必會令敵四散潰逃，那時我們再出兵追擊，此戰穩勝無疑。」

項少龍雖覺得項羽所說太過輕率了點，但還是有點訝異的道：「羽兒怎麼只去了半日，就能摸清他們的虛實呢？」

項羽似變了一個人般道：「臨戰必登高望，以觀敵之變動，小中見大，則知其虛來實去，從各種徵兆看出問題，敵兵走十多里的路程就花了將近二個時辰，行速如此之慢，必是人行疲備，士氣不昂；而敵兵從中時時暴發出喝罵之聲，此為內部不和的跡象表現。」

說到興起時，就蹲在地上隨手布起石子，解說起雙方作戰時的兵力分佈情況，大小細節，無一遺漏，顯出他驚人的觀察能力和分析能力。

項少龍聞言動容道：「你說撤去谷外沿路所設的所有陷阱、暗樁等，待時敵人此舉，若要的是惑兵之計，那我們豈不是自毀戰鬥能力？要知道，敵兵不但人數比我們多，而且作戰能力也都比我方士兵要強。陷阱、暗樁等一來可以減滅敵兵人數，二來也可使敵兵提心吊膽、人心惶惶，對我方殲敵時有很大幫助呢！」

項羽微笑著駁斥道：「不！不是讓敵人提心吊膽，而是讓他們提高警惕戒備！我們此戰主要利用的是有利的山勢地形。此谷兩面環山，山勢險峻，只要我們輕兵布於兩側山上，在山谷進口處布下重兵，待敵完全無備的進入山谷之後，山下兵士驟然擊鼓投石射箭吶喊，敵兵必退。

「他們若退，谷口重兵出動攔擊，而谷中所伏設的騎兵在後吶喊追殺，同時山上虛展出千百面彩旗，山上士兵亦同聲吶喊，必會起到震懾敵兵人心的效果，那時我們再發動火攻，敵兵必敗無疑也。」

項少龍聽了項羽這番解說，微微點頭，但接著問道：「敵兵若是繞谷而行呢？」

項羽臉色一揚道：「此谷是敵人的必經捷徑，若他們繞谷而行，行程將會被拉長七八日左右，然我們還是有機會劫搶他們，所以他們必會從此谷經過。因為塞外所有的水路都屬桓伯伯的大江幫管轄，我已經傳令下去，叫眾幫徒嚴密監視敵人從水路逃走的可能。」

項梁聞言哈哈大笑道：「好！好計！此策實中有虛，虛中有實，虛虛實實叫敵無可捉摸我們的戰計，此法亦可叫作欲擒故縱吧。敵人見一路無阻，心中雖疑有詐，但久之其戒心必鬆，而當他們行至此谷時，我們卻出其不意的對敵予以迎頭痛擊。哈哈，哈哈，敵軍此次必敗也。」

項少龍這時亦也道：「好，此戰就如此定計下來！桓弟，你負責帶領谷口的伏兵，龍且負責谷內騎兵，英布則負責左側山上伏兵，蕭先生負責右側山上伏兵。」說到這裡又對著項羽道：「對了，羽兒，埋伏在我們前面山谷的彭越眾兵，需迅速把他們調回我們這裡，同時叫他們撤去他們路途中佈置的所有陷阱、暗樁等。」

項羽道：「這個孩兒早就發令下去了，他們若是真心合作，服從我的話，再過得半個時辰，就應該可趕到我們這裡了。」

彭越卻倒也真守信的聽了項羽的指揮，領了人馬來到了項羽這邊所在的谷地。

雙方相互說了幾句應付性的客套話後，項羽便下了他們的作戰任務——鎮守谷口後方。敵人若是往前強行衝鋒的話，他們便出動攔截。

彭越雖知道此著是項少龍他們不能完全信任自己，所以叫項羽派了個在全場作戰中並不十分重要的任務給自己，心下甚是不快，但細想下來，此任務己方人馬大有可能不用與敵人發生正面衝突，便也樂意的接受了。

一切安排就緒後，眾人就靜待敵人的來臨。

夜色漸濃，山谷在寧靜之中也偶聞遠處隱隱傳來的慘厲狼叫聲，似乎預示著一場大戰在即。

突地一陣馬蹄聲劃破這寧靜的平靜。

項羽在項少龍身旁緊張的低聲道：「爹，是敵人來了吧！」

項少龍拍了拍他的肩頭，鼓勵道：「沉著點！看清敵勢，注意發施命令信號。」

項羽長長的舒了一口氣道：「知道了！」

二個多小時後，匈奴貢品護送隊終於緩緩進入山谷，車輪聲、馬嘶聲，眾敵兵惶惶不安的吵雜聲音響成一片。

只聽得敵兵叢中一個軍官身分的洪亮聲音低喝道：「大家小心點戒備，此等山谷之地最容易被敵人偷襲。」

另一個聲音道：「嘿，我們有這麼多人馬護送貢品，那些山賊可能不敢輕舉妄動吧！前面的山谷也最利伏擊，不是還是沒見著半個敵影，安然通過了嗎？再說沿路上也不見敵人所設的任何陷阱。我看啊，不會有什麼不怕死的山賊來動我們的念頭的。章將軍就放心好了吧！」

那姓章的將軍沉聲道：「我也希望不會有什麼事情發生，但是倘若我們有什麼閃失，司馬兄和我在皇上和趙大人面前都會很是難堪的，所以我們還是小心點為好。」

那姓司馬的漫不經心的應了一聲：「是！」隨後亦也衝著眾士兵喝道：「喂，大家聽清楚了，章邯將軍叫大家小心戒備，以防有敵來犯！」

士兵中當即有人嘀咕道：「鳥影子也沒見著一個，哪裡會有得什麼敵人啊！連夜趕路，人都快給累死了嘛！」

話音剛落，有人亦也附和道：「是啊，一個多月的日夜兼程，走的盡是些荒無人跡的地方，連妞也沒得泡，這種日子真是太難過了。」

說話其間，眾敵已進入了山谷中腹。

項少龍低喝一聲道：「羽兒，發出信號，叫兩側山上的人馬發動攻擊！」

項羽聞言旋即傳令身後武士，叫他們按約定好的暗號，點燃二支火把，朝兩側山上方向揮動六下。剎時只見得山上火把通明，其數約在一萬左右，太半都是沒有人舉的虛設之象。

接著就是萬人齊聲喊殺的聲音，同時巨木雷石一類的什物紛紛從山滾下，向谷中顯得驚慌失措的敵人擊來。

慘叫聲、馬嘶聲、吆喝聲頓時響徹山谷。

一萬多名敵人在這突如其來的襲擊下慌成一片，亂成一片。

敵將連連喝令眾人安定，但起不到任何效果，眾人還是四散逃竄。

又是一批箭矢飛如雨下的射向谷中敵人。

敵人正亂成一片，哪有反抗能力，紛紛中箭滾下馬去，轉瞬又傷亡了一兩千人。

那叫章邯的將軍氣得直叫，拔出佩劍連斬殺了十多名散逃的士兵，大聲喝道：「大家不要亂！敵人絕對沒有那麼多人馬，只是在虛張聲勢而已！安靜下來，我們亦也要發動還擊，只要突圍出谷，敵人就沒有依憑了。大家不要慌亂！再逃的待我回得咸陽後，馬上叫皇上傳命誅你們全族！」

這話果然起到了震懾效用，慌亂四逃的秦兵頃刻穩定了下來，在章邯的指揮下重新組好了陣勢，紛紛用藤盾阻擋射來的利箭，傷亡頓時大大減少。但匈奴兵卻還是對章邯的命令無動於衷，紛紛四散逃亡。

章邯見了氣極敗壞的又大聲道：「王八羔子，你們這幫蠻子，要是不聽命令的話，老子回朝後進見我皇，叫他派兵把你們匈奴國踏為平地。」

匈奴國的將領聽了，心中一寒，因為秦始皇雖然死了，但他的餘威猶存，想當年秦始皇派王剪領兵四十萬進軍匈奴，匈奴國就差點被秦兵給鏟平，後來匈奴國王投降屈服，願意做大秦的附屬國，每年皆進貢大量的珍寶美女給大秦。

現在匈奴將領乍聽章邯說要再次請命秦二世攻打匈奴，頃刻憶起當年慘景，當下只得喝令匈奴士兵結陣穩住，配合秦兵與「山賊」相抗。

項少龍見敵陣大亂，心下本是大喜，正待發令眾人發動全面進攻，卻突見敵陣旋即又已穩定下來，只得暫時忍住靜觀其變，心中亦也暗暗佩服敵將果有魄力。

號角聲起，敵人從山間小徑漸漸往上逼進，不多久亦也被他們攻下了一個小山頭。項少龍忙叫項羽下令龍且出動騎兵進行攻擊，不多久敵兵又給壓下山頭。

眾人對秦政殘暴一直以來都壓抑著滿腔怒火，此刻全都發洩在這些秦兵身上，因此都愈戰愈勇，渾身似乎有著使不完的力量。

箭如雨下，刀如電閃，眾兵士居高臨下，敵兵紛紛被殺斃在地，慘狀令人目不忍睹。

但在戰地上，不是你死便是我亡，何來婦人仁心的容身之地？

敵人被騎兵逼退山谷，項少龍再著兵士打出信號，桓楚伏兵從谷口處突群而出，人人手持大刀，衝入敵群，把敵兵砍劈得潰不成軍，人仰馬翻，狼狽不堪。

烏家軍皆是經項少龍久經現代特種部隊方法訓練的精兵，其時攻勢更是銳不可擋。敵人剛剛穩定下來的陣勢，在幾輪伏兵的攻擊之下，又歸潰亂，連忙向谷後方撤退。

豈知項少龍又發令叫鎮守後方的彭越眾軍發動阻截，一時敵人陷進四面受敵的窘境。

項少龍知道時機來了，便叫項羽下達全面進攻的命令。

剎時間戰鼓聲、吶喊聲從四面八方向谷地敵人逼近，桓楚、龍且、英布、蕭月潭、彭越、項少龍等皆都率兵向敵軍殺來。

敵軍頓時潰散之勢如波浪般擴展，波及全域，被項少龍眾軍殺得屍橫遍野，血流成河，慘厲之極，紛紛棄械捨甲而逃。

但彭越一軍阻擊力量似乎有些單薄，終被章邯率領一眾近衛死士衝出一個缺口，而得以逃脫。項少龍亦也未出兵追擊，當夜便在山谷紮營，準備養足精神後，打道回草原。

勝利的戰果確是豐收得很。

四騾車全是金銀珠寶，其中一騾車裡果然裝有一口烏黑發亮的大鐘。

鄒衍見了脫口道：「啊！果真是玄鐵寶鐘！」

項羽聽了大喜道：「那我們就可以煉鑄玄鐵之劍，去解剖獨角麟龍了！」說完伸手向箱內的神鐘摸去，頓覺一陣刺骨寒氣經手臂迫體而入，不禁微微的打了個寒顫，驚叫道：「啊！好冷！」

項梁聞言頓也伸出手去摸了一下黑鐘，訝聲道：「想不到這玄鐵果也神奇得很，經火長久鑄煉，寒氣卻還是如此之深。」

談話間，彭越、秦嘉、景駒等也走到了裝有玄鐵寶鐘的馬車前。

秦嘉見之驚喜道：「玄鐵！彭兄，此物我們要定了，少得一車珠寶也行！」

彭越聞言毫不在意的道：「這是什麼玩意兒？黑不溜丟的！用一車珠寶換？放你媽的屁了！」

秦嘉正待再說什麼，項少龍忙接口道：「是啊，此鐘怎有一車珠寶珍貴呢？彭兄，我看此次四車珠寶，你得二車半，我得一車半加這口鐘，這裡所有敵人馬匹也全歸你，怎麼樣？」

彭越聽得項少龍如此說來，臉上露出興奮之色道：「項兄弟此話當真？」

「當然當真！」項少龍邊說邊把他引離裝有玄鐵之鐘的馬車旁道。

彭越欣喜的拍了一下項少龍的肩頭道：「跟項兄合作真是愉快之事！嘿，那我就占些便宜啦！就如此成交！」

秦嘉聽了心下大急道：「老大，此鐘乃是海底千年玄鐵精母所製，乃是罕世之寶，我們……」

彭越不耐煩的道：「什麼罕世之寶？珠寶才是實實在在的珍寶，一口破鐘，有得什麼用？項兄喜歡，我們便讓給他罷了。」

秦嘉還待解釋，這時雙方對搶奪來的匈奴貢品已經按彼此商談的結果分配完畢，項梁走過來對項少龍道：「三哥，我們準備起程回牧場吧！兄弟們都已經準備好了！」

項少龍向彭越一抱拳道：「彭老大，咱們後會有期！」

彭越亦也還禮道：「後會有期！」

項少龍和桓楚等辭別時，桓楚突地說道：「項大哥，我把大江幫的所有兄弟召集了，全搬到你們牧場來吧！這樣我們二者合而為一，勢力將壯大很多，對將來的反秦大業將是大有益處的呢！」頓了頓又道：「大江幫的兄弟們定都會樂意為你效忠的！」

項少龍聞言一愣道：「這個……待桓弟你考慮成熟了，我們再來商議此事吧！」

桓楚頓時急得滿臉通紅道：「項大哥這話是不是嫌大江幫的兄弟們素質太低呢？」

項少龍連忙道：「這個怎麼會呢？我的意思是桓弟辛辛苦苦創立的大江幫基

業，怎麼可為我而毀掉呢？這於你豈不是……」

桓楚打斷他的話道：「不嫌兄弟們就好了麼！怎麼會是毀掉基業呢？跟了你，應該是我事業的一大突破，一個新起點！嗯，就這麼說定了。我回去打點好一切後，就領兄弟們來投靠你！」

項少龍見桓楚決心已堅，自己再勸他也還是白費口舌，當下不置可否的笑笑道：「隨便你吧！我們牧場自是歡迎兄弟們的到來的！」

項少龍說這話時，心下也同時想道：「嗯，他們來了也好，對羽兒將來的大業將多獲一份力量的幫助。」

二人當下再次嘮叨一番後，相互辭別，項少龍領了項羽、項梁、鄒衍、蕭月潭及眾烏家兄弟向自己的牧原歸去。

紀嫣然、琴清、滕翼、荊俊等人見項少龍凱旋歸來，均都喜出望外。

項少龍朝眾美妻望去，卻見諸女在他一個多月未歸期間顯得清瘦了許多，不禁心下大生憐意，策馬行至眾妻跟前躍下，一手摟住紀嫣然，一手摟住琴清，當著眾人的面，一人親了一下後道：「二位嬌妻，可讓為夫想煞你們了。」

二女俏臉一紅，琴清道：「瞧你……大家都看著我們呢！」

項少龍已許多天未見女人嬌態，見得二女的嬌羞模樣，心中大樂，故意大聲道：「嘿，這個……男歡女愛有什麼好害羞的嘛！」

琴清聞言更是大窘的低聲道：「可是羽兒、靈兒他們都瞧著我們呢！」

項少龍頃刻放開二女，但卻還是湊到琴清耳邊輕聲道：「嘿，我的娘子，今天晚上讓我吃頓葷菜好嗎？」

琴清一愣道：「什麼葷菜？難道你這些天來沒有吃魚吃肉嗎？」

話剛說完，項少龍一雙在她身上大肆作怪的大手讓她頓時明白過項少龍的話意，不禁粉臉更紅，嬌首微低的嗔道：「你說些什麼啊？老不正經的！」

項少龍正待再逗琴清一番，卻突聽得背後一聲嬌嗔的聲音傳來道：「只知道跟著清姐和嫣然姐說話，我們幾個你就給忘了嗎？」

項少龍聞言大感頭痛，轉過身後當即朝剛趕來的烏廷芳、趙致、鳳菲諸女深施一禮後，恭聲道：「在下見過幾位娘子！」

趙致見他滑稽模樣，「撲噗」一笑道：「好了！鄒先生他們來找你了！」

項少龍當即又轉身望去，果見鄒衍、項梁、蕭月潭幾人向自己這邊走來。

鄒衍望著他道：「少龍，我們去研究一下鑄製玄鐵寶劍的事宜吧！」

第七章　八千鐵騎

項少龍隨了鄒衍、項梁、蕭月潭等幾人一起去了放置玄鐵之鐘的帳營，卻見當年給他鑄煉百戰寶刀的清叔也正在裡面。

見得眾人進來，清叔歎道：「如用此玄鐵鍛鑄成寶劍，其鋒利絕不會下於干將、莫邪等上古的神兵利刃，只是鍛煉難度卻是非常的高，若稍不小心，此寶也會變成廢物。」

項少龍聞言笑道：「清叔鍛劍的技藝乃是繼承了當年趙國鍛劍名匠歐治子秘傳的『百煉法』，煉一把玄鐵劍又怎會難住你呢？」

清叔聽了項少龍的話，只覺一股豪氣頓往上升，哈哈一陣大笑道：「嘿！難自然是難不住我！只是得大費點工夫罷了！」

項梁這時突然發話道：「對了，清叔，你能否把煉劍後多餘的玄鐵煉鑄成一批箭矢呢？」

鄒衍訝異道：「煉一批箭矢作何之用？」

項梁笑道：「羽兒習成了《無敵乾坤箭法》，若是用玄月神弓配上此玄鐵之箭，當世間還有何物能不被之摧毀？羽兒亦也將天下無敵也！」

清叔聽了喜道：「此玄鐵鐘約重二三百公斤，煉劍加上損耗可能要用去一百來公斤，剩下的玄鐵約可煉鑄成五十來支利箭。」

項少龍心念一動，想起項羽一箭射中劉邦一事，當下亦也贊成道：「好！就把剩下的玄鐵用來鑄箭，看還射不射得死……」

項少龍本想說看還射不射得死劉邦，但忽而想到眾人還不知劉邦是誰，更何況如此說來的話，也就洩露了天機，當即住口不說。

蕭月潭見項少龍有話欲言又止，微笑著問道：「少龍到底是想說射不射得死誰呢？」

項少龍聞得蕭月潭追問自己，本是心中大急，但忽而想到怪獸獨角麟龍，靈機一動的笑道：「當然是想看看能不能一箭射穿獨角麟龍身上的鱗甲，而把牠射死啦！」

項梁接口道：「嘿，羽兒用一支普通的鋼箭都射死了獨角麟龍，若是用玄鐵之箭，自是不用說，一箭就叫牠死翹翹了。」

談笑中，項梁忽而又歎道：「玄月神弓現在最大的遺憾是沒有一根可與之相匹配的弓弦了。現在的玄月弓弦乃是用西域的一種甚為罕見的動物——犛牛的筋製成。雖也可力拔千鈞，但它不能完全發揮出玄月神弓的強大威力。若是能得到一根堅韌性和彈張性都比犛毛筋強得多的弓弦與之相配，玄月神弓當真是可稱為全天下弓箭至尊。

「傳言西域有座寒陰山，山上有一種叫作冰蠶之蟲，吐出來的絲堪稱天下最是堅韌之物，名曰天蠶絲，但因其太過於細小，所以無法作玄月弓弦。在我有生的這些年來，我也曾尋訪遍大半個中原，但還是沒有找得能與玄月神弓相配匹的弓弦，真乃是今生一大憾事。不知羽兒是否有得福緣……」

項少龍聞言心動，打斷他的話道：「獨角麟龍刀槍不入，牠的筋不知可否用來作玄月弓弦呢？若是成的話，不是了此心願了嗎？」

項梁聽了雙掌一拍，喜形於色的大笑道：「對呀！寶物就在眼前嘛！我怎麼沒想到還自歎自憾呢？真是好笑得很呢！」說完又對著清叔神態雀躍的道：「清叔，還得勞駕你老快些煉好玄鐵之劍來解剖這獨角怪獸，好讓我早日得嘗一睹玄月神弓威力的宿願啊！若是人手不夠，就叫我來幫忙好了！」

清叔笑道：「就算日以繼夜，恐怕也得半年呢！你啊！就慢慢等吧！」

眾人又說笑一陣，項少龍便向大家告辭，往琴清帳營走去，心中想著如何與這美女溫存，以解這一個多月來的相思之苦。

項少龍進得琴清帳營時，並沒見著琴清人影，而聽得帳營後廂傳來淅淅瀝瀝的水聲。

項少龍心中大喜，知道佳人正在淋浴，於是輕輕脫了衣物，躡手躡腳的往後廂浴室走去。

拉開了浴室門口布簾一角，卻見一個赤條條水淋淋的白玉凝脂般的身體赫然映入眼中，心神不禁一蕩，正想猛撲前去把俏人兒抱在懷中痛吻個夠，但看著琴清那種悠閒恬適的姿態，心中忽地生起一個捉弄一下她的念頭，於是裝作貓兒的聲音咪咪怪叫了兩聲。

琴清果被嚇得尖叫一聲，玉容顯出惶亂之色，纖手緊抱住酥胸，啞聲道：「外面是……是誰？想幹什……什麼？」

項少龍強忍住心中湧至喉間的笑聲，變聲沉沉的嘿嘿笑道：「美人兒，我對你早就垂涎三尺了，想幹什麼？當然是想你在這裡等待著想與項少龍幹的事兒啦！」說到最後項少龍已禁不住發出笑來。

琴清本是被項少龍嚇得玉容蒼白，這時聽得是項少龍的聲音，大大鬆了口氣，鬆開玉手，拍拍酥胸，咳道：「你這死鬼，在這裡裝神弄鬼的，把人家都快嚇掉半條命啦！看我待會怎麼整你……」

話沒說完，項少龍已掀開布簾衝了進來，一把摟住琴清，邊吻著琴清的粉頸，邊湊到她耳旁輕聲道：「娘子想怎麼整我呢？夫君正等著你暴雨狂風的攻擊呢！」

琴清「嚶嚀」一聲，忽地垂下嬌首在項少龍的肩頭猛咬一口，痛得項少龍悶哼一聲後嬌笑道：「我啊，就是如此的整你了！」說完作勢又欲咬項少龍的胸部，嚇得項少龍連忙鬆開她大叫道：「哇，母老虎發威啦！」

琴清聞言嗔怒著上前追打，項少龍忽的又一把緊抱住她，柔聲道：「娘子，我們不要鬧了，來個鴛鴦戲水，享受一下別後新婚的樂趣好嗎？」

兩人纏綿了一個多時辰，琴清的俏臉上才逸出了一個極為滿足的甜笑。

項少龍輕輕的撫摸著琴清的嬌軀，看著她不斷撒嬌地扭動著的水蛇蠻腰，以及那桃紅剛褪的橫生媚態，不禁慾火再燃，扳正琴清的嬌軀，正要再加征伐時，門外突地傳來了紀嫣然的叫聲道：「清姐！在房裡嗎？」

琴清聞言，掙扎著慌亂的準備起身著衣，口中咒罵著項少龍道：「都是你這死鬼啦，現在你教我怎麼去見嫣然嘛？」

項少龍笑道：「嘿，那你就索性照原樣躺在這裡，我去叫她來見你好了！」

說完把琴清強按倒榻上，忍不住又對她動了一番手腳，才志足意滿的披了一件長袍走出房去，與剛走進來的紀嫣然撞了個滿懷。

見著項少龍故意露出的赤身，紀嫣然粉臉一紅，笑道：「剛使壞完了嗎？」

項少龍上前一把摟住她的小蠻腰，輕笑道：「說得對！不過還未盡興！」

說完把她抱了起來，往房裡走去，任是紀嫣然怎樣掙扎也不放下。

琴清這時見得紀嫣然進來，粉臉羞得通紅時，項少龍把紀嫣然也放在了榻上，怪笑道：「今天我就來個一箭雙雕好了！」

二女同時赫然嬌笑。

接著自是一室皆春，美景無窮。

虞姬聽說項羽不但練成了《玄意心法》第四重，融會貫通了《無敵乾坤箭法》，而且還殺死了一隻叫作獨角麟龍的怪獸，馴服了一匹烏騅寶馬，不禁歡聲雀躍的來找項羽，硬纏著要他講去冰風火離洞所遇到的一切事情。

項羽對這小妹妹有著一種特殊的感情，看著虞姬日漸成熟豐滿迷人的嬌軀，他在又愛又憐之餘，總覺著心中有一股想抱住她痛吻的衝動。

虞姬眨著一雙烏黑的大眼睛，在項羽灼灼逼人的目光下顯得有點靦腆的嬌聲道：「羽哥哥，你好棒噢！殺死了獨角怪獸，與項伯伯一起大敗秦兵和匈奴兵！以後啊！你一定會是個笑傲江湖的頂天立地的大英雄！」

項羽看了一眼溫馴的烏龍兒，豪氣頓往上湧的昂然道：「不錯！我一定要做個像姬妹妹說的項天立地的大英雄！我要叫天下所有的所謂的英雄人物都在我項羽面前折腰！」

虞姬目光迷離的看著意氣風發的項羽，語音嬌柔的道：「羽哥哥，虞妹可以一輩子都跟在你身邊嗎？」說完俏臉微紅，嬌首微低。

項羽聞言心神一蕩，禁不住走上前去輕輕托起虞姬的下巴，低聲緩緩道：「姬妹若真願意跟著我，我項羽發誓一輩子都會好好的保護你，決不會讓人對你有分毫的傷害！」

虞姬嬌軀一軟，倒入項羽懷中，緊摟著他，在項羽耳邊吐氣如蘭的道：「姬兒好想快快長大，陪羽哥哥一起去闖蕩天下啊！」

項羽摟著懷中的少女，心神緊張得突突跳起，猛吸了一口長氣，平靜一下心懷後，看著綠草茵茵，馬兒成群的草原，心情澎湃的道：「這一天我想為期不遠了，爹爹曾說過要把我締造成一代西楚霸王，我想他話中的意思是想帶我去逐鹿中原吧！只要有了爹的幫助，天下間就沒有我成功不了的事情！嘿，連不可一世的秦始皇嬴政都是爹造就出來的，還有什麼事會難得倒他呢？只不過難以通過的就是娘她們這一關，我看她們都會阻止爹爹重出江湖。」

虞姬臉色微變的道：「什麼？秦始皇也是項伯伯一手締造出來的？這……太不可思議了！」

項羽輕輕拍拍她的酥肩，笑道：「爹爹當年威風的事可多著呢！六國的合縱軍被他打得落花流水，齊國有『劍聖』稱譽的曹秋道長也被他打得暴跳如雷……還有啊，就是清娘和嫣然娘當時的兩大才貌雙絕的大美人也被爹給泡上了。」

虞姬嗔道：「我可不准你以後去跟別的女人鬼混！否則，被我知道了，我絕饒不了你！」

項羽正色道：「我項羽發誓，今生今世都只會跟虞姬一個人好，若有違背，定叫我……」說到這裡，虞姬突地獻上了灼熱的櫻唇堵住了項羽下面的話。

項羽頓覺一股熱潮直往上湧，緊緊的抱緊虞姬，痛吻起她的香唇來。

虞姬兩手緊抓著他的衣襟，劇烈顫抖和急喘著，一對秀眸潤了起來，俏臉泛起桃紅。兩人的呼吸立時濃濁起來。

項羽不由自主的一雙怪手在虞姬身上開始不規矩起來，由她的衣襟滑進去。

虞姬呻吟一聲，玉手死命由衣服後按住了項羽作惡的怪手，似羞似怨的白了項羽一眼，嬌柔道：「羽哥哥……待我年紀大些了，你再想對姬兒怎麼樣就怎麼樣好嗎？」

項羽聞言心神猛地一斂，清醒過來，渾身冒出冷汗的手足無措的道：「這個……姬妹……剛才多有冒犯……差點做出傻事來……我……我……真該死！姬妹，你……」

虞姬看著項羽的惶態，「撲噗」一聲嬌笑出來，垂首赫然柔聲道：「羽哥哥，你不要太過自責了，其實我並沒有怪你呢！更何況姬兒以後決定了生是項家的人，死是項家的鬼。只要……只要我們不逾越最後一關，像剛才那樣的親熱，姬妹倒是很願意很高興呢！」說到最後已是音不成聲。

但項羽還是把她所有的話都聽得清清楚楚，聞言大喜的握住虞姬柔嫩的小手，吃吃道：「姬妹……這……是真……真話嗎？」

虞姬的俏臉又紅起來，任由對方把弄自己的細柔玉掌，幽怨道：「只是羽哥哥以後經常要出去做大事，唉，這卻教姬兒怎樣度過那些孤獨的時光呢？」說完又投入項羽懷中。

項羽聽了虞姬這幾句心中情意坦白的話，雙手緊緊的抱著佳人，心中湧現無限豪懷壯氣。

自己若是連心愛的女人也沒有能力保護，那還怎樣去做英雄好漢？再次回復到草原原來的平靜生活，項少龍反而思潮起伏的不得安寧。

靜靜的呆立在草原的一個小山角上。清風迎面刮來，吹得他衣衫飄揚，卻吹不去他對戰爭的慘厲回憶。

唉，羽兒是西楚霸王！這對自己來說到底是福還是禍呢？若真如此，自己和身邊的親人朋友都又得無可避免的捲入戰爭的殘酷中去了！如此一來，卻又會讓多少親人和朋友痛失親人之痛呢？又會讓天下多少生靈塗炭呢？還有，本已是生活在疾苦中的黎民百姓的貧苦日子，只會因戰爭而更加疾苦。

那麼戰爭到底予人類有著一種什麼意義呢？

帶來和平？多麼辛酸和遙遠的字眼！

項少龍搖頭苦笑歎息時，滕翼走到了他身邊，望著西方正欲下沉的一輪血紅殘陽，悠然道：「好久沒有像現在這樣有閒情逸致靜看這草原落日的美景了！」

項少龍聞言吟聲道：「夕陽無限好，只是近黃昏！唉，二哥，這些天來我總感覺著我們這平靜生活的背後正蘊藏著一場即將來臨的暴風雨似的，有一股沉沉的莫名壓力讓我感到心神不寧。」說完嘴角露出一抹苦澀的淒意。

滕翼像是正沉浸在日落美景中，聽了項少龍的話不在意的道：「這或許是三弟這幾日來操勞過度的緣故吧！」

項少龍搖了搖頭，舉目凝視著即將下沉的血紅殘陽，心中湧起無限的感觸。

夕陽西下，斷腸人在天涯！

唉，命運為何要賦予我這麼沉重的歷史責任呢？我好不想捨棄眼前的這種平靜寫意的生活啊！但是……天意不可違！我似乎沒得選擇的餘地了！斷腸人在天涯！唉……

沉默良久，項少龍似突地作了什麼決定似的沉聲道：「二哥，我想組建一支近衛鐵騎來守護牧場，不再讓我們牧場受到任何外敵的侵犯，你看怎麼樣？」

滕翼聞言心神一震，隱隱感到項少龍組建鐵騎有著什麼動機，但還是裝作大惑不解的道：「三弟是不是還在對那些死去的烏家兄弟感到耿耿於懷，難以釋然呢？其實說來大家的命都是當年你從嬴政手裡救出來的，已經苟活了這麼多年，現在即便是為你戰死，也是死而無怨。」

項少龍呆了呆，搖頭道：「對他們的死我雖然是很悲痛，但痛定之後我早把所有的悲痛化之為替他們報仇血恨的力量了。是的，雖然我沒有完全殺光仇人，但是我想我心中的苦衷，他們在九泉之下能體會出來並會原諒我的，我想組建鐵騎，是想在保衛家園的同時，將來能夠為天下蒼生出一份我們微薄的力量。」

滕翼聞得項少龍自己說出了他組建鐵騎的真正目的，心下雖還是一突，但並不感震驚的平靜道：「三弟的提議我不會反對，只是此事事關重大，我看還是需與大家商量一下才行。」

項少龍苦笑道：「商量？反對的人定會占了一大半以上！行不通的了！」

項梁的聲音這時突地從後方傳來道：「組建騎兵？三哥的這個想法很有見地！我第一個贊成！」頓了頓又道：「騎兵的機動性很大，在戰場上最能發揮其強大的殺傷力和衝擊力！對了，不知二位兄長可曾聽過用騎之十利呢？」

項少龍大感興趣道：「願聞其詳！」

項梁來到了二人身側，有條不紊的道：「用騎之十利：一曰迎敵始至；二曰乘虛敗敵；三曰追散擊亂；四曰襲敵擊後，使敵奔走；五曰遮其糧草，絕其軍道；六曰敗其關津，發其橋樑；七曰掩其不備，卒擊其未振之旅；八曰攻其懈怠，出其不意；九曰燒其積聚，虛其市里；十曰掠其田野，俘其子弟。此十旨，騎戰之利也。今日我們若要組建一支天下無敵的騎兵，憑己之優越條件，不日就可組成。」

滕翼聞言點頭道：「此語雖是不錯，只是如若我們組建一支強大的騎兵，必會引起朝廷的關注，屆時如若他們派兵來伐剿我們，那我們可就有得危險了。」

項梁冷哼道：「現在的秦二世不是當年的秦始皇，殘暴有過，智勇卻是毫無，只不過是宦官趙高的傀儡而已。朝中良臣猛將，皆被胡亥、趙高合謀毒害，現在的眾臣全都是一介烏合之眾，有幾人有能力領兵作戰呢？蒙恬、蒙毅兄弟被秦二世殺死了，皇太子扶蘇被秦二世逼死了，王翦上將軍與二哥三哥是拜把兄弟，他自是不會領兵出征。嘿，現在就怕秦兵不來，若來了，定叫他來得去不得！」

頓了頓，掃視了項少龍、滕翼一眼後又沉聲道：「現在其實說來就是我們這等熱血志士待機起兵，推翻暴秦，拯救萬民於水深火熱生活的大好時機了，組建騎兵，我們有著伏越的天時地利——良馬不缺，將才不乏，精兵亦有。只要我們把烏家軍和大江幫的兄弟集合起來，從中挑選出一批身強力壯的青年出來，進行各種強化的武技攻擊訓練，以騎兵作戰的戰術訓練為主，一定可以組建成一支天下無敵的鐵騎。到時只要我們登高振臂一呼，天下間的熱血志士定會回應，秦亡之日也就為期不遠也！」說完虎目裡流露出無限憧憬的迷醉神色。

項少龍和滕翼聽了也只覺一陣心潮澎湃。

對了，陳勝、吳廣的大澤鄉起義不就為時不遠了麼？自己也一定得在這段時間內培植出一批勢力，為羽兒將來的霸業打下堅實的基礎。嗯，組建鐵騎看來是勢在必行！無論將要遇到多大的阻力，自己也決不退卻！

為民請命！抵抗暴秦！創造歷史！

項少龍暗暗的下定了決心。

管他的呢！再次在這火熱的戰火紛紛的年代裡去轟轟烈烈的拚他個一場。

憑自己比這個時代的人多出二千多年的歷史文化知識且通曉他們這個時代的歷史發展這一點，難道還有什麼乾坤不能被自己扭轉的嗎？哼，只要自己殺了劉邦，歷史也會被我給改變！今後的天下也就是我項家的天下……

項少龍決心豁出去了。

成者為王，敗者為寇！改變歷史也並不一定會成為歷史的罪人！因為歷史將是由成功者所主宰編寫！小盤不是用焚書坑儒之法把自己從歷史上給去掉了嗎？

組建鐵騎的議案就在項少龍、滕翼、項梁三人間給秘密計定了下來。

項少龍在經常去清叔帶領的鑄造兵器的營地中察看玄鐵之劍進展的同時，亦也給了許多自己設計出來的新式武器讓他們煉造，以作為將來裝備組建起來的騎兵之用。

而項梁和滕翼則借視察牧場之便，暗地裡從馬群中挑選出了一批強健的良馬，叫放牧的兄弟們好好飼養。

同時亦也加強了對烏家軍的訓練。

這時，項少龍正在清叔的兵器營裡看他煉玄鐵之劍，龍且忽然來報說桓楚領了近萬之眾的大江幫兄弟來到牧場。

項少龍又驚又喜，想不到桓楚說話果是直來直去雷厲風行，領了大江幫所有的兄弟來草原投靠，此著雖是使桓楚辛辛苦苦建下的大江幫煙消雲散，不過由此一來卻也可促進項少龍鐵騎軍的加速建成，而組成另一支主導將來歷史潮流的生力軍——項羽的江東八千鐵騎。

思想間，項少龍已領了項梁、滕翼、龍且眾人策馬去迎接桓楚大軍。

見著項少龍一行飛速馳來的身影，桓楚老遠就扯著喉嚨大叫道：「項大哥，小弟已經解散了大江幫，領了眾兄弟來這裡投靠你了，你可一定得接納我們啊！否則我們可就全都成為無家可歸的流浪者了！」

說完一陣哈哈大笑。

項少龍等這時已馳到了桓楚眾人面前。

飛身下馬，項少龍一把抱住迎上來的桓楚，激動的道：「桓弟，這……你的犧牲實在是太大了！這份大禮你卻叫我怎能安心的接受呢？」

桓楚鬆開項少龍，舉起鐵拳擊了一下項少龍堅實的胸肌，哇哇大叫道：「嘿，你說這話可就是沒把我當兄弟看待了，其實說來我是養不活這幫兄弟了，所以領來你這裡，叫你日後可有得破財呢！這次啊，你是不接受也不行了！」

項梁這時也走上前來，擊了桓楚手臂一拳，笑道：「項三哥菩薩心腸，定不會見死不救的！跟著他啊，只要他有吃的，我們也就會有吃的，不怕會餓死的啦！」

桓楚還了他一拳道：「我和兄弟們啊，就是看中了項大哥這一點，所以賴定吃他了！」

眾人一聲哈哈大笑後，項少龍亦也玩笑道：「就怕我啊，到時窮得連褲子都沒得穿，兄弟們跟著我只會受苦哩！」

桓楚笑道：「那也是我們自找的，沒法怨誰的了！只要你有一條褲子啊，其中一隻褲腳就是兄弟們的，那我們沒話可說！」

項梁笑道：「三哥有那麼多如花似玉的夫人，你不會也要他分你一份吧？」

桓楚正色罵道：「朋友妻不可欺！何況是項大哥的嫂夫人呢？」

滕翼接口道：「罵得好！這個玩笑開得太過份了點！簡直該打！」

桓楚聽了揮拳道：「好！二哥有令，小弟此刻就照你吩咐去辦了！」叫嚷時已向項梁擊去。

項少龍俊臉微微一紅道：「好了！好了！大家不要鬧了！我們去大擺宴席為桓弟和大江幫的眾兄弟們接風洗塵吧！」

眾人哄然叫好，桓楚笑道：「嘿！跟了項大哥的第一天，兄弟們就有得大吃大喝了！」

項少龍坦笑道：「吃苦的日子可在後頭呢！往後的苦旅生活可有得你們受的！」

項少龍這話說的倒是實情，因為項羽將來的天下還得靠這些兄弟們去打呢！那時誰死誰活都是個未知數，受苦受累自是在所難免。

桓楚自是聽得懂項少龍話中的意思，聞言臉上露出無比堅毅的神色道：「我和兄弟們都是抱著為項大哥誓死效忠的心裡來的，若是想連一點苦也不受，豈不是來白吃白喝嗎？天下間哪有那麼便宜的事情嘛！」

項少龍上前拍了拍桓楚的肩頭，富有感情的沉聲道：「結識了你和大江幫的眾兄弟們，真是我項少龍生平一大幸事！」

桓楚聽了尷尬的笑道：「哪裡話呢？兄弟們能交識你這位當年威震七國的上將軍，才真是算作三生有幸呢！」

項梁這時插口笑道：「二位不要這麼酸味熏天了吧！嘿，剛才聽說有酒喝，我的肚子現在都在跟我唱對台戲了！」

眾人又是一陣哄笑，項少龍大聲道：「好吧，回牧場！」話音剛落，就已率先翻身上馬，驅騎往牧場方向馳去，身後留下一道揚起的塵煙。

第八章　天下形勢

桓楚和大江幫的一眾兄弟們來到牧場後，項少龍便召開了牧場的高級領導人會議，提出了組建騎兵的議案。

紀嫣然等當即疑惑的問道：「少龍，我們現在又沒有什麼強敵來犯，何故要組建一支騎兵呢？難道你嫌我們的日子過於平靜嗎？」

項少龍對夫人的這番問話大感頭痛的搖頭苦笑道：「不是我嫌日子太過平靜，而是不平靜的日子離我們不遠了，秦二世的殘暴驕橫，趙高的弄權玩術，使得秦王朝室內已是一片狼藉，天下大亂之勢已是迫於眉睫。處在水深火熱中的貧民百姓為了生存會怒而反秦，被秦始皇吞併的六國流亡貴族會反秦，匈奴等長期被秦王朝壓制的周邊弱小國家會占空攻秦。這些隱藏著的危機一旦爆發出來，我們這塞外草原還會有得安寧嗎？到時我們若是沒有自己的能力，反只會成為戰爭的犧牲品，因為我們牧場的戰馬是讓所有的各派勢力都垂涎三尺的。與其坐而待斃，孰若起而拯之？所以我們要在那場將臨的暴風雨來臨之前，先堅築好我們的防禦工事。屆時即便有敵來犯，我們也可讓自己穩立於自保不敗之地。」

說到這裡，掃視了一眼正凝神聽自己分析天下形勢的眾人後，接著又道：「騎兵在現代的戰場上最是能發揮優勢的兵種，它機動性大，作戰速度快，殺傷力強，即使被敵圍困在千軍萬馬之中，仍有脫困的能力。救援、襲敵更是效率奇高。只要我們擁有了一支強大無敵的騎兵，天下間就無人敢來侵犯我們。」

項梁待項少龍話音剛落，頓即附和道：「是啊，今天下苦秦久矣，秦室虛空，有識之士必會站出來領導天下貧民百姓，推翻暴秦，我們亦也應該為在秦統治下流血呻吟的天下蒼生略盡自己的一份力量啊！」

滕翼接口道：「秦朝氣數已盡，現在天下到處都是民怨栽天，一旦有人領頭作反起來，其回應之勢真是龐大得不可想像。為了保衛在將來的紛亂局勢中，我們的家園不受侵犯，我們的平靜生活不受破壞，我們是得組織一支有強大戰鬥力的自衛軍。」

荊俊卻是不解的道：「組建自衛軍？我們已經有了訓練有素的烏家軍，現在加上大江幫的近萬餘兄弟，組合起來就已經是一支強大的自衛軍了！何況我們這塞外，人跡罕少的，即便發生戰亂，也不可能打到我們這裡來啊？當年秦始皇攻打六國，天下何等之亂？我們這裡也是安然無恙，我看幾位兄長是有些杞人憂天了吧！我們這裡是很安全很平靜的世外桃源呢！」

紀嫣然聞言頓然也附和道：「就是嘛！組建騎兵？我看你們此舉別有用心，名義上是說保衛牧原，實質上卻有可能是你們在策謀反秦！我們好不容易才找到這避世之所，我是再也不願意過那種刀口舔血的日子了。」說完滿面淒然蒼白，又驚又懼又怒的看著項少龍。

桓楚聽說組建騎兵是用來反秦大業的，當即喜形於色的雀躍道：「嫂子，你這話就說錯了。我記得項三哥曾對我說過這麼一句話『先天下之憂而憂，後天下之樂而樂』，這話大是讓我感動非常。也證明了三哥有一顆以天下蒼生為己任的火熱之心。我桓楚捨棄一切來投靠三哥就是敬服他的這種仁俠心腸。是的，現在天下形勢正是我們這些熱血有識志士為民請命，解救天下貧苦百姓於水深火熱之中的大好時機。組建騎兵是順應天意、有利民心之事，嫂子是不應出言阻攔的吧！」說完走到紀嫣然前深深一揖後恭聲道：「還請嫂子能為天下萬民著想！」

紀嫣然被桓楚此舉弄得手足無措，臉色紅一陣白一陣的氣惱道：「天下有識志士那麼多，為何硬要少龍重出江湖？我……我不管的啦，我絕對不允許他再次摻入到戰爭中去！」

項少龍望著項梁、桓楚等人一臉苦色，長歎了一聲後道：「唉，娘子，你夫君現在就在你身邊呢！我……我就依你所言，一輩子守在你身邊，老死在此牧原好吧？」

桓楚聞言卻是臉色大變，「撲通」一聲跪到紀嫣然面前，自腰間拔出一把鋒利短劍，猛的往左臂砍去，只聽得「嗤」的一聲血光四濺，眾人齊都驚叫出聲欲上前阻攔時，桓楚的左臂已被短劍砍下正著，還幸得項少龍眼明手快，在桓楚拔劍砍臂之際忙射出二根鋼針刺中桓楚握劍手腕，使下砍力道給撤去大半。

紀嫣然看著桓楚的此壯烈之舉，臉色蒼白的惶聲道：「你……你幹嘛如此傻呢？有話就應該好好說嘛！我……我也並不是那種十分固執的人！其實，少龍的意思我有幾次反對過呢？我只是一時不能接受這個突如其來的事情罷了！」

桓楚慘白的臉上露出一絲笑意道：「有得嫂子這句話，我桓楚這點傷又算得什麼呢？」說完從地上站了起來，接過紀嫣然從衣裙上撕下來的布條，朝剛被項梁上過金創藥的傷臂處包紮起來道：「嘿，這就叫先苦後甜呢！受了這麼點傷就獲得這麼多朋友們的關心！」

項少龍輕拍了一下桓楚的後腦，苦笑道：「天下間也只有你這麼個大傻瓜才會用如此之法來搏取眾人對你的同情了！」

項梁大叫道：「明天我也去受點傷，讓大家來關心關心我！這麼多年來的流亡生活，讓我也感覺孤獨寂寞之極呢！」

紀嫣然笑罵道：「原來你們幾個是算計好了演戲來騙我的呀！那我的話也不作數了！」

項少龍聞言正色道：「嫣然怎麼變得越來越小心眼了？我項少龍對天發誓，桓弟此舉若是有得半點虛情假意，定教他不得好死！」

紀嫣然聽得項少龍此話，粉臉嚇得蒼白，淚珠兒從美目滾滾而下，嬌軀也不禁微顫著。眾人亦是面面相覷，想不到項少龍會說出如此嚴肅之話來，氣氛一時變得生硬起來。

桓楚首先打破沉寂的笑道：「嫂子剛才是在開玩笑呢！三哥你發什麼脾氣嘛？瞧，你把嫂子都氣得哭了，還不過去安慰安慰她？」說完連推帶拉的把項少龍推至了紀嫣然身邊。

看著紀嫣然楚楚憐人的模樣，項少龍也覺自己剛才語氣太重了點，一陣心虛，輕輕拉了拉紀嫣然的衣角低聲道：「好了嘛夫人，不要生氣了！今晚我去你房裡向你叩頭認錯好了！」

紀嫣然聽了，心下又是好氣又是好笑，嬌軀一扭，衝撲到鄒衍懷裡，突地放聲大哭起來。

組建鐵騎的議案總算是衝破重重阻撓給定了下來，紀嫣然在項少龍又哄又求的無賴手段下也不禁破涕為笑，兩人重新歡好起來。滕翼和項梁眾人從將近一萬之眾的大江幫兄弟之中挑出了四千多的精兵，再加上從烏家軍中挑選出來的三千之猛將，合起來人數剛好達到了項少龍所要求的八千之眾。這八千鐵騎驍勇軍分成中、左、右三軍。每軍設司馬、下轄五旅；每旅設校尉，下轄五卒，每卒設十伍，每伍十人。這些都是作戰主力，至於後勤另設以專門部隊供應。

項少龍對於這八千鐵騎的訓練非常嚴格，運用他在現代時學來的訓練特種部隊的訓練方法對他們進行訓練，每天的訓練時間均在五個時辰以上，達不到要求者還需延時補習。

雖然他的訓練方法有些殘酷，但所有的兵士們卻還是忍受住所有的辛苦，依然執著的每天都投入到緊張繁重的訓練中去。

因為在他們的心目中都有著一個共同的強烈心願——推翻暴秦，建立新政。

項少龍正在悠閒的抽著蕭月潭讓他試試的旱煙管，吞雲吐霧時，項梁突地跑到二人身側，興奮的道：「三哥、蕭先生，清叔鍛鑄的玄鐵劍已經煉好了！嘿，果真是把罕世寶刃，三寸多厚的金條也被它一劍砍斷，而鋒口卻是絲毫無損！用它來解剖獨角麟龍自是毫不費力，看來我想一睹玄月神弓真正威力的時候為期不遠，羽兒可也高興得很呢！」

項少龍聞言連忙把煙管遞還給蕭月潭，欣然道：「走，我們一起去看看！」

來到清叔的兵器營，卻見鄒衍舉著一把通體烏黑，但卻寒氣森森的長劍正細細欣賞著，口中嘖嘖讚道：「好劍！果然是不世之寶！此劍若是交由少龍使來，定可天下無敵也！」

滕翼在旁道：「這還是清叔的功勞！半年多來嘔心瀝血、日以繼夜的才煉成了這把玄鐵寶劍。」

清叔古樸的老臉上綻開一絲笑容道：「沒有罕世的玄鐵，也煉不成此罕世的利刃嘛！」

項少龍等這時走到了眾人身側，鄒衍見著項少龍，把玄鐵劍遞給他後笑著道：「少龍，你也來了！嗯，你倒是用此玄鐵劍來試試它的威力如何！」

項少龍接過玄鐵劍，身體頓感一股強大氣勢湧起，有點不吐不快的怪異感覺。仰天一陣清嘯後，招過滕翼和桓楚二人道：「二哥、桓弟，你們來陪我過兩招吧！」

桓楚欣然應「好」，滕翼卻是遲疑的笑道：「三弟，你可是有把握能接得下我們二人的聯手攻擊？」

項少龍寶劍在手，精神振奮道：「我現在感覺縱是千軍萬馬，我也敢放手一拚！好了，放心的上來吧！讓我儘量的發揮一下玄鐵劍的威力！」

桓楚自背上取過霸王神槍，但旋即又收了起來，自言自語的嘿嘿笑道：「嗯，還是不用這兄弟的好，免得給少龍用玄鐵寶劍給削斷了。」

項少龍聞言笑道：「那就把飛龍槍給你使吧！」

荊俊當即取來飛龍槍遞給桓楚。

桓楚接槍在手一掂後道：「果然也是一把好槍！被少龍削斷了的話也很可惜呢！」

項少龍笑道：「這可是我自己的兵器，我才捨不得削斷它呢！」

談笑間，三人已是擺好陣勢。

桓楚大喝一聲，飛龍槍活了過來般彈上半空，靈蛇百頭鑽動地籠罩項少龍胸腹部。滕翼側是把百戰刀虛式一晃，由身體左側向右上方斜劈而出。

電光激閃，劍氣漫空，寒氣逼人。

項少龍展開墨子劍法，玄鐵劍頓化作滿天烏光，把桓楚和滕翼二人的攻勢全都化解。滕翼冷哼一聲，百戰刀再由上自下猛劈。

桓楚亦也毫不示弱，一聲暴叱，飛龍槍展開霸王槍法，若長江大河般向項少龍攻將過去。

項少龍對二人攻勢卻是視若無睹，玄鐵劍隨手揮出，幻出一道道烏光劍圈，防守住對方所有進路，同時身體像變成一道影子，在劍光中若隱若現，似被淡雲輕蓋的明月，森寒的劍氣連遠處的項梁和鄒衍等也感覺得到，其飄搖往來之勢有若翩翩起舞，卻又若狂風亂起的飛沙，教人生起對項少龍的身影和攻勢無從捉摸的頹廢感覺。最厲害的是玄鐵劍竟能在主人意念的傳送下發出一道道無形劍氣，有若銅牆鐵壁般把使劍者防守於劍氣當中。

圍觀眾人看得一時都瞠目結舌。

四十多招過去，滕翼、桓楚二人任是展開怎樣凌厲的攻擊，還是無法攻破那層有攻有守的劍氣，反而自己的槍法、刀勢已不由自主的被項少龍的劍法牽制和擺佈。

滕翼對著項少龍水銀瀉地般的劍光，首次生出似乎完全無法克勝對方的意念，心中大為凜然，自道自己在對方強大的防守之下，信心搖動，假若讓這種感覺繼續下去，自己就支撐不了多久，必會敗下陣來。

桓楚亦感每當自己攻出一槍，對方玄鐵劍似通靈性似的，馬上射出一道道劍光向自己擊來，讓自己不得撤招而先求自保。

又是二十多招過去，項少龍亦感出此玄鐵劍的妙用，驀地一陣仰天長嘯，玄鐵劍招勢一改，使出墨氏三大殺招補造中的第一招「以守代攻」。漫天劍影頃刻迅速擴散，劍鋒破空「嗤嗤」作響，氣勢有若雷電奔擊。

「噹！」、「噹！」兩聲兵器交擊之聲乍地響起。

劍影倏斂，卻見滕翼手中百戰刀被削斷二三寸許，桓楚手中飛龍槍也是被削得一分為二。

滕翼、桓楚二人目瞪口呆的各自看著自己手中的兵器，心中一片茫然。

圍觀眾人亦也是震駭得安靜之極。

項少龍則是欣喜若狂的看著手中的玄鐵劍。

良久，眾人才都齊聲驚叫出聲。

桓楚把手中的兩截飛龍槍一扔，喏喏道：「嘿，三哥這可是你自己削斷的，可不要要我賠噢！不過你有了這玄鐵寶劍，天下間的所謂神兵利刃，我看啊都要為之黯然失色了！」

滕翼回神過來後，臉色驚喜參半的看著手中的百戰刀歎息道：「唉，這麼好的一把寶刀，現在卻也破損了，想當年它在三弟手中是何等的威風！看來一代舊人換新人，兵刃也是如此呢！三弟有了這把玄鐵寶劍，那由今天開始，你的百戰寶刀就是我的了！」

項少龍哈哈大笑道：「玄鐵劍勝百戰刀，那就把它取名為『無敵神劍』好了！」

項梁這時接口道：「無敵神劍？嗯，當之無愧！三哥有了這支寶劍相配，當年的『劍聖』曹秋道想來也不會是你敵手了吧！」

歡笑聲中，鄒衍道：「走，我們去看看是獨角麟龍的鱗甲硬，還是無敵神劍利？」

一行人鬧哄哄的來到了放置獨角麟龍屍體的冷凍室裡，打開冰蓋，一陣冷氣直往上湧，還好這時已是五月，此陣冷氣反而感覺涼快舒爽非常。

在這冷氣騰騰的冰窖中，獨角麟龍的屍體仍然放置其中，雖是過了將近半年多，但還是沒有散發出什麼異味。

荊俊和龍且自冰窖中抬出獨角麟龍的屍體，放置在一個桌上，項少龍提起無敵神劍往怪獸屍體鱗甲劈去，只聽得「噹」的一聲，火花四濺，怪獸鱗甲頓被劈裂幾片，但項少龍亦甚感吃力。

項梁乍舌道：「連百戰寶刀都削得斷的無敵神劍，劈這怪獸鱗甲卻這麼費力，其堅真是不可思議，若是製成戰甲確實又是一件至寶！」頓了頓又道：「這怪物的筋定也是堅韌無匹的了！啊！用來作玄月神弓的弓弦定是天下間最絕佳的寶物了！」

見得項梁欣然之狀，桓楚打笑道：「你這可是沾了羽侄兒的光了呢！要不是他殺死了這隻怪獸，你這一輩子也難以達成心願啦！記著今後可要好好的培植羽兒！」

項梁肅然道：「這個自是忘不了的！受人滴水之恩，當以湧泉報之！何況我項梁一家人全是項三哥自彭越手中救下的呢！只要是項家的人，叫我項梁上刀山下油鍋我也不會皺一下眉頭的。羽兒麼，更是好比我的親侄兒般，我怎麼會不竭盡所能幫他呢？」

項少龍聽了項梁這番話，心中只覺一陣怪怪然的，有著一種自己也說不出的情緒。

歷史上項梁對羽兒如此嘔心瀝血的栽培，可能除了他對秦始皇滅掉他楚國的極度憎恨外，或許也有著一份他為了報答自己對他的救命之恩的緣故吧！

王翦突然來到牧原，讓項少龍感到無比的訝異之餘卻更多的是興奮。一把緊抱著風塵僕僕的王翦，項少龍動情的大叫道：「哈！是什麼風把四弟給吹到這兒來了？真是讓人意想不到呢！」

王翦也是激動非常的道：「十多年沒有見面了，想念著大家嘛！」

荊俊這時在身後也是大叫道：「這幾年來二哥三哥非常的念著你呢！沒想到可也正把你給念回了，這也正應了三哥那句『心有靈犀一點通』！」

王翦聞言卻是倏地滿面淒然之色的苦笑道：「嘿！小弟這次回來可是想在兄弟們這世外桃源裡找個避風巷呢！唉，多年的戎馬征戰生涯終於可以擱下了！我啊，今後就在這草原陪著大家一起享受一下天倫之樂，了此殘生呢！」

項少龍聽出王翦話中隱含著許多的悲哀和無奈，不禁神色一變的驚聲道：「四弟，朝中發生了什麼變故，有不如意之事嗎？」

王翦沒有即刻回答他的問話，與迎上來的滕翼、荊俊等親熱了一番後，才面色一沉的長歎了一聲後道：「唉，此事說來可是話長了。」

原來自秦始皇駕崩於沙丘平台後，本立遺詔命太子扶蘇為皇位繼承人，但由於宦官趙高和丞相李斯均怕扶蘇即位後自己大權不保，於是密謀篡改了秦始皇遺詔，立二太子胡亥為皇位繼承人，同時為了徹底免除後患，炮製了另一份詔令，說皇太子扶蘇自擔任邊疆大軍的監軍後，因沒有專心監督鼓厲軍隊勤奮操練，銳志征討邊疆強敵，反勾結蒙恬、蒙毅兩兄弟，在邊疆擁兵自緇，收監蒙恬、蒙毅兩兄弟，事後秘密加以殺害。

王剪目睹宮廷慘變，心懷憤恨，但他一生忠心侍主，對既已成定的現實也感無可奈何，然對那策動此宮廷政變的幕後主使人趙高卻是憤之入骨，於是頻頻進言胡亥，要求他把趙高殺死，以慰被趙高害死的忠臣的在天之靈。

可胡亥此時已是被趙高操縱，只是他的一個傀儡而已，不但不懲治趙高，反盡為趙高辯護，至最後竟說王剪造謠惑眾，意欲把他給囚禁起來。但由於王剪是秦國的功臣元老，且手握秦國兵權，顧忌之下雖沒奈他何，但把王剪之子王賁給關押了起來，說他無視皇帝威嚴，在外散佈皇帝謠言，用此來要協王剪，要他屈服，不再提殺趙高之言。

可王剪天生的硬骨頭，兒子受監不但沒有嚇退他，反更激起他的怒火，竟在早朝之時當眾揭出趙高作惡多端的短處，且打了他一記耳光。

趙高對此奇恥大辱自是忍氣不下，強迫胡亥下令殺了王賁以洩王翦留給他的仇恨。王翦悲痛之下，提劍闖入趙高府中欲殺趙高，但被趙高自懷中取出的秦始皇賜給他的免死金牌所阻，刺殺未遂。趙高和王翦之間的矛盾因此而至白熱化。

王翦聯合各軍政大臣要求胡亥殺死趙高。趙高則協使胡亥要他釋去王翦的兵權。胡亥左右為難之下求救李斯，李斯此時已成騎虎難下之勢，為了維護自己的利益，只得狠下心腸叫胡亥釋去王翦的兵權。

有了李斯的相助，趙高自是氣焰大漲，一般膽小怕事的大臣紛紛投靠趙高一邊，最後只剩王翦一人孤軍作戰，終是單掌難鳴而敗下陣來。

王翦兵權被奪後，趙高頃刻兇神惡煞的把他關押起來，欲慢慢把他折磨而死，以洩心頭之恨。然後李斯因良心未盡，念著王翦是一手提拔他的恩人且乃項少龍的兄弟，又因王翦為秦立下了汗馬功勞，於是協使胡亥下令趙高放了王翦，且一路派人暗中護送他到得塞外。

項少龍等聞言氣惱得拳頭緊握，臂上青筋條條暴起，荊俊更是忍耐不住的破口大罵道：「狼心狗肺的李斯，沒有三哥哪有你現在的風光啊？與奸賊趙高一起合謀想害我四哥啊！你奶奶個熊，他日我們起兵殺進你咸陽來時，老子定叫你碎屍萬段而死！」

項少龍想起李斯的變故，心下也是一陣默然，這個曾經與自己並肩作戰過的老戰友，他日可能也會與自己在戰場上見高低了。

想起李斯一生忠心耿耿，在他餘生的最後卻與趙高一起作下了天理不容的事情，使得他一生的名節在歷史上最終留下了一筆無法抹掉的烏點，而至最後慘死下場，想來或許也是天意冥冥中對他的懲罰吧！

那麼自己想刺殺劉邦而改變歷史的下場會怎麼樣呢？會不會與李斯一樣……

項少龍正這樣古古怪怪的想著，突聽王翦驚聲問道：「什麼？你們意欲起兵造反？」

荊俊哂道：「什麼造反？說得好聽點好不好？我們這是想解救天下萬民脫離秦政的殘暴統治！」

王翦聽了搖頭苦笑道：「秦王室雖是一片烏煙瘴氣，但其餘威卻是猶存，天下間會有幾人回應咱們的起義呢？更何況秦王朝擁有五六十萬裝備精良、訓練有素的精兵！起兵作反，只會以卵擊石，以蝗撲火自取滅亡罷了！三哥，我看此事需慎重對待。這並不是我在為秦王朝作什麼說客，我只是出於我們的兄弟之情才如此勸說，對秦王政我也已失去了信心。但這並不意味著秦朝氣數已盡啊！」

項少龍點了點頭，但神色卻還是無比堅定的道：「四弟此番分析雖是大有道理，但我相信秦朝在三四年內必將滅亡！」

王翦聞得項少龍語氣如此堅定，心神一震道：「三哥憑什麼說得如此肯定？」

項少龍哈哈一笑道：「因為天下苦秦久矣！因為哪裡有壓迫哪裡就有反抗！因為人民的力量永遠是最為偉大的！」頓了頓又望著王翦微笑道：「還有，因為秦王朝失去了你這個用兵如神的守護神！」

在項少龍的書房裡，項少龍居中憑案而坐，對面則是恭恭謹謹的項羽。

項少龍看著眼前這已漸顯王者霸氣的愛子，心中一陣怪怪然外卻又更多的是一層擔心，因為項羽性格上確實有著太多剛愎自用的缺點，這些對他將來的大業都有著負面的影響，義父鄒衍曾提醒過自己需開導化去項羽的易忿及感情用事的缺點，自己一直沒閒暇。此刻父子靜坐一室，項少龍肅容問道：「羽兒，還記得將有哪五危嗎?背來給我聽聽！」

項羽記得父親項少龍問他這個問題已是有二十多遍了，雖是覺得父親太過囉嗦，但亦也不敢出言提出抗議，聞言當下侃侃而背道：「其五危是：必死，可殺也；必生，可擄也；貧速，可激也；廉潔，可辱也；受民，可煩也。凡此五者，將之過也，用兵之災也。覆軍殺將，必以五危，不可不察也。」

項少龍點了點頭接著問道：「這段話的意思你徹底明白了嗎？」

項羽搖頭道：「羽兒不能全懂，請爹開導。」

項少龍目光一沉道：「必死之將，只顧死拚，而不知死裡求生。這種將領有膽少謀，本身陷於死地不足惜，但由至可能會造成全軍覆滅，這就是為將之大過了。羽兒，你性格上就存在著這種缺點，以後要多加注意知道嗎？」

項羽躬身為禮道：「羽兒謹受爹爹教誨！」

項少龍忽的歎了一口氣道：「至於必生之將，則是懦弱無勇，一受到些許威脅就會輕易投降，是以可擄。羽兒，你的性格中雖然沒有這個缺點。但對於必死之將，卻很少有能安逸的死在床上的。」頓了頓又道：「除了必死之外，你還發現自己犯了五危中的哪些毛病沒有？」

項羽聞言，略一沉吟後頓即恭聲道：「羽兒還犯了貧速的缺點，受不得刺激或是侮辱，好勝心理特強，容易失去理性！」

項少龍沉聲道：「知道自己本身痛病，就必須下決心徹底改掉，如此嚴於律己，方才可成就大業！羽兒，可要記住這點！」

項羽被項少龍威嚴的眼神看得有些心裡發毛，當即借發問來平靜心緒道：

「對了，爹，廉潔和愛民本都是為人美德，為何到了將帥身上，卻又變成了壞處呢？」

項少龍閉目沉思一會後，倏又睜開眼睛逼視著項羽緩緩道：「嗯，這個問題問得好！嚴格說來，為將之廉潔和愛民並不是真情實意，而是一種收買民心的作戰手段而已。其實，政治是一個最是充滿勾心鬥角的字眼，為了達到勝利的目的，為將者不得不耍盡各種極致手段。」頓了頓又道：「當然，這也不是說為將者就是需奸詐陰險。將帥也必須具備五種美德以免十種過失。」

項羽聞言問道：「何為五德十過呢？」

項少龍好整以暇道：「為將者五德，即是勇、智、仁、信、忠也。勇則不可犯，智則不可亂，仁則愛人，信則不欺，忠則無二心。為將十過者，有勇而輕死者，有急而心速者，有貪而好利者，有仁而不忍人者，有智而心緩者，有信而喜信人者，有廉潔而不愛人者，有智而心緩者，有剛毅而自用者，有懦而喜任人者。以上是為將五德十過失，做到五德，必會受軍士所敬，皆都誠信而聽命，避免十過失，可使為將者遇事沉著果斷，作出正確有解決問題之法，而使之領兵作戰百戰百勝而立於不敗之地。」

項羽虎目射出深思的神色道：「爹，羽兒懂你這番話中的意思了！我一定會不負所望的！」

項少龍聽了微笑頓首道，心下卻暗暗歎道：「就怕你江山易改，秉性難移啊！」

這日，項少龍正和滕翼、項梁、桓楚、王剪等一眾兄弟在校場檢閱眾騎兵的進展情況，忽有大江幫自中原趕回的探子來報說，大澤鄉的陳勝、吳廣舉兵起義反秦了。項少龍等幾人聞言齊是大驚。

桓楚率先驚喜而又緊張的問道：「這陳勝、吳廣是何許人物？」探子恭聲答道：「稟幫主，那陳勝、吳廣乃是兩個貧民百姓，他們是被秦徵發到北部邊境漁陽從事戍守的九百士卒中的兩個隊長，那九百士卒全都是赤貧之輩。」

項梁接口問道：「他們為何會有得膽量反秦呢？再說即便他們作反也不會有得什麼成就啊！怎可稱作是什麼起義反秦呢？」

探子朝他亦行了一禮後又答道：「因為陳勝、吳廣他們被徵集去漁陽時，正值夏秋之交的多雨季節，一連數日的傾盆大雨，使得隊伍無法行進，因此每個人心中都十分惶然，因為他們都知道，按照秦王朝的法律，誤了期限，是要殺頭的。正當眾人一籌莫展時，在隊伍中擔任正副隊長的陳勝、吳廣勇敢的站了出來，領導眾人殺死了兩個押解的營尉，振臂一呼，發出了反秦的口號。他們打著為太子扶蘇復仇的名號，借用楚將項燕的威名，號稱『大楚』。他們迅速攻下了大澤鄉，又攻佔了蘄縣和縣以東的地方，佔領了楚國舊都陳縣，其勢發展很快，各地的勞役眾士紛紛效法陳勝、吳廣起義反秦，且投靠了他們，現在陳勝自稱張楚王，隊伍也已發展到了七八萬之眾，聲勢如日當天。」

王剪聽了喃喃自語道：「果被三哥不幸而言中，秦朝是要滅亡了，看來我此次被釋兵權解甲歸田，是塞翁失馬焉知非禍啊？」

探子這時面露驚異之色的接著又道：「可說也奇怪呢！陳勝、吳廣剛起義不久，就有人發現從河裡打起的魚腹中有丹書的文帛，上面寫有『大楚興，陳勝王』六字，而當夜大澤鄉的所有寺廟突地燃起熊熊大火，且有狐狸的叫聲，亦也是呼喊著『大楚興，陳勝王』！」

項梁臉上露出不屑之色道：「哼，騙人的鬼技倆！也只能騙倒那些沒有見識的貧民百姓而已！」

項少龍一直都沉默不語，心中卻是掀起了萬丈的波濤。

第九章　龍出江湖

聽聞得陳勝、吳廣大澤鄉起義的消息，項少龍整個人都給呆住了。

中國歷史上第一次全國性的農民大起義，終於衝破風雨交加的黑夜，拉開了它火紅的戰幕了！不可一世的秦王朝即將滅亡的號角也從這一刻正式的吹響了！

英雄！亂世英雄將要誕生了！

想著義子寶兒將來就是威震天下的西楚霸王，項少龍的全身血液都沸騰著。

這一天終於不遠了！寶兒邁向他成就霸王基業的這一天終於不遠了！

歷史上項梁、項羽叔侄是從殺死會稽郡守殷通，奪得對會稽郡的控制權後，進而正式開始起步發展自己的反秦力量的。

那麼自己何不提出出關塞外後，勢力就向吳中進發呢？如此一來，吻合歷史，此戰必勝！

忽而又想到了項羽將來的勁敵劉邦，項少龍虎軀不由自主的劇顫起來。

對了，劉邦！他在這陳勝、吳廣的大澤鄉起義不久也領導爆發了豐沛起義！

那麼他現在大有可能在豐沛縣城了！自己何不派人去沛縣刺殺劉邦？

只要劉邦死了，那麼今後的天下就是羽兒的了！管他改不改歷史呢！自己在這古代裡已經轟轟烈烈的活過！舒舒適適的享受過！已經不枉此生了！

對！再次重出江湖！助羽兒幹出一番驚天動地的大業！人生能享受創造歷史的動人滋味，又是夫復何求呢？

項少龍想到這裡，嘴角忽地露出了一絲令人感覺無比的高深莫測和無比堅毅的冷笑。

王剪見了項少龍的怪異模樣，心裡突地生起一股寒意。因為他覺得項少龍此時的微笑就像當年他助小盤成為秦始皇時的一樣。

難道三哥他真的是想逐鹿中原，自己來統治天下了？

那秦朝滅亡的日子可真是不遠了！

如此想來，王剪只覺心裡又驚又喜，且有著一種連他自己也說不出的怪異感覺。

凝神的望著項少龍良久，王剪才忽地問道：「三哥對陳勝、吳廣的大澤鄉起義有何看法？」

項少龍此時已是回過神來，聞言沉吟了一番後緩緩道：「秦二世上台後繼續推行秦始皇的殘暴政策，是爆發這次農民大起義的主要原因。以胡亥和趙高為核心的秦王朝的統治集團，比起秦始皇來腐化墜落了許多，他們早就喪失了秦始皇吞併六國時期的蓬勃朝氣，成為了人民心目中反動、殘忍、愚蠢、昏庸的沒落集團，同時他們的統治集團內部也發生了分崩離析，四弟你就是一個最好的例子。」

頓了頓又道：「以上的這些原因，就給予了被秦王朝欺壓得忍無可忍的貧民百姓爆發起義的大好良機。因為秦王朝此時所有的官員都只知享受，而無暇理會得這區區九百士卒發動的什麼個鳥的起義，如此一來，陳勝王的義軍在短時期會以快得驚人的速度壯大起來，直至威脅到秦王朝的統治基礎時，秦軍才會正式重視起來而出兵擊滅。此時，由於陳勝義軍訓練無素，武器裝備精簡以及隊伍內部勢力的混雜而激化出的內部矛盾等，必然敵不過久經訓練、裝備精良、作戰經驗豐富的秦軍而至最終失敗。」

項梁聽了又驚又急又欽佩的道：「那難道秦朝就不會被滅亡了嗎？」

項少龍搖了搖頭，目中射出深邃的厲芒道：「非也！秦王朝此次註定是會被滅亡的！但不是陳勝和吳廣之徒完成的！因為他們作為一個農民出身的起義領袖，缺乏文化知識不算，且缺乏卓越的政治才能和軍能才能。

「他們不善於組織隊伍，不善於統馭隊伍，不善於嚴肅紀律，自身也不能做到勝不驕敗不餒，嚴於律己潔身自愛等，而稍有成就就只顧爭權奪勢享受安逸，如此的人物怎會能成什麼大器呢？他們只能說是時代偶然性創造的短暫英雄！真正主宰歷史潮流的英雄人物還未出世呢！不過為時也不遠了。因為陳勝、吳廣的大澤鄉起義好比一根導火線，必會點燃全國反秦勢力洶湧的大爆炸！」

桓楚聽了心懷澎湃的激動道：「哈哈！在不久的將來，我們終於可擺脫秦暴政的統治了！」

頓了頓又道：「對了，我們兵出中原後是否也去回應陳勝、吳廣他們的起義呢？」

項梁嗤道：「哼！投靠他們？能成就什麼大氣候？三哥不是說了嗎？陳勝、吳廣他們只是烏合之眾，最終必會滅亡。我們呢？可全都是久經沙場作戰的精兵良將！連為秦始皇當年開創大業的兩位上將軍項三哥和王四哥都在我們宮中。居人籬下，豈是我輩之所為？」

桓楚聞言喏喏道：「這個……我……我也沒有說定要投靠陳勝、吳廣他們嘛！」

項梁正待再次出言嘮叨桓楚一番，項少龍已發言道：「我們是會獨立起兵，但在陳勝、吳廣尚還勢大時，我們也可與他們聯合起來抗秦，這予我們將來發展自己的霸業是有利的。只要推翻了秦政，這天下就將是我們的了！」

眾人聞言心裡齊都一震，想不到項少龍竟有著想去爭霸天下的念頭。王剪惶惶道：「三哥欲去爭霸中原，憑我們這一點勢力……」

王剪雖是沒有說出下面的話意，但項少龍從他說話的語氣和神態已可猜測出去，當下沉聲道：「事在人為！陳勝他們憑九百士卒起義，而發展至今天的十多萬人的大軍，而我們呢，卻已是有了一支神勇無敵的八千鐵騎再加上四五千的後備力量，兵力就有一萬多人。

「我想當我們進軍中原時，那些地方的武裝力量必非我們之敵，待我們占得一席落腳之地後，我們也可以打出某個旗號而擴大我們的號召力，發展我們的兵力。那時我們又怎會是一點勢力呢？」

項梁接口的昂聲道：「不錯！我們將有將才，兵有精兵，無論領導能力，作戰能力皆可說是陳勝、吳廣他們所難以比擬的，只要推翻了暴秦，其他的義軍勢力又怎麼是我們之敵呢？那時，天下江山不屬我們還有誰人可得？」

王剪默然了一陣，突然道：「三哥，我……雖然痛恨大秦的腐敗，但是我卻身為大秦的子民，這麼多年來在秦宮朝中為官，與秦王朝自是在不知不覺中滋生了感情，這個……叫我挺身去作反秦王之事，我真是狠不下心來，要不然憑我手握秦朝兵權的時候反秦，秦王朝哪裡還會存在？所以，此次進兵中原反秦，請恕小弟愛莫能助了！」說完朝項少龍等眾人深深施以一禮，以示心中的歉意。

項少龍聞言苦笑一聲道：「人各有志！四弟此次來到我們牧原，本是想享受一下兄弟們歡聚一堂的天倫之樂的，但兄弟們卻破壞了你的情致，致歉的應該是我們呢！好！四弟到時不出關外，那就幫我們守住這塞外牧場吧！」

王剪笑道：「這個倒是沒有問題！我現在要住在這裡，自是不會讓得任何外敵來犯的了！」

說到這裡，沉吟了一陣後忽地又道：「我雖然不能給三哥什麼幫助，但早在幾年前，我就在東城縣內讓我的兩個堂弟王翔、王躍二人隱居其中，一方面暗暗讓他們注視你們這裡的動靜，另一方面為我將來的隱居打好退路。東城縣離我們這塞外約有七八百里的路程，到時三哥等進兵中原反秦時可與得他們聯繫一下，說不定可幫得上什麼忙的。」

說完從衣衫裡掏出一把短劍又道：「我也與他們有五六年沒有見面了，此短劍名曰飛虹，與我那王翔弟的一把貫日剛好是一對雌雄劍，你們聯絡時就以此劍為憑吧。有什麼事調遣他們去做，他們決不會推辭的。」

項少龍心想自己等對中原現在的情形皆都不大熟悉，屆時若是有他們作指引，可不就方便許多？當下接過短劍放入懷中，笑道：「那就謝過四弟了！」頓了頓又道：「對了，四弟，你可知東城縣離吳中的會稽郡有多遠？」

王翦不解的道：「三哥問這個幹嘛？噢，兩地相距差不多只有一百多里遠的路程吧！」

說到這裡，臉色忽地微變道：「三哥是想第一步就進兵吳中攻下會稽郡？」

項少龍笑道：「四弟果是個軍事天才，從我一句話中就可推測知我的心意。幸好四弟已退出秦王朝，要不然你將是我最強硬的對手。」

項梁聞言大喜道：「進兵吳中？太好了！那裡是我楚國的舊地，只要我打出我爹項燕的旗號，楚人必會都來投奔我們。」

項少龍想起歷史上的項羽乃是楚國的後代，今後也號稱的是西楚霸王，聽得項梁此話，頷首道：「嗯，項梁兄弟乃是楚國無敵戰將項燕的兒子，我們若是打出項燕上將軍的旗號，以收復大燕國為宗旨，影響力和號召力自是會大很多。」

王翦這時又聞項燕之名，心下不禁一陣黯然神傷，因為項燕是因敗在他手下而自殺身亡的，間接來說，楚國也是因此而滅亡的。

日前項梁雖也曾對他釋然的傷感道：「四哥，過去的事情就不要再提了！你們那時是各為其主，勝敗乃是兵家常事。家父之死，國家之亡又怎可怪罪於你的頭上呢？因為你也是為國盡忠而已，這也是戰場上的無奈吧！現在你已經退出軍涯生活，也就意味著你已經跟從前的生活脫離了，我們現在是兄弟，我不會因父親敗在你手上而對你有什麼成見的！」

但是王翦對項梁始終覺著有著一種歉意，一種罪惡感，他覺得自己應該是項梁的殺父仇人，聽完項梁的話不但沒有讓他心安，反更覺著一種沉重的負罪感，這也可以說是王翦不願隨項少龍等出關反秦的主要原因，因為他不想再讓自己的雙手沾滿戰爭的血腥，他決心後半輩子留在這塞外牧原中懺悔自己從前的罪孽。

項梁見王翦突地一語不發的沉默下來，且臉上神色異常古怪，知他可能又由於聽到自己和少龍說起自己父親項燕而牽動了他的思潮。走上前去，伸出手來輕輕拍了拍王翦的肩頭低聲道：「四哥能抱著一種小舟從此飄然的心懷，不去過問戰爭殺伐諸多紅塵煩事，可確是人世間的一大享受呢！現在何故還是愁懷於胸呢？其實人世間的一切因果循環，皆都冥冥中似有著天意來決定了個定數，我們只是其定數中一顆天意擺佈的棋子罷了。所以所有是是非非，對對錯錯都是天命促成，而非是人之過也。」

項少龍這時也覺察出了王翦的異樣，走過來，握住他的大手沉聲道：「四弟，往事如煙雲，現實才最是我們需要把握的真實。祝我們旗開得勝，步步順利吧！走！我們去為這歷史的第一次農民大起義乾一杯！嘿！是它給了我們戰鬥的勇氣和信心呢！」

眾人哄然叫好，策馬離開校場往宿宮地快速馳去。

項少龍秘密招來了滕翼、荊俊、趙大、烏卓等人，神情嚴肅的沉聲對他們道：「我們進兵中原反秦的時日就快到了，所以我想派你們幾人先秘密的到中原去聯絡王翔、王躍諸人，以為我們作好內應。」

說到這裡，自懷中掏出王翦給他的那把飛虹短劍交給滕翼後繼道：「在這同時，我還有一件更為重要的任務交由你去做，就是叫你們去沛縣刺殺一個叫劉邦的人，阻止他發動豐沛起義，無論用什麼手段，都務必要把他殺死。至於為什麼要殺劉邦，你們就不需知道了，總之是要勝利的完成任務。如若殺死了劉邦，會對我們今後的反秦大業減去一個最強硬的敵人，那時天下我們就唾手可得。」

滕翼雖覺得項少龍的話讓他感到如墜霧中，不明其為何知道沛縣有個劉邦，且劉邦會發動什麼豐沛起義，殺了劉邦就會為自己等減去一個勁敵等，但項少龍說過不需要讓自己知道原因，他也便沒有再問，自從跟了項少龍以來，滕翼就對他所有的話都言聽計從，因為在他的心目中項少龍本身就是一個像神一般神秘的人，具有著如同神的智慧和力量。

荊俊卻是忍捺不住心中的詫異道：「三哥，你又沒有出關外去，怎麼會知道沛縣有個什麼叫劉邦的傢伙？還有，我們為什麼要殺他？」

項少龍聞言面色一沉的嚴肅道：「我跟你說過叫你不要問為什麼！只要去認真執行我的命令，勝利的提了劉邦的人頭向我回報就是了！」

荊俊甚少見著項少龍用如此嚴峻的語氣對自己說話，知道事態嚴重，當即沉默下來，一言不發的站在滕翼身後，一臉的惶然之色。

項少龍的威嚴在眾人心目中還是像當年在秦始皇身邊辦事時一樣有增無減。滕翼見著荊俊的懼樣，心下不忍的插口道：「三弟，就算是俊弟多嘴多舌罷了！也不要再訓說他了。瞧他被你嚇得身子都發抖了！」

項少龍莞爾一笑道：「唉，我的火氣方才是太大了點，不過，此事確是事關重大，二哥，你可得好好的帶個頭認真的去辦成此事，至於其中的原因，以後我自會告訴你們的。」

項少龍這幾句話雖是談笑中說來，但語氣還是讓滕翼覺著幾分沉重。

少龍為何要如此著緊刺殺這從未聞聽過的叫作什麼劉邦的人呢？難道少龍憑他的神秘力量感應出沛縣有個叫劉邦的人是他今後成就大業的剋星，所以要殺了他？若真是這樣，自己等這次的任務可真是事關事大呢！

滕翼正如此怪怪的想著，項少龍突地又接著道：「三天後你們就動身去中原，在這三天時間裡，你們挑選出一百名武功機智超群的好手，待時一併帶去協助你們行事。對了，此事你們幾人決不可向其他任何人提起，知道嗎？」

滕翼、荊俊幾個沉聲應「是」後，項少龍再次叮囑了一番此事只許勝不許敗，才教眾人散去。

進兵中原的準備工作正在緊張而又有條不紊的進行著，項羽這幾天來的情緒像父親項少龍一樣忐忑而又興奮，讓他睡不著覺來。

哈哈！終於可以馳騁疆場了！我一定要打敗所有與我們作對的敵人，成為一個天下無敵的英雄！讓天下所有人都知道我項羽的厲害！

虞姬見著項羽神采飛揚的神色，心下也是激動和歡欣非常，因為在她芳心深處，羽哥哥也像項少龍伯伯一樣是個天下無敵的英雄。

只有英雄才可以打動她的芳心。

在與項羽交往的這幾年來，她已不知不覺地深深的喜歡上了這個具有著英雄氣質的羽哥哥。尤其是聽說他殺死了獨角麟龍和打敗了雲夢大澤山盜賊的龍頭老大彭越，讓虞姬的芳心對項羽更是敬仰不已。

她感覺自己已愛上了羽哥哥。雖然她的年紀才只有十三歲，但是生理和性格上的早熟都已經讓她看上去像個十七八歲的大姑娘了。

依偎在項羽懷裡，虞姬感覺整個嬌軀都酸軟無力，再也不想爬起離開。

項羽摟著虞姬柔軟而富有彈性的嬌軀，生理也在發生著男性本能的衝動，但是想到進兵中原的興奮卻抑制住了他這種衝動的發展。輕輕撫摸著虞姬滿頭烏黑發亮的披肩長髮，項羽柔聲道：「姬妹，過幾天我要和爹爹他們一起去中原了，可真捨不得離開你呢！」

虞姬無限嫵媚的瞟了項羽一眼後，幽怨的道：「唉！羽哥哥啊！你卻叫姬兒怎樣度過這沒有你在我身邊的孤寂時光呢？」

項少龍聞聽得這對自己如此剖情的話，心神一蕩，扳正她的俏臉，輕吻了一下後道：「我會儘快把你也接去中原的！」

虞姬突地抱起項羽痛吻起來，良久，才臉若桃紅的鬆開項羽，風情無限的嬌羞道：「羽哥哥，你現在想要姬兒嗎？」

聽著這如此挑逗的話語，項羽頓時慾火狂燒，一把緊摟住虞姬，把她按倒在草地上，貪婪地痛吻起她性感濕潤的紅唇來。

虞姬頓時感覺如墜霧裡，嗡嗡唔唔，也不知是在表示快樂還是抗議。

項羽的一雙怪手這時也在虞姬身上揉搓起來，使得虞姬更是渾身酥軟而又感覺無比刺激，小蠻腰如水蛇般的在項羽體下扭動著。

虞姬突地「嚶嚀」一聲，湊到項羽耳邊低聲道：「羽哥哥，要是有了小孩怎麼辦？」

項羽這時已是慾火暴漲，聞言粗喘道：「我……我會把我們的事告訴娘親她們，叫她們作主把你嫁給我好了。要是真的有了小孩啊！我想爹和娘他們只怕在夢中都會高興得笑醒哩！」

虞姬聞言心喜，赫然笑道：「羽哥哥，你真的會娶我作你的小妻子嗎？」

項羽意亂情迷的邊吻她邊斷斷續續的道：「當……當然了，我會一輩子……都待……姬妹好。若有違背，定叫我項羽不得好死！」說到最後幾句時卻是一臉嚴肅的俯頭看著虞姬。

虞姬樂得頓時拋開了一切矜持，任由項羽施為，還鼓勵地以香舌熱烈反應著，教項羽魂為之銷，神為之迷。

直至纏綿了一個多時辰，二人才盡興和勞累的相遙而橫躺的仰在草地上，肢交體纏，享受著男女歡合後的融洽滋味。

虞姬突然道：「羽哥哥啊！你可要快些接姬兒去中原與你團聚呀！」

項羽輕吻了一下她的俏臉後，柔聲微笑道：「放心吧，姬妹！一待我們攻下了吳中，我就派人來接你過去，嘿，我也捨不得離開你呢！」

虞姬似放下心事似的翹起小嘴巴柔聲道：「記得可一定要向娘她們提出娶我的事噢！要不然我沒出嫁肚子大了起來可就羞死人了！」

項羽這時訝聲道：「姬妹妹為何對男女歡合的事似很清楚呢？」

虞姬俏臉一紅的咳道：「你……胡說些什麼呀！誰對什麼清楚了嘛！」說完又低下嬌首無限風情的嬌羞道：「人家是女孩子家，自然比你們這些男人心細多了，看一看聽一聽周圍的事情就知道了嘛！」

項羽聽了抑笑道：「啊！原來姬妹妹曾去偷看偷聽別人幹好事的情景呢！」

虞姬聞言羞得把嬌首深埋進項羽的寬廣胸懷，輕輕的咬了他一口，痛得項羽叫了一聲後笑道：「看你還嚼嘴嚼舌不？」

項羽這時摟著虞姬坐了起來，察看了一下天色後焦急的道：「哎呀！糟了！

天已晚了，咱們快回家去，說不定阿爹阿媽他們正在找我們呢！」

虞姬看了一下天色也大急起來，推開項羽，拿起地上的衣服邊穿邊怨聲道：「都怪你呢！弄得人家現在這個樣子！叫我怎麼回去見人嘛！」

項羽摟過她的酥肩柔聲道：「好了，不要生氣了，待你一切梳妝打扮好了，我們再回去，好了吧！」

說完伸出食指放入口中吹了一聲尖銳的口哨，片刻，便聽得一陣急促的馬蹄聲，卻見烏騅馬如風馳電掣般聞聲向項羽馳來，臨近時，前足高提，清嘶不已，似是在向小主人恭賀他搞定了牠未來的「老闆娘」似的。

項羽這時已著好衣服，走到烏騅馬跟前，拍了拍牠毛茸茸的大腦袋笑道：「烏龍兒，你可倒也是知趣得很噢！知道我要與姬兒親熱，溜到一邊去了。」說完這幾句話，虞姬也已梳妝完畢，走到項羽身邊，輕輕的打了他一記粉拳，嬌羞道：「你……你不能把我們今天的事亂說，好不好？」

項羽忽的抱起她軟弱的嬌軀躍上馬背，輕笑道：「烏龍兒可聽不懂我的話呢！你羞個什麼？」

虞姬聞言邊在項羽懷中撒嬌，邊把小蠻足往烏騅馬腹間猛的一夾，頃刻間只見一團烏光閃電般衝向已是茫茫夜色籠罩的草原中。

琴清和紀嫣然諸女這幾天來為了給項羽趕製麟龍戰甲而忙得個不亦樂乎。

項少龍看著眼前的幾位秀目紅腫、面容消瘦的嬌妻愛妾，心中升起無限的憐愛。

趙致邊做著手中的話兒，邊幽幽道：「少龍啊，你這一去可不要把我們給丟在這草原了！記著攻下吳中後可要接我們過去喔！」

項少龍心情沉重的點點頭道：「我也捨不得我幾位嬌妻的溫柔之鄉呢！」

紀嫣然卻嬌嗔道：「就怕你又要在外拈花惹草，把我們給忘了！」說完有意無意的秀目瞟了一眼風情萬種的鳳菲一眼，似是在說項少龍：「上次你離開我們才三個多月，就泡了個如花似玉的老婆回來，這次你外出的時間更長，我可對你放心不下呢！」

項少龍莞爾一笑道：「嘿，有幾隻凶巴巴的母老虎在家，我還怎敢出去泡妞呢？不怕被你們抬來吃掉才怪！唉，連清姐那般溫柔的可人兒現在也跟著學會張口就咬，我現在已是避無可避了，能不學乖點麼？」

琴清聞言笑罵道：「那還不是你自己作賤，竟然去偷看我……洗澡，自然該受懲罰的了！」說完，俏臉上浮起兩片紅雲。

項少龍正想再說幾句嬉笑的話來，以稀釋一下和幾位夫人離別在即的憂傷沉悶的氣氛，桓楚卻突地興沖沖的闖了進來大喊道：「哇！三哥！玄月神弓配上獨角麟龍堅韌無匹的筋條，確是威力強大得很呢！羽兒方才用《無敵乾坤箭法》，拿現在改良的玄月神弓和玄鐵之箭，把千步之外的一塊約有三四千斤重的巨石一箭給射穿了不算，還把它全給震碎了，而巨石表面卻又看似完好無異，待用手拍擊它時，才發現它已全碎了。此等神弓絕技，就是當年射日的后羿也比不上啊！」

項少龍和琴清、紀嫣然諸女聞聽得他這一番眉飛色舞的演說，心裡也都又驚又喜，忙都放了手中的活兒，隨桓楚一起向練武校場走去。

卻見場中已是站滿了人，眾人都圍著一大堆碎石嘖嘖驚歎不已的同時，皆都朝在一旁志氣昂揚、意氣風發的項羽投去無比崇拜之目光。

項梁站在項羽身旁，老臉釋放出無比激動的光條，虎目中竟是落下兩行興奮過度的熱淚。等待多年的心願終於得以目睹了！家傳的《無敵乾坤箭法》和玄月神弓確是天下無敵的至寶！在羽兒身上家傳武學終於可以得以弘揚光大、威震天下了！

項少龍這時也是心懷澎湃著。哈！羽兒有如此絕高威猛的箭法，天下間還有誰能是他的敵手？劉邦，你這次即便沒有被二哥滕翼他們殺死，以後羽兒也會一箭射穿你的心臟了！未來的西楚霸王果是個天下無敵的英雄！

項少龍正這樣迷醉的想著，不覺已走到了項羽、項梁身前。

見著項少龍，項羽俊臉放光的興奮道：「爹，玄月神弓配上麟龍筋條確也真是威力增強了一倍有餘呢！呔，這裡還有一根麟龍筋條：我把它作為軟鞭之用。」說著從腰間解下了一根約有大拇指般粗，烏黑發亮的軟鞭，隨手一抖，竟發出破空的「啪啪」之聲，同時幻起一片鞭影。

項少龍從項羽手中接過麟龍鞭，握在手中，運足全身力道於手臂，盡力一拉，麟龍鞭除了發出一聲「啪」的巨響外，絲毫無損。項梁見狀笑道：「三哥不要白費力氣了呢！這麟龍怪獸之筋啊，連用百戰寶刀也砍它不斷，用烈火燒之也無損分毫，確是天下至堅至韌之寶物。當然啦，玄鐵神劍自是砍得它斷。」

紀嫣然這時接口笑道：「這就叫做天下間自有一物克一物！」

項少龍卻突然沉聲道：「待得嫣然她們製好了麟龍甲胄，我們便領兵進發中原！」

眾人聞言均是心神一震，心中各有驚喜。

第十章　五陰絕脈

秦二世元年七月，陳勝、吳廣的大澤鄉起義爆發以後，天下各地風雲紛起，討秦聲勢浩大如日中天，彷彿一座蓄勢噴發的火山。

項少龍想著此時劉邦亦將舉行豐沛起義，當即派了滕翼、荊俊、趙大、烏卓等人領了一些技藝機智均屬一流的武士，秘密潛入中原，再叫他們聯絡王剪的堂兄弟王翔、王躍，以瞭解中原現狀的同時，並密令他們去沛縣刺殺劉邦，以消去項羽將來的頭號勁敵。

但是命運會不會如他所想般一帆風順呢？

會稽郡又名吳中，乃是一座歷史悠久的城池，是春秋時期吳王闔閭所建國都。因郡城始建於吳國當時的盛期，所以城內建築規模十分宏大，水陸城門各有八座，再加上城樓四周挖有既深且寬的護城河，河內又滿佈尖樁鐵鍊，護城河內側掘有環扇面的護城壕，城內有十萬精兵把守，以至會稽郡成為了一座銅牆鐵壁似的堅城，易守難攻。

項少龍聞聽得滕翼他們派回的探子回報的會稽郡的情況，心下暗暗吃驚。有十萬精兵把守！這……自己卻只八千鐵騎，彼此力量懸殊太大，若強攻會稽郡，己方必敗無疑！

怎麼辦呢？難道歷史記載有錯了？項羽第一戰攻下的不是會稽郡不成？絕對不會！歷史絕對不會錯的！

項少龍在議事廳中踱來踱去的沉思著，項梁、桓楚、王剪、蕭月潭等都在其中，臉色均是深沉的默默看著項少龍。

對了！兵不血刃的奪下會稽郡！歷史上是這樣記載的；那麼此戰是只宜智取不宜力敵了！

項少龍心情豁然開朗，突地微笑望著項梁道：「梁弟對我們攻奪會稽郡一戰有何看法？」

項梁看著項少龍突地好整以暇，成竹在胸的鎮定樣子，心下疑惑，但口中卻還是沉聲道：「吳中乃天府之國，皆因其資源豐富，水陸交通便利，乃是兵家必爭之地，故秦王派有十萬精兵把守，我們若想強攻或圍困它，皆是自毀滅亡之造。所以我看我們還是撤銷進軍吳中的計畫，選擇其他勢力較弱的城池為第一步的進攻目標，這樣我們取勝的把握大些，同時亦可提增我們的士氣。待我們勢力壯大以後，再去攻奪那些戰略意義大些的城池。」

項少龍聞言搖頭道：「此法是行不通的了。我們現在所有的將士都知道我們首戰進取的吳中，此時若取消此計畫，才真會影響我們的士氣呢！何況我看中的就是吳中的富饒和戰略意義。它北臨長江，東接我們的塞外草原，南面則是可通往東城、彭城等重要的戰略城池，西面更是可通咸陽，如此一個對我來說是可進可退的城池，放棄了豈不是太過可惜。」

王剪點頭道：「會稽郡確實是一個對我們將來的發展具有重大戰略意義的城池。我們此戰雖是不可強攻，但卻可智取。兵法有云：不戰而屈敵之兵，方為用兵之上策。此語之意即為以智克敵才是於我方最有利的方法。吳中富饒兵強，是為其利，但反之卻可成為秦之大患。

「現今天下大亂，陳勝王勢力如日中天，正步步逼進秦都咸陽，以致秦王朝諸多官僚，人人皆感自危。嘿，在此等情形下，我們如果對他們誘之以利，詐騙之反秦，必有許多人都會蠢蠢心動吧！」

項梁聞言茅塞頓開的大喜道：「四哥言中之意是說，我們可以派人去遊說會稽郡守殷通，使他叛秦？哈！此計果真是大妙之極也！」

頓了頓又向項少龍道：「三哥，此事我看還是交由我去辦吧！吳中原為我楚國之地，而我又為楚國名將之後，辦事起來定會方便許多。」

項少龍遲疑道：「但是由得梁弟孤身涉險，卻教人怎麼放心得下呢？」

項梁笑道：「不入虎穴，焉得虎子？三哥放心吧，我自會小心為是的。」

項少龍走到項梁身前拍了一下他的肩頭，沉聲道：「好，就派梁弟去吳中誘說殷通！梁弟你一切珍重了！嗯，讓羽兒跟你前去，一路好彼此有個照應吧！」

項少龍下這個決定是有目的的，因為歷史上記載的就是由項梁、項羽叔侄一起聯手殺死殷通，奪得會稽郡的，他決心賭他一把！成敗就看此一舉了！

項梁正待推辭掉項羽跟他一起去冒險，項少龍卻已打斷他的話，語氣堅定的道：「事情就這麼辦了！我們等待著你的好消息！」

項羽聞聽得將由自己和伯父項梁一起去會稽郡打頭陣，不得沒有絲毫懼色，反高興得在眾人面前連翻了幾個筋斗。

紀嫣然和烏廷芳諸女則是一臉淒然之色，秀目均都恨恨的瞪著項少龍，讓得他只有背對著她們，目光不敢與之相觸。

虞姬一張俏臉則是又是緊張、又是擔心、又是興奮，一雙烏黑發亮的眼睛情深似海的看著項羽，似是在叫項羽可要多加保重自己。

項梁走到項少龍跟前，一語不發的二人緊緊的互握了一下對方的手，項梁激動而又顯得興奮的道：「三哥，我們去了！」

項少龍面色凝重的道：「一切隨機應變，若事不成，但求自保，不可與敵硬拚。我會派人在城內接應你們的。」

項梁感受得出項少龍對自己的關心，語含感激而又沉著的點了點頭道：「放心吧，三哥！為了羽兒，我會小心行事的！咱們會稽郡見！」

紀嫣然諸女正哀容滿面的對著項羽千叮萬囑，叫他萬事小心時，項梁已走到項羽身邊沉聲道：「羽兒，咱們準備起程吧！」

頓了頓又朝紀嫣然諸女道：「眾位嫂子，你們放心吧！我項梁縱然是粉身碎骨，也會盡力保得羽兒周全的。」

紀嫣然緊握住項梁的左手道：「那……羽兒可就全靠你照顧了！唉，他……他現在終究年紀還小，還只是個小孩子，許多事情都是不懂，你……你可要好好的照顧他！」說到最後竟是雙目通紅，語音更是帶著泣聲。

項梁甚感手足無措時，還好，項少龍過來拉開紀嫣然，幫他解圍道：「好了，項弟他自會照顧好羽兒的！何況羽兒也是不小了，好男兒志在四方，應該讓他外出闖一闖的嘛！」

紀嫣然卻是撲在項少龍的懷裡，一雙粉拳直擊他寬厚的胸部悲聲道：「你就這麼狠心！」

項羽這時走過去拉過紀嫣然語氣輕柔的道：「娘，你們不需要為我太過擔心的了，我們這次不是去打仗，只是去遊說殷通而已，談不攏就各走各的路拉倒嘍！他能把我們怎麼樣？」

項羽這幾句幼稚的話讓得紀嫣然「撲哧」一笑後又哀歎道：「羽兒，你現在還不知人世險詐！唉，好吧，你去吧！好好保護項伯！」

項羽聞言高興得撲進紀嫣然懷裡親了一口她後，興奮的道：「謝謝娘！我一定不負所望！」

看著二人從眼前逐漸消失的背影，紀嫣然等諸女的淚是不由自主的落了下來。項少龍則是不知自己心情到底是沉重還是興奮。

唉，羽兒和項梁去吳中的命運到底是好還是壞呢？希望歷史不會騙人！

項羽、項梁叔侄均都懷著興奮和忐忑的心情日夜兼程的往吳中趕去。

進得中原境內後，卻見到處都是一派招兵買馬的景象，劍拔弩張的反秦氣氛十分濃烈。

項梁看著眼前的人來兵往，老大感慨的對項羽道：「這就是秦暴政導致的後果了！對於農民百姓來說，永遠是希望能有一位英明的君主施仁政以興天下的！物極必反！唉，若不是給繼承了秦始皇嬴政的殘暴的胡亥在趙高、李斯等人的陰謀下篡位，讓性格正直溫和的太子扶蘇來管治現今天下的話，就不會出現此等景象的了！或許這就叫作天意使然，要讓秦王朝滅亡了吧！羽兒，今後的天下是你們年輕人的天下，當要記住這歷史的教訓！」

項羽點頭應「是」時，卻突地聽得耳際傳來一聲冷喝道：「喂！你們二個人是幹什麼的？在這兵荒馬亂的時候還騎著馬到處閒逛？是不是嫌命太長了？哎，對了，不要擋住路！讓我們先走吧！我們可有急事要趕去吳中呢！」

項梁轉頭一看，卻見一個管家打扮，身材也算魁梧的漢子臉色顯得行色匆匆且有幾分焦急，見項梁灼灼有神的目光向自己投來，不禁朝他嘿嘿一笑，有點尷尬的道：「嘿，老兄，我們這裡因為有病人，所以請借借光，讓我們先行一下吧！嘿，方才心急下多有失禮，望見諒了！」說完在馬上朝項梁微一拱手。

項梁見他臉色正色，言語間雖是起先有點不客氣，卻實是對自己二人一片關切的好意，當下心生好感，心念一動，對他報以微微一笑，邊拱手道：「不知兄台貴屬何人生病，在下項梁，對醫術略懂一二，或許可以幫得上一點忙呢！」

那漢子臉色一喜，正待發話，這時車隊中間最為華麗的一輛馬車中傳出一聲清脆悅耳而又顯急促的聲音激動的道：「徐靖，跟你說話的是一位大夫嗎？快請他過來，讓他看看潔兒的病情到底怎麼樣了？唉，能控制一下病情也是好的！到了吳中，就可去請名醫扁鵲先生的孫子扁興來為潔兒治病了！」

那叫徐靖的漢子恭敬的稱了聲「是」後，興奮而又嚴肅的朝已策馬轉身向自己等行來的項梁道：「原來是項大夫，在下多有失敬！」頓了頓又道：「我家夫人有請項大夫上馬車去為我家小姐診治一下，看看她到底患的是什麼病，若是先生能治的話，在下等自是感激不盡，必會重謝先生的。」

項梁對醫術本也是確算得上略通一二，因他出身將門之後，楚國未被滅時，家中自是有得條件讓他能讀得各類名家經典、兵法，同時亦有收藏諸多的醫學名著，他也偶而翻閱一下，現刻想不到果也能派上點用場。項梁聞言從馬背上躍下，叫項羽為他看好馬匹後，隨了那徐靖往那輛華麗的馬車行去。

進了車內，項梁感覺眼前豁然一亮。

原來這馬車內不但寬敞明亮，佈置得華麗整潔，且還有一個讓人泛起驚豔感覺的俏麗夫人。卻見她穿著一身素白地淡黃鳳紋的貴婦服裝，高雲鬢，淡素蛾眉，充滿著清雅誘人的風情，俏麗中帶著貴氣的動人氣質。一張秀麗的俏臉上微微流露出幾許淡淡的哀愁，讓人感覺別有一番楚楚動人的柔弱美姿。

在馬車的右側有一張紅木做的臥榻，榻上睡著一個同是俏麗無比的少女，瓜子般的精緻臉龐絕沒半分可挑剔，輪廓分明若經刻意雕削，清秀無倫，年齡絕不會超過十五，烏黑的秀髮意態慵懶的散落枕上被上，襯托得她露出被外的玉臉朱唇，粉藕般雪白的手臂更是動人心弦。但是她那俏臉上的蒼白，朱唇的青紫卻是明顯的顯出此睡美人兒是在重病之中，讓人不自覺的生出幾許沉沉的憐愛之心。

那秀麗高貴的夫人檀口輕啟的緩緩道：「先生就是項大夫了吧，妾身善柔還請先生能夠妙手回春，救得我女兒秀潔，此生定當對此大恩大德銘記在心。」說完從榻沿上站起，嬌軀微微躬下，朝項梁拂了拂。

項梁並非如項少龍般風流之人，驚異片刻就已定下心來，還以一禮後坐到榻前，伸出大中食三指按在床上病美人隴脈寸關處，將《玄意心法》運至第二重，發出的真氣自丹田提至腹中，再經太陰肺經運到大拇指少濟穴中送出。在病美人身上的經脈運行了一周天，發覺美女的足太陰脾經和足少陰腎經均都陰滯不暢，似有一股極為陰寒之氣使兩經內的血液凝固起來。

看來此女從小就陰經失調，患的是五明絕脈之症，據醫典上說此五陰絕脈患者絕計不能活過二十歲，且目前還沒有什麼藥物可治。

唉，如此的一個朝氣蓬勃的少女卻患有此等絕症，老天真是不長眼睛。

項梁長長的歎了一口氣，面色凝重而又哀傷的輕聲道：「夫人，令千金所患的是一種叫作五陰絕脈的疑難絕症，在下……。」

夫人聞聽得項梁能診斷出愛女患的是什麼病，當即大喜，愁容微展道：「潔兒自小就陰經失調，諸多大夫診斷確是為陰脈有毛病，聽先生能知此症為何名，定是有得解救之法了？」

項梁搖頭歎道：「這個……在下實在是愛莫能助，請夫人另請高明吧！唉，據在下所知，此病天下間尚還無人能治，夫人……」

項梁的話還沒說完，那夫人卻已是玉容慘變，形態兇神惡煞，大改以前的貴婦斯文之態，秀日圓瞪項梁，衝著他吼道：「你的醫術不高明，就胡亂下什麼定斷！你……給我滾！」

項梁雖是被罵，但卻並不感氣惱，反能深切的體會出夫人愛女之心切，因他也曾嘗過病失侄兒項羽的悲痛，當下安慰道：「夫人，你還是多多保重自己吧！在下告辭！」說完就下得車去，迎面碰上徐靖看著自己的森寒冷臉。

那夫人剛說了聲：「你滾啊！」突地又驚喜的道：「啊！潔兒，你醒了！」

項梁聞言果見那少女睜開了一雙無神的秀目，望著那貴夫人，蒼白的臉上不知何故顯上了些許紅潤之色，輕低的叫了聲道：「媽！」

徐靖這時也是露喜色，正待讓過項梁上前去安慰那夫人，夫人卻突地轉頭起身衝上前一把拉住項梁道：「項大夫，潔兒被你搭脈診斷一番，就已甦醒過來，你定有得什麼高明的手段不願使出來。妾身求求你了。救救我潔兒吧！無論多少價錢我都願付給你！」

項梁這時心中一動，暗忖道：「難道《玄意心法》所發出的至剛至陽之氣可以克制少女體內經脈中的陰寒之氣？如此的話，看來倒是可試試看，能不能救得這可愛的少女！」

心下想來，臉上神色一緩，扶起又向自己行禮的貴夫人，沉聲道：「在下真的是沒有把握治好令千金的病，不過我方才想到了一個以陽逼陰的方法，或許可以治得此症，但還沒有絕對的信心，只可以試它一試！」

夫人大喜道：「不管先生能不能治得好潔兒的病，只要你盡力了，妾身也還是對你感激不盡的！」

說到這裡，頓了頓又道：「先生說得以陽逼陰，是否是用至陽至剛的藥給潔兒服用，以化解她體力的陰寒之氣？若是此法，是沒得什麼用的。這麼多年來，妾身想過許多方法和請過許多名醫為潔兒治病，可都是功效不大。對於這以陽克陰之藥物治療也已試過，可還是不見什麼起色。方才我見先生為潔兒搭脈時，似乎送入了一股真氣進她體內，以致使得潔兒醒來。不知先生所說以陽逼陰，是否是用至剛至陽的真氣逼出潔兒體內的陰寒之氣呢？」

項梁大詫道：「原來夫人不但也精曉醫術，且還懂得武功啊！在下倒是多有眼拙了。」

夫人俏臉微微一紅道：「嘿，久病成良醫嘛！為了潔兒之病，這麼多年來四處奔走，尋訪名醫，久之也便略通點醫理了。至於武功，先夫也曾是習武之人，因此也可看得出一二，看書卻是一竅不道，倒教先生見笑了。」

頓了頓又道：「對了，先生還未說出你所說的以陽逼陰為得何解呢？」

項梁笑道：「這個正如夫人所說，此五陰絕脈之症，乃是與生俱有的，藥物治療治標不治本，多之反成為害。五陰為手太陰肺經，手少陰心經，足少陰腎經，足太陰脾經和足顧肝經，五陰絕脈就是五陰中的經絡血氣與任督二脈中的所有穴位中的血液因經路血液中陰寒之氣太甚，以致流暢不接，時間久之經血積澱不流，也就會導致患者死亡。

「陽克陰，陽剛之氣運入患者此五陰經脈中，使得寒氣釋和，經血便暢，但要徹底打通逼出天生的寒陰之氣卻是非常之難。在下的玄意真氣雖可克制令嫒體內寒氣，但也不能一朝一夕就把她治好，或許還會失敗。再加上在下有要事在身，所以現在只能略盡微力，暫時克制一下令嫒的病情不致擴散。至於要治癒她，夫人還是到得吳中後，去請神醫扁鵲之孫扁輿為她治療吧！」

夫人聞言卻是欣喜的道：「先生有事要辦，無妨先行去得，但卻請留下先生所居之處，好讓妾身日後尋之，登門拜訪再次求醫。」

項梁聞言卻是不知以對，因為自己等的居住之所乃是當世隱居之地，不得隨便說與外人知曉，何況自己等正要起兵反秦呢？

心下想來，當下嘴上喏喏道：「這個……這個……唉，在下叔侄二人所居之家已因戰亂毀去，此刻是想去大澤鄉一帶投奔陳勝王去的。」

夫人聽他如此一說，俏臉上的喜色頓然黯了下來，洩氣道：「這叫妾身日後如何去尋得先生呢？唉，此刻為什麼要爆發什麼見鬼的戰爭呢？」

頓了頓，忽而又熱切的望著項梁道：「先生可不可以暫時不去投靠陳勝王呢？只要你醫好了我潔兒的病，妾身當給你千兩黃金以示酬謝，那足夠你和你侄兒二人舒服的生活下半輩子了。妾身可以先付一半訂金給你。」

此等厚酬確是醫例中從未有過的了，就是秦始皇太醫，一輩子恐怕也賺不得這麼多金子，如此條件，確實是夠誘人的。

但可惜遇上的是不缺錢花，只想成就大事的項梁，只見他故作咽了一口唾沫，露出詫驚的羨慕神色，良久才平靜下情緒道：「嘿，這個……在下若醫不好令千金，那……我可就要吃不了兜著走囉！但是跟了陳勝王，定可過得上不愁吃穿住行的日子。」

夫人玉臉一變，正待說話，車廂外突地傳來了項羽不耐煩的聲音道：「梁伯伯，你怎麼還不出來嗎？太陽快要下山了，我們還要急著趕去吳中辦事呢！」

夫人聞言臉色倏地一寒，項梁卻是暗暗叫糟。果然聽得夫人冷冷的道：「先生不是說要去大澤鄉嗎？為何令侄卻是說去吳中呢？你是不是不想耗損體力為我潔兒治病？那你為何要騙我呢？照直說就是了嘛！那樣我或許不會生氣的。但是現在，哼！我卻是非常非常的生氣！我絕對不允許你離開我馬車半步，否則我就自殺死給你看！我想你自命為俠義之輩，不會見死不救的吧！」

說到最後竟是杏眉倒豎的瞪著項梁。

項梁聞言哭笑不得，想不到這夫人柔弱的背後不但隱藏著刁蠻的個性，現在並且還對自己要無賴手段，不由得大感頭痛。

惡夫人這一招卻也施個正著，項梁生性就喜樂善好施，悲物憐人，如項少龍一樣天生一副俠骨柔情心腸，怎會見死不救呢？但去遊說會稽郡郡守殷通之事卻也迫在眉睫，自己怎可因得此事而誤了大事呢？

猶豫間，項羽在外面直敲車廂壁板道：「梁伯伯，你是不是在裡面睡著了？哎呀，什麼病人那麼至關緊要嗎？我們快趕路吧！」

項梁進退不得間，心想自己是不能拖時間了，如若夫人不放自己走，說不得只好用強。

心下想來，當即臉色一沉也冷冷道：「夫人無論用什麼威脅在下也沒用，因為我確實是有著重要事情要辦。最多我遵守諾言，運氣為令千金舒活一下經脈，至於今後要找得在下，一是在吳中郡城府中去找我，二是在下已不在人世了。」

說完一雙虎目神光閃閃的盯著夫人。

夫人心中一愣，不明其意，不由發問道：「先生此語何意？難道你們……」

項梁打斷她的話，有點落漠的淒然一笑道：「在下事情，夫人就不要問了。如若在下進得吳中後能有得命在，自是義不容辭的盡力救得令嬡，但若在下不幸身亡，那就什麼也不用多說了。好了夫人，請人扶起令嬡坐正，好讓在下發功為她療傷。」

夫人這時卻也不再發怒，只是無限哀怨的望了項梁一眼後，倒也默默的扶起又已睡熟的愛女，目光卻是低沉下來，似是在回憶著什麼往事似的，嘴角竟不自覺的浮起一抹淡淺的微笑。

項梁向車廂外焦燥不安的項羽打了個招呼，叫他再候一會兒後，走到那少女身前，叫夫人端著她的玉臂，盤坐榻上，默運《玄意心法》，把功力提至自己所練到的最高層次——第三重，雙臂緩緩抬起，抵住少女雙掌，真氣由掌心勞宮穴發出，直鑽對方太陰肺經和少陰心經，接著循臂導入對方腹中穴，再逼至丹田，讓自己真氣在少女體內任督二脈循環一周後，讓真氣循之對方足底湧泉穴，最後從湧泉穴送至少陰腎經，太陰脾經和足厥陰肝經所到處，蔽滯的五陰經脈頓時勢如破竹的被他用玄意真氣打通。

夫人和徐靖緊張的看著二人臉上神色時，少女突地「啊」的一聲叫了出來，並且睜開了本是無精打采的秀目，此刻卻回復了不少神采。

夫人大喜道：「潔兒，你感覺如何？」

少女聲音顯得有些沙啞但卻中氣十足的道：「娘，我感覺我的渾身像滋生了許多力氣呢！」

夫人聞言喜極而悲的哭聲道：「潔兒，快謝過為你治病的項伯伯！」

那潔兒卻也乖巧聞聽得母親之言，當即就著跪坐的身子朝項梁深深躬了一禮道：「潔兒謝謝項伯伯救命之恩！」

項梁老臉一紅，擦了擦滿頭的汗水後，尷尬道：「嘿，姑娘不必如此多禮，在下只是略盡微力罷了！至於要徹底治癒你的病，就看你將來的造化了。對了，夫人，在下有要事在身，現刻就先行告辭了，咱們後會有期。」

說完朝夫人、徐靖、少女三人一拱手後，正待步出馬車時，突聽得項羽的怒喝聲道：「你們這些千刀殺的秦兵，死到臨頭了卻還如此發橫！看我項羽怎麼收拾你們！」

項梁聞言心中大驚，怕得項羽惹出什麼禍來，當即衝出車外，卻見二十多個秦兵正在攔路搶躲避戰亂的逃亡百姓財物，項羽則策了烏騅馬，解下麟龍神鞭，若狂風般往秦兵衝去，手中長鞭黑影一閃，當即有二三個秦兵被掃翻在地，滾地抱頭哭爹喊娘起來。

此地已是吳中所屬縣城，若殺死這些秦兵，必會給自己與殷通的談判造成隔閡。因為殷通可能會說你既是來找我談判的，就不應該在我的地頭殺我的兵將，你們現在如此作來是根本沒把我放在眼裡，咱們還談判個屁啊！說不定因此一怒之下要殺了咱叔侄二人。唉，我死了還不打緊，但若羽兒出了什麼差錯，我可就萬死不抵其咎了！

心正電閃中，項梁運氣沉聲喝道：「羽兒，不得出手傷人！給我回來！」

項羽正打鬥盡興，聞言抖出一道鞭影，氣呼呼的罵道：「便宜了你們幾個狗免崽子了！」隨後策馬極不情願的馳到項梁跟前，委屈的道：「伯父啊，這幫傢伙真該死呢！何故叫我收手？讓我殺了這些為虎作倀的傢伙不好嗎？他們少一個，這世上就少一個冤魂！」

這時，那自稱善柔的貴夫人和管家模樣的徐靖以及那剛被項梁稍稍治癒的少女都步出了車廂，見著項羽騎在烏騅馬上威風凜凜之姿，心裡不禁都暗聲喝好。

徐靖見得那隊被項羽懲罰過的官兵向自己這方兇神惡煞的衝過來，劍眉一皺，隱隱生出一股殺氣，湊到善柔耳邊低聲道：「夫人，怎麼處置這幫狗奴才？」

善柔面不改色的冷靜道：「咱們先靜觀其變，待得事情弄得不可開交時再出面制止。哼，這些狗秦兵，確實是殺一個為這世上多造一份福！」

徐靖聞言看著已越逼越近的秦兵，但卻還是退站在善柔身後，同時暗暗使了眼色給身旁的副手，示意他去聚合人馬，右手也輕按劍柄，似是隨時準備出手保護善柔似的一副忠心耿耿模樣。

不多時，二十幾個秦兵已策馬逼至身前，停了下來，其中一個滿臉橫肉，體高健壯的三十幾歲似是眾兵頭腦人物的漢子，朝著眾人怒眼橫瞪道：「他媽的膽敢出手傷我兄弟，吃了豹子膽了？喂，你那小子自斷一臂，本官爺今天就放了你們！否則，嘿嘿，就留下小命及這裡所有馬車！」說完一雙賊眼骨溜溜的在善柔和解秀潔身上轉來轉去。

善柔冷哼一聲，粉臉露出煞氣，但還是抑住了胸中怒火，只是目光冷冷的看著那軍官。

項羽正想回敬這趾高氣揚的傢伙幾句，項梁瞪了他一眼，使他本已到嘴邊的話又給硬生生的逼了回去，極不舒服的渾身扭動著。

解秀潔看著項羽一臉委屈的滑稽之態，禁不住「撲哧」一聲笑出，但旋即覺出此時此情自己笑得不合時宜，馬上也強抑住滿肚笑意，一張俏臉給脹得泛起豔紅。

項羽尋聲朝解秀潔望去，心中本是對她嘲笑自己感到極不舒服，此刻見到她俏麗的玉容和那脹紅的臉蛋，以及那雙靈活而又顯出點淡淡哀怨的秀目，不由得想起虞姬，心中的不快之感當即釋然，反莫名對她生出一種親近之感。

項羽和解秀潔你瞪著我我瞪你的對視著時，項梁發話道：「這位官爺，在下侄子年輕火氣過旺，得罪貴屬，真是不該。這裡有十兩金子，算是在下給他們的療傷藥錢罷。對了，我們與這位夫人等只是剛剛相識，沒得關聯，還請官爺高抬貴手，不要為難她們。」

善柔想不到項梁身犯險境還為他人著想，心下不禁對這剛運功治療自己女兒的漢子更增幾分好感，目光複雜的望著項梁，似是勾起了她對往事的深深回憶。

唉，此等臨危不懼的英雄氣概，多像當年的項少龍啊！對了，少龍，你如今在哪兒呢？你可知道柔兒多麼需要你的幫助啊！

那軍官接過項梁推過來的黃金，臉色稍稍緩和了些，但還是冷喝道：「他媽的，這麼一點金子夠給我兄弟們的治傷錢嗎？你知不知道，我這幾位兄弟均都上有爺爺、奶奶、爹、娘下有兒子、女兒各十個，他們可全都靠兄弟們領了錢回去養活。這麼一點錢，夠嗎？嘿嘿，不過要是你能把這兩個妞孝敬我們，我們也就拉倒。」說完眾秦兵均都捧腹大笑起來。

徐靖再也忍耐不住，暴喝一聲道：「他媽的，狗奴才，斗膽！」話音剛落，手腕一抖中已有一把鐵製摺扇閃電般自他手中飛出，直射那軍官。

軍官見了心神大驚，卻也還真算「有點功夫」，慌亂之中自馬背上滾了下去，險之又險的避過這致命一擊。

第十一章　公子多情

項羽本是見著項梁對那軍官如此的低聲下氣，而那傢伙卻還不識抬舉的更加囂張，心下甚覺十分惱火，此刻見那軍官被徐靖一扇擊嚇得如此狼狽，又不由得捧腹大笑起來。

那軍官受得如此奚落，不但沒有收斂狂態，反還惱羞成怒的指著徐靖氣極敗壞的道：「你……你他媽的想造反啊！竟然膽敢刺殺朝廷命官！兄弟們，給我把這幫膽大包天的刁民全給抓起來！老子不抽他們的筋、扒他們的皮、飲他們的血，都難以洩得心頭之大恨！」

二十多名秦兵聞言，頓時如狼似虎的張牙舞爪著把項梁、徐靖等一眾人給包圍了起來。項梁心裡暗自長歎道：「看來今天不動武是不行了。唉，希望不會因此而妨礙得與殷通的談判！」

徐靖和那善柔夫人卻是嘴角皆都露出一絲冷笑，一副毫不緊張在意的樣子。

二十多名秦兵雖是圍住眾人，但卻皆被徐靖剛才所露的那一手「鐵扇飛技」震懾，一時轉來轉去大聲喝叫漫罵起哄。

善柔夫人柳眉一揚，顯是受不得此等眾秦兵的凶焰，突地衝著徐靖冷喝道：「給我好好的教訓這幫不知進退、不識好歹的傢伙！」

徐靖也似早就想出手殺殺這幫秦兵的囂張狂態，聞言欣然應了一聲「是」後，身形驟然一晃，手中鐵扇同時一抖，發出破空的「哩哩」之聲，往與他對面的兩名秦兵快捷的擊去。

那兩名秦兵見狀大驚，忙舉手中長矛發動迎擊，只聽得「噹噹」兩聲兵器相擊之聲，秦兵長矛被徐靖鐵扇震開，而徐靖身形仍是不停，掠閃至兩秦兵身前，手中摺扇左削右劈，頃刻只聞兩聲慘叫，兩秦兵一人抱耳一人捂鼻，手中長矛扔在一邊，蹲下身子哇哇直叫，鮮血隨著掩耳捂鼻的手指夾縫中溢流出來。

項梁見了心中暗驚，想不到這徐靖竟然是個武林高手，只一招便讓得兩秦兵一人去耳一人掉鼻，並且看似他不想殺人，否則兩秦兵現在必已是躺倒在地上的兩具死屍，而不只是受得如此些微「輕傷」了。不知這善柔夫人是何等來歷？竟然能請得如此高手作她保鏢！

項梁心念轉動之時，眾秦兵已是又驚又怒的發動了全體攻勢，其中有八人向徐靖圍去，似是把他作為眾人中的強敵。其他十二三個人則向項梁和項羽圍來，而那軍官則領了兩名秦兵向善柔和解秀潔淫笑著撲去。項梁見狀對就在身側的項羽低聲道：「這些人交給你處理了，我去救那母女倆！記住，可不要鬧出人命來！否則，我們此行或許會因此而功敗垂成，甚至險境重重！」

項羽邊揮動手中麟龍神鞭迎擊攻上來的秦兵，邊漫不經心道：「知道了！你快去救人吧！」

項梁聞言雖是對項羽還是不放心，但又因牽掛著善柔母女倆，當即拔出佩劍，格擋逼開向自己攻來的兩名秦兵，身形往前急衝朝善柔那邊趕去，但眼前所見的景象卻讓項梁又暗感驚詫不已，直笑自己今天可真是看走眼了。原來這善柔夫人不但不「柔」，反是個劍道高手。卻見她手中長劍陰柔飄忽而又快捷狠辣，兩名秦兵已被她各削出一劈，而那軍官卻被她像貓戲老鼠般給戲弄得手忙腳亂，滿頭大汗狼狽之極，只讓得解秀潔在一旁看了「咯咯」嬌笑。

善柔似已不耐煩與他玩「遊戲」了，劍倏地一變，卻見她手中長劍一圈，最後突地停住，卻已架在那被嚇得屁滾尿流的軍官脖子上。

善柔冷冷的看著軍官的熊樣，粉臉上顯出厭惡的不屑之色，沉聲喝道：「要想活命的話，就叫你的手下住手！否則，哼！我叫你狗頭落地！」說著手中長劍往他脖子靠過了寸許，頃刻被鋒利的劍鋒劃破皮層，冒出血絲來。

那軍官此時已是凶焰全熄，小命已給握在人家手上，那還敢不從善柔的話？隨即顫顫嘮嘮的喝道：「兄……兄弟們，給我住……住手！」

那些官兵被項羽和徐靖打得已是皆都鼻青臉腫，只差沒有哭爹喊娘，聞言哪還有得什麼勇氣鬥志戀戰？忙都晃身退開，在一邊呻吟起來，目中驚懼而又怨恨的看著項羽、徐靖。

善柔手中長劍緩緩從那軍官脖上拿開，冷喝道：「滾吧！下次不得為惡！」

那軍官慌忙閃身退離到已在「敗軍之師」的秦兵叢中，原本嚇得蒼白的臉上頃刻又恢復了些許血色，目光極其怨毒的看了善柔一眼，外強中乾的衝著她喝道：「好！咱們青山不改，綠水長流，後會有期！但還請留得姓名居住之所來，好讓我和眾兄弟日後登門向夫人致謝此次的教訓！」說話一派老練的江湖語氣，讓人可以猜知他當兵以前必為在江湖上混的人物。

徐靖冷笑一聲道：「就憑你們？我想還不夠資格向我們稷下劍派來尋仇？」

軍官聞言臉色劇變道：「稷下劍派？你們是國師曹秋道的門人？啊！這……

屬下等有眼無珠，得罪夫人和公子！還請能網開一面，放過屬下等一條狗命！以後有得什麼差遣請儘管吩咐！屬下是趙高公公手下四大法王之金輪法王的手下，奉命來吳中視察亂臣賊民群盜山寇動靜的，所以對路上流民均進行查尋盤問，以致冒犯夫人和公子。」說完率先向善柔和徐靖行禮，顯得低聲下氣之極。

原來當年齊國被秦滅亡後，「劍聖」曹秋道的稷下劍會頓成為秦始皇首要殺戮對象，眼看著一生心血將要付諸東流，曹秋道痛心之極，竟在危難臨頭之際，屈膝向秦始皇投降。秦始皇見其武功絕高，於是把他收為了自己的貼身保鏢。

期間，曹秋道本也多次想刺殺他，但一來因自己劍會的所有劍手均被秦始皇逼服了一種叫作「仙樂丸」的慢性毒藥，每年均需向秦始皇索取一粒控制毒藥擴散的解藥，否則將毒汁攻心，慘叫七日七夜而亡。

二來在與秦始皇相處期間，覺出他確是一代雄才偉略的霸主，漸漸對他生出敬服之心。二者合起來使得曹秋道竟心甘情願的作秦始皇的忠實走狗。當年張良和大力士滄海君在秦始皇至陽武搏浪沙巡遊途中，用大錐刺殺秦始皇未遂，其首要功勞就屬曹秋道。

滄海君投下大鐵錐的至命一擊，被曹秋道的絕世劍法給挑開而擊中副車，使秦始皇倖免於難，於是允許其再次組建稷下劍派，作為朝廷的秘密殺手，專門刺殺那些六國逃亡的將門貴族之後。因此殺手組織是朝廷的至高機密，所以秦始皇在位期間，曹秋道和他的稷下劍派還甚少有人知曉。

秦始皇死後，曹秋道從主子身上潛移默化後的權勢欲望頃刻暴漲，秦二世胡亥一即位，便要求其封他為國師，且允許他公開身分。

此時的曹秋道在秦王朝中暗植的勢力也已是根深蒂固，再加上他手上掌握了秦王朝最大的殺手機構，因此使得胡亥和趙高不得不對他心懷忌憚。為了把他籠絡為己用，於是便答應了曹秋道的要求，奉他作了秦王朝的國師。

面對這樣一個權傾朝野的權貴國師門人，那軍官自是極力逢迎巴結，因他也曾聽說過曹國師有一位嬌美的女愛徒，要是眼前的這位夫人便是此女，那他先前得罪了他們，要是她去趙公公面前告自己一狀，憑他這樣的小角色，就是有一百條小命，也定都會將受趙高所施的酷刑悲慘而死，甚至會給誅連九族。

想起那些刑罰的酷烈程度，那軍官牛高馬大的身軀便不由自主的微微發顫。

秦王朝法律的殘酷體現在兩個方面，一是「連坐法」，即一人犯罪，不僅罪及妻子室家，而且還罪及九族；二是「輕罪重罰」，即只要犯了一點小罪，也會受到酷烈的懲罰。

其中死刑就有四種，一是戮——先加以精神上的摧殘，然後殺死。二是棄市——以刀刃刑人於市。三是磔——凌遲處於市。四是定殺——對痲瘋病之類罪犯，拋入水中淹死。其他還有「梟首」、「車裂」、「腰斬」、「體解」、「剖腹」、「抽脅」、「煮烹」等等五花八門，陰森可怖的死刑。

次於死刑的就是肉刑，即折人肢體，鑿其肌肤，是使受刑人生理至殘的刑罰。其中又有鯨刑，又稱墨刑，先以刀劃破面部，然後在傷口處徐上墨炭，使受刑者臉上留下永恆的印記，這種刑罰既是肉體折磨，又是精神摧殘。還有劓刑、割刑、宮刑、刖刑等。

善柔見著軍官的小丑之態，心下鄙惡不已，但聞聽得他是趙高屬下的手下，惱怒之氣又倏地升起，冷笑道：「哈！原來是有得靠山在背後撐腰，所以如此囂張，連我稷下劍派的人也不放在眼裡！哼，我倒是要去找那趙高老鬼評評理來，問他是不是連我師父曹國師也沒放在心上？竟叫幾個爪牙來欺負我善柔！」

那軍官聞聽得此言，當即嚇得雙腿發軟，若不是他身後的兩名秦兵把他扶住，就差點給癱倒在地，雙目驚恐失神的望著善柔。

啊！想不到眼前此女真是國師曹秋道疼愛非常的唯一女徒。據聞曹秋道收得了她兒子解飛作為他的衣缽繼承人，雖只十四五歲，但卻已是稷下劍派的少門主，一身武功在曹秋道的悉心栽培下，也已是高深得讓人難以估測，因為聽說解飛服食了曹秋道給他的當年秦始皇追求長生之藥時贈給曹秋道的一枚千年朱果，使得其內力得果相助而大增，也是一位權傾宮廷灼灼炎手的大紅人。因解飛母親善柔不願參與那勾心鬥角的官場相爭，所以一直都是閒遊民間；但在她身邊護衛的卻有二大稷下劍派的頂尖級高手——徐靖和莫為。這……這次可玩完了！若此女煞星真的去趙公公面前告自己一狀，那後果將……

軍官越想越怕，已是嚇得滿頭大汗，突地「撲通」一聲跪在善柔面前，左右開弓自己狠狠的連摑了十多個巴掌後，腫起的嘴巴發出含糊不清而又顫顫的聲音道：「請夫人開恩！小人罪該萬死！小人罰該萬死！」說著「咚咚咚」的連連叩起頭來，額上竟是紅腫滲血。

項梁在一旁靜靜的看著這些變故，表面上雖是不動聲色，但心下卻是掀起萬丈思潮。「劍聖」曹秋道！當年以劍法堪稱當世無敵的齊國劍道高手，想不到銷聲匿跡這麼多年，竟是去作了秦王朝的爪牙！還有宦官趙高的什麼四大法王，看來均都是武功卓高的頂尖級高手。秦王朝的實力可也還真不低呢！

嗯，這夫人是曹秋道的至愛女徒，自己何不藉為她女兒治病的機會多多接近，從她口中套出一些這稷下劍派的秘密來呢？或許會有意想不到的收穫呢！

項梁正打定了此主意時，突聽得善柔又冷冷的對那軍官道：「好了，起來吧！以後再也不要如此為非作歹了！農民百姓起來作反，就是因你們這些秦王朝的敗類所導致的！」

那軍官聽得此言如逢大赦，高興得感激涕零的連叩了幾個響頭，說了許多懺悔恭維的好話後，領了眾「殘兵敗將」，狼狽而逃。

善柔這時轉過身來，目光冷冷的朝著滿臉驚愕的項梁、項羽叔侄看了兩眼後，雖是面帶微笑，但聲音卻是硬冷如冰的淡淡道：「你們二人現在既已知道了我們身分，就得給我守口如瓶的保守這個秘密。當然最好的守秘辦法就是殺了你們二人滅口，但我看你們二人身手不凡，且醫術也不錯，就姑且收留下你們作我身邊的侍從吧。不過，你們得給我服下這兩粒『仙樂丸』，如此我才可以放心的不怕你們逃跑！」

說到這裡，手上已從革囊裡掏出了兩粒顏色晶瑩如玉，若碗豆般大的丹丸，接著又冷冷的道：「現在兩條路給你們選擇，一是死，二是服了此丹丸。不過我話說在前頭，你們服了此『仙樂丸』後就不得逃跑，否則七日七夜慘叫而死！」

這番話從這看似嬌柔的美女口中說出，只讓得項梁感覺渾身有一種冷嗖嗖的寒意，正待開口答話，項羽已搶先冷笑道：「你把我們當作敵人了，是不是啊？任由得你擺佈啊，看你這樣子長得漂亮，想不到卻有一副蛇蠍心腸？嘿！你算得個什麼東西啊？我們為何要聽你的話？對了，伯父，我們還有得要事辦呢！跟這婆娘囉嗦已經浪費了不少時間了，我們快趕路吧！」

說完目光不經意的瞪了站在善柔身邊的解秀潔一眼，似是在說娘如此狠毒，你也定是差不多的了，還虧我先前還對你心生好感，真是浪費心情！若不是我有事在身，真得好好的教訓你們一頓，叫你們嘗嘗那軍官受辱的那種滋味！

善柔似是想不到項羽小小年紀，火氣卻是這麼大，似乎根本沒把自己放在眼裡，不禁心生惱怒，嬌喝道：「小鬼！你可不要敬酒不吃吃罰酒！惹火了我，我定把你給大卸八塊！」

項梁聞言也不禁大為火光的冷聲道：「夫人說話可不怕大風給閃了舌頭？雖然你是『劍聖』曹秋道的愛徒，但我們可也不會怕你分毫來著！」

徐靖這時插口喝道：「看來你們是不見棺材不落淚！好！就讓我徐靖來掂量掂量你們的斤兩，看看你們夠不夠資格說出那麼狂傲的話來！」話音剛落，手中鐵扇一抖，就閃身向項梁攻來，其勢快疾如電，有若長虹貫日。

項梁雖覺對方殺氣逼湧迫體而至，卻也毫不慌亂，腳踩家傳「星雲百變」步法，手中長劍在身前劃出一道圓弧，防守住對方攻勢。

徐靖一出手就殺著，本想藉此搶得攻敵先機，但項梁隨手一招卻把他攻勢全破，且對方長劍還有若長江大海一般，隱隱含著一驚，頓知對方確也是個武道高手，當下不敢大意，摺扇點、挑、削、劈、砍等招式從各種不同角度連連使出，一時扇影頓罩項梁全身上下。

項梁在扇影中竄開來，劍嘯破空之聲不絕於耳，劍芒發出的寒光如一團光亮奪目的氣團般翻滾在徐靖左右。

徐靖頓感對方劍招發出的氣勢讓自己壓力倍增，摺扇攻勢竟是難以施出，只得改攻為守，再過十幾招下來，已是顯得有點手忙腳亂。

見徐靖敗象已現，項羽頓時嗤笑道：「哈！還想來掂我項伯的底細？想不到自己卻出醜了！真是王婆賣瓜自賣自誇！」

項羽在父親項少龍的薰陶之下，也不自覺的學會了許多在他們這個時代所沒有的新鮮語句，此刻就是「學以致用」了。

解秀潔果是對項羽最後的一句話感到了新奇，不由得眨著一雙美麗的秀目問項羽道：「什麼是王婆賣瓜，自賣自誇？」

項羽聞言一愣，他自己從父親項少龍學來的這句話也是一知半解，不明其意。當下也學著父親項少龍胡亂解釋道：「這個……就是我們那裡啊，有個叫王婆的老婦人，把還沒有成熟的西瓜也拿去賣，說是天下間最甜最好吃的西瓜；

嘿，這徐靖卻也是如此了，自己武功也不過是三腳貓的幾招把式，卻自吹自擂的說自己是什麼武功天下第一的武林盟主似的，真是可笑可歎亦可悲也！」

最後幾句話學足了項少龍的語氣架勢，讓得善柔瞧了為之一怔，思想萬千的又想起了昔日情人項少龍來。

唉，少龍，你們現在到底在哪兒？沒有給嬴政那忘恩負義的傢伙給害死吧？

項少龍等被秦始皇殺死於烏家牧場的消息已是暗地裡傳遍天下，善柔自也不知道小盤因念著舊情而最終放過了項少龍之事。其中李斯、尉僚等有限的幾個人且是知道項少龍沒死，卻也被秦始皇嚴令不得洩此機密，否則將受嚴懲，所以當今天下間沒得幾人知道項少龍還活著。

但曾經跟項少龍至為親密的人。自是都會希望項少龍沒死的了，因為項少龍的武功機智在他們心目中都像是神一般，怎麼會輕易死去呢？不過大家也只能是猜猜，事實到底如何，卻是沒人知道。

善柔正因瞧見項羽頗像項少龍的神態而思緒出神的想著往事，解秀潔這時又詫異的問項羽道：「三腳貓的把式又是什麼招式呢？」

項羽想不到這小美人對事物都如此好奇，而自己卻對父親偶爾講起的像這些新鮮詞語只是知其然而不知其所以然，聽了小美人的問話，不由得大感頭痛，有點不耐煩的答道：「這個嘛，就是我們那裡有一種貓，叫作三腳貓，這種貓雖是有三隻腳啊，卻從來抓不到一隻老鼠，所以這種貓是雖奇特但不中用的貓。」

解秀潔似是對項羽這一番胡說亂吹感到將信將疑，「咯咯」嬌笑道：「天下間有那麼奇怪的貓麼？我所見到的貓怎麼都只有四隻腳？」

兩人談笑間，項梁和徐靖那邊的打鬥已是分出勝負來了，卻見徐靖手腕處流出血來，臉色蒼白的怔怔看著項梁，而項梁卻是瀟逸的揮劍入鞘，微笑不語的看著徐靖。

項羽見了拍手大笑道：「哈哈，原來果然是個華而不實、中看不中用、吹牛不用花錢的傢伙！被我項伯三招兩式就給打敗，還說什麼要我們作你的侍從？我看反過來差不多！」

善柔這時鐵青著臉的狠瞪了徐靖一眼，罵了一聲道：「沒用的傢伙！給我退回來！」

說完又衝著項梁冷冷道：「想不到項大夫除了醫術高明之外，還是個深藏不露的高手！小女子這次倒真是看走眼了！想來像項大夫這種人在江湖中也是個有名有望的人吧？倒不知是何門何派亦或是當年六國中哪國遺臣？你們這次去吳中有何陰謀目的？哼！若是不給我從實說來，我善柔今天定不會放過你們！」

項梁想不到這辣夫人卻也如此的思維敏捷心細如髮，竟能猜到自己叔侄二人來歷不凡。看來今天是有得麻煩了！

項梁正如此想著，那辣夫人又叱道：「好！今天就讓我來領教領教項大夫兼項大俠的高招吧！」說完挺劍就向項梁擊來。

項羽忙把手中鱗龍神鞭一抖，止住善柔的攻勢，沉聲道：「嘿，你們是不是不要臉了？竟用車輪戰術對付我項伯？這一仗啊，我替我伯父接下了！我們兩人來打一場吧！」

項梁見狀，雖是知道項羽武功比自己高出許多，但他實戰經驗不足，何況這辣夫人是「劍聖」曹秋道的親傳弟子，但看她剛才懲治那軍官時所使的劍法，便可知她武功比這徐靖定是高出一等，不禁暗暗為項羽擔心，同時亦暗責他行事過於魯莽，不過事已至此，自己不好意思出言阻攔，當下只得為項羽暗捏一把冷汗。唉，希望你這小子不要出了什麼差錯，否則我可不知道怎麼向你爹娘和眾兄弟們交代了。

項梁正如此忐忑的想著，解秀潔這時卻搶在母親善柔之前站了出來，走到項羽跟前揚眉道：「我來替我娘接下這一戰！」

善柔聞言大急道：「潔兒，你有病在身，怎麼可以打鬥呢？還是退回來，讓娘會會這不知天高地厚的小子吧！」說著走上前來拉過女兒衣角。

解秀潔嬌軀一扭，脫出母親的手後道：「娘，女兒現在感覺精神好多了呢！還是讓我來運動一下手腳吧！躺睡在床上這麼多天渾身都瘮死了！何況我的病也不是靠這會休息就可以好的？說不定我自此以後一輩子都沒得機會打了呢！」

說完從善柔手中奪過長劍，隨手抖出幾片劍花，然後目光無限幽怨而又似有點惱恨的看著項羽，一臉的嬌嗔之色。

善柔聽了這話，臉色蒼白的喝道：「小孩子家亂說個什麼？你的病這位項大夫不是可以給你治好的嗎？」說這話時竟似忘記了現刻是與項梁對敵似的，對女兒一臉的疼愛關切之色。

項羽聞聽得這敵對母女二人對答，頓知眼前這活潑淘氣的「小女孩」竟是個患絕症之人，心中不自然的湧生起一股對這小美人的憐愛痛惜之意來，口中喏喏道：「這個……你既然生了病，我是不會與你動手的了。嘿，我項羽堂堂男子漢大丈夫的，怎麼欺負你一個小姑娘！」

這番話說得老氣秋橫，讓解秀潔不由得「撲哧」一聲輕笑出聲來，但旋即板起玉臉嗤笑道：「哼！什麼男子漢大丈夫啊？你不也只是一個小……小傢伙嗎？別在這裡給我王婆賣瓜了，你是不是也只有幾招三腳貓的本事，不敢與本姑娘動手啊？」

說完一臉洋洋自得的望著項羽，似是在說你剛教我的東西我現在就可以學以致用了呢！對我所說的話是不是不服氣啊？若是，咱們就來個手底上見真章吧！

項羽聽得她這番話，又是好氣又是好笑，想不到這小美人把自己剛才說徐靖時的語氣學得維妙維肖。現刻竟用自己的話挖苦起自己來。不過自己確實不想與這嬌滴滴的小美人動手，若不小心傷了她，自己良心可定會不好受。心下想來，雖是對她的話感到氣惱，卻還是沉聲道：「我不跟你囉嗦了。喂，什麼夫人，你是不是想做縮頭烏龜，叫你女兒出來找碴？你若是怕了本少爺，我可以大人有大量放過你一馬，以後咱們就各走各的路，誰也不要管誰了，行不行啊？」說完竟是準備收了麟龍神鞭，要與伯父項梁一起走路了。

善柔不怒反笑道：「果然是英雄出少年！我要叫你對你方才所說的話付出代價！」話音剛落，已是自解秀潔手中奪過長劍，嬌軀一縱，配合著凌厲至極的劍勢向項羽擊來。

項羽頓時施展開從冰風火離洞中得來的乾坤真人的《乾坤混元無極秘錄》中的「北斗七星陣」中領悟出的一套步法，避過善柔惱怒交加的凌匹一擊，同時手中長鞭施展開依《混元秘錄》中的「混元無極劍法」演變而來的一大鞭法，卻見他四周幾丈之內全是鞭影，地上塵土被項羽長鞭擊得至了「飛沙走石」之境。

圍眾幾人同時被項羽長鞭剛猛至烈的強大氣勢迫得身形往後連退了十多步，那小美人解秀潔更是忍不住驚叫道：「不要傷了我娘！」

項羽聞言鞭勢一緩，而善柔卻是不領情的冷叱一聲道：「哼！誰要你讓我了？」說完手中長劍加速，灑出一片劍光，最後劍體突地現實，快若閃雷疾如奔雷凌厲無比的向項羽頭部似橫非橫、似縱非縱的削劈而來。

劍法到得如此能把實體的劍化作虛體的劍影，實為化虛至實之境，確已算得上劍道大成了，果然不愧是「劍聖」曹秋道的愛徒。

這次是項梁和解秀潔同時叫出聲來。

但情況並不像他們所擔心的那般糟，卻見項羽在這絕殺的一劍之中，身形突地向後傾倒，同時快捷無比的拔下了玄月神弓往地面一支，撐住快要倒地的身形，接著另一隻手猛地一拉玄月弓弦，只聽得「崩」「噹」的兩聲接踵而出的弓弦發射之聲和鐵器交擊之聲響起，卻見項羽由玄月神弓發射出的一枚拇指般大的鋼珠恰好射中善柔離他頭腦只有兩尺之遙的長劍，長劍被鋼珠射中竟是應聲而斷，而善柔嬌軀亦被震得連退了四五步後才穩住，臉色蒼白，嘴角和手腕虎口都給溢出來。這時又是一聲舒緩之氣和兩聲驚叫發出。

卻見項梁臉色由白轉紅的緩緩舒了口長氣，而解秀潔和徐靖卻是驚叫著向善柔奔去。

只聽得解秀潔語音焦急的道：「娘！你怎麼樣了？有沒有受傷啊？」

徐靖亦也惶聲道：「夫人！你沒事吧？」

二人說完後，善柔卻是毫無反應，只是一雙失神的秀目怔怔的看著項羽。這是什麼功夫？一枚由弓弦射出的鋼珠竟是有著萬鈞的衝擊力？

項梁這時也已走到剛站直身形的項羽跟前，沉聲道：「羽兒，你沒事吧！」

項羽搖了搖頭，驚魂未定的嘿嘿笑道：「厲害！我疏忽輕敵之下，竟然差點把小命給丟了！還好我應變得快，想起自己懷中有幾十粒爹爹用來作暗器用的鋼珠，臨急之中用這寶弓救了自己一命！」說完無限愛惜的撫摸著玄月神弓。

解秀潔這時鬆開母親的嬌軀，轉過身來，橫眉冷對瞪著項羽，嬌恨的大嗔道：「誰叫你傷我娘來著的？不是叫你不要傷我娘了嗎？我……我跟你拚了！」說完從地上拾起善柔扔了的斷劍，絲毫不成章法的向項羽撲來。

對著這嬌辣的小美人的攻勢，項羽一時不知怎麼應付是好，手足無措的發愣之時，解秀潔手中斷劍已刺中了項羽的肩甲，鮮血頓時順著斷劍鋒刃流出。

項梁見了驚怒交加，正待向也是怔怔發愣，秀目驚懼不已的解秀潔攻去，項羽卻突地揮動沒有受傷的手臂止住了他沉聲道：「項伯伯，算了吧！這位小妹妹也只是氣我傷了她母親而已，她……她也並不是存心想傷害我的！」

項梁和解秀潔聽了都是怔怔發愣。但項梁卻真的停住了就快刺中解秀潔的利劍，而秀潔的一雙秀目卻是淚珠滾滾而下，握劍的雙手微微發抖，口中喃喃道：「你……你……明明可以輕易的避開我這一劍的！你為什麼不閃開呢？」說完突地鬆了斷劍，纖手掩面哇哇大哭起來。

項羽目中露出憐愛之色，歎了一口長氣，順手拔下肩頭上並未刺進少許的斷劍，呆呆的看著大哭的奔向善柔的解秀潔。

項梁這時忙從革囊中拿出金創藥粉倒在項羽受傷的肩甲處，刺痛得項羽輕叫出聲。項梁怨聲責怪道：「你這小子是不是色迷心竅了？大敵當前啊！竟還有得心情泡妞！」

項羽呻吟著苦笑道：「這就叫作牡丹花下死，做鬼也風流！嘿，項伯，你沒有嘗過此種滋味吧？」

項梁哭笑不得道：「你敢取笑伯伯？」

項羽做了個鬼臉道：「侄兒不敢！」

二人「苦中作樂」嘻笑打罵時，那怔怔發愣的善柔夫人這時走到了二人身側，語音卻是變得出奇的溫柔道：「這位小哥兒，你傷勢沒事吧？」

項羽沒好氣的道：「本公子還死不了吧！」本以為善柔會翻臉，卻想不到她還是不惱的柔聲道：「我這裡有上好金創藥，敷了後不會留下疤痕，小哥兒拿出用吧！」說著從腰間革囊中掏出一個藍色小瓶遞給項羽。

這一來可讓得項羽不好意思再次出言譏笑，接過小瓶後，訥訥道：「這個……謝謝夫人了！」

善柔俏臉泛起笑容道：「應該我說對不起才對！潔兒失手傷了你，還請公子見諒一二！」

項梁見得善柔這番前後判若兩人的溫和之態，不由得附到項羽耳邊低聲道：「嘿，想不到你這小子因禍得福，我看這夫人是想你做她女婿了。」

項羽不由失笑道：「任我怎樣有得豔福，還是比不過爹爹有七位夫人吧！」

項梁笑道：「我看你啊，也繼承了你爹項少龍的風流性格呢！」

項梁這話雖是低聲說來，但「項少龍」三字卻還是傳入善柔耳中，不由得又驚又喜的失聲驚叫道：「什麼？你是少龍的兒子？」

第十二章　爾虞吾詐

項梁和項羽被善柔的這聲驟然驚叫，震得心神均為之一跳，但繼而又都同時為之大駭。

項梁心念電閃的想道：「這夫人難道當年認識項三哥？這……若真如此，她若把自己這失口洩露的三哥消息傳到她師父曹秋道耳中，那老傢伙必定會率眾前來這吳中找三哥尋報前仇，這樣一來自己等的反秦計畫將會因此而全盤皆亂，說不定還會給烏家牧場帶來禍患無窮的滅族之災，那……自己可真是萬死都不能抵其過了！這……怎麼辦呢？……殺了他們！」

項梁也被這倏然生起的殺機嚇了一跳，想到這裡，項梁殺機頓熾，暗暗給項羽使了一個眼色，待他會意過自己的意圖後，目中倏地厲芒暴長的望向善柔，左手輕按腰間劍柄，準備隨時發動攻擊。

善柔卻似毫未覺察二人對她的殺意，目中感情複雜但卻又無限柔愛的直盯著項羽，像是在看自己闊別多年的親兒子一般，口中喃喃自語道：「啊！少龍的兒子也有這麼大了！少龍還活著！少龍果然沒有死！致致呢？她還好嗎？少龍疼愛她嗎？對了，孩子，過來！到柔姨身邊來！讓柔姨仔細的瞧瞧你！」說著竟似魂不守舍的神情激動的呆愣愣的緩步向項羽走來。

項羽和項梁一時也被她這怪異舉動給弄得不明所以的呆住了，竟似忘卻了眼前的危機，都一動不動愣愣的看著走近項羽的善柔。

項羽的心神，更是被善柔最後那幾聲發於自然的親切輕柔慈愛的呼喚，強烈的震撼著，使他竟是不由自主的對善柔滋生出一種自己出說不清的親切之感，似乎善柔真是他久別重逢的親人似的，使他心中剛剛產生的所有殺機，都被一種恍忽的感情沖淡。

善柔走近項羽，柔愛的輕拉過他寬厚結實的手掌，美目中真情流露無遺的輕聲道：「孩子，你叫項羽嗎？今年多大了？嗯，都長這麼高了！真像你父親項少龍當年一般英姿風發！對了，你父親呢？他怎麼沒有跟你在一起？現在兵荒馬亂的，讓你一個小孩子家獨自出行江湖，他可也真夠粗心大意的！」

善柔又是自言自語的對著愣愣不知所以的項羽嘮叨個不停。

對著這突如其來的像是帶有點戲劇性的變故，徐靖和解秀潔也是感到驚詫莫名，怔怔的看著項羽和善柔，似也被個中感情所感染。

場中氣氛一時靜默怪異之極。

突地傳來一陣急遽的馬蹄聲打破了場中靜寂，項梁、徐靖、項羽、解秀潔和善柔的一眾護衛武士均都心神一震，尋聲翹首望去，卻見對面一里之遙處塵土飛揚，三十多個黑點向眾人這方愈馳愈近。只有善柔仍是不為所動，微笑著直盯著項羽，似乎天地間的一切美好事物都蘊藏在項羽身上似的，讓她百看千看不厭。

徐靖突地驚喜的道：「夫人，是莫為他們！他們從吳中城中打探扁興的消息回來了！」

這聲呼叫終於打破了善柔看著項羽的神思，只見她愕然回眸的望著徐靖道：「噢！什麼？莫為他們回來了嗎？找到神醫扁鵲之孫扁興沒有？」

徐靖聞言一愣，心中暗忖道：「莫為他們還沒到得近前呢！夫人到底是怎麼了？反應這麼遲鈍！」

心下如此想來，正待回答善柔的問話，卻見善柔又轉向項羽道：「羽兒，你先不要急著離開，柔姨還有得許多話要問你呢！待我問問莫為吳中城裡的情況後，我們再來細細詳談。對了，你和你伯父不是也要去吳中嗎？我們正好順路，就一起去吧！待我帶得潔兒去扁輿那裡尋問一下潔兒的病情後，我再跟你們回去見你爹。

「嗯，我們到吳中後還得約好一個相互聯繫的方法。十幾年沒見著你爹了，他一切都還好嗎？」

善柔說著又不自覺的似忘卻了莫為一事，扯到項少龍身上來了，可見項少龍在她心目中影響之深，可見她對項少龍思念之切。

項羽聞言雖是感覺得出她對自己和父親項少龍的親切之情，但卻還是大感頭痛，因為自己和伯父項梁去吳中是有得大事要辦呢！怎麼可以與他們一道去呢？即便這善柔夫人真的是與自己父親項少龍當年有過一段恩愛之情，自己也不可輕易信任她，無論怎麼說她是現今國師曹秋道的徒弟，而自己等做的事卻又是要反暴秦，若是被她知曉了自己等的動機，告知了她師父曹秋道國師，那自己等的反秦計畫可就因此而前功盡棄了！

心下想來，項羽頃刻唯唯諾諾的道：「嘿！夫人，我爹雖是叫作項少龍，但我卻不知你所說的項少龍是不是就是我爹呢？若是你給弄錯了，那……這個……豈不是浪費你的寶貴時間？」

善柔聽了這話臉色微微一變，但還是微笑著道：「天下間還有幾個項少龍能調教出像你這樣的年輕高手呢？當然是當年跟在秦始皇身邊威震七國的『刀帝』項少龍啦！」

項羽聞言心中劇震，連最後的一絲僥倖也給破滅了，但臉上卻還是不動聲色的道：「夫人卻果然給弄錯了呢！我父親項少龍這些年來一直都居住在塞外大漠，並不是你所說的那個什麼秦始皇身邊威震七國的『刀帝』項少龍。唉，夫人，天下間同名同姓的人多得是，你不要太過疑心了，我爹確不是你所要找的人！」

項羽在邊說這話時，心中卻也暗暗咒罵自己道：「唉，為了顧全大局卻是連爹也給出賣了！嘿！爹，你可得原諒孩兒！我這也並不是有心罵你的呢！」

項梁聽了項羽對善柔的答話，心裡暗暗竊笑不已，不過臉上卻是一片嚴肅之色，同時亦也暗讚項羽思維敏捷，隨機應變得快。

善柔此刻卻是再也沉不住氣，玉容劇變，語氣急促而冷厲的道：「我相信我的眼睛絕不會看錯的！我的感覺也告訴了我，你就是我要找的項少龍的兒子！」

說到這裡又忽而變得溫柔的低聲道：「羽兒，你不要騙我了，你定是我所說的項少龍的兒子！你是不是怕我師父會來找你父親尋舊仇？還是怕我窺破你叔侄二人去吳中的目的？唉，只要你是少龍的兒子，我維護你都怕自己盡少了力，而受少龍責怪，又怎會去告訴我師父你父親的消息呢？放心吧羽兒，柔姨絕對不會出賣你們，只會盡我全力幫助你們，你又何必要說什麼假話來呢？我從你的眼神中早就已經看出你是在騙我了，對不對？」

善柔這一番推心置腹的真情傾露，聽得項羽心下忐忑難安，正自猶疑不定的想著是否告訴善柔事實真相時，卻突聽得耳邊一個渾沉的聲音響起道：「稟報夫人，莫為這兩天去吳中城裡找扁鵲孫子扁興毫無消息，請夫人降罪！」

項羽聞言抬頭一看，卻見一個三十許間，滿臉胳腮鬍，眼若銅鈴的威武漢子正站在善柔左側，躬身低首的等著善柔的訓話。

善柔此刻正被項羽的話給弄得心神不寧，聽了那威武漢子這話頓把氣發洩在他身上，叱喝道：「你是怎麼辦事的？連這麼一點小事都辦不好！據消息說神醫扁鵲孫子扁興不是近段時間在吳中城的嗎？是不是你辦事不力，這兩天裡去得青樓尋花問柳了？」

莫為聞得夫人發怒，似是非常害怕，頓即單膝脆地的輕聲道；「這個，屬下是辦事不力，不過卻並沒有閑著，這兩天在吳中城裡找了個遍也沒找著扁興人影，後來屬下出示國師令牌，命郡守殷通派人全部去找，最後據報那扁興於三天前離開了吳中，往大澤鄉方向行去。屬下也派人去追截扁輿了，若無意外，過幾天應該會有得消息回執。」說完竟虎軀微顫起來。

善柔似是餘怒未息，聽了這莫為的話，更是凶煞的道：「誰叫你自作主張出示國師令牌的？你不知道我一直強調要隱秘身分嗎？你是不是想嘗嘗『萬噬咀心』的滋味了？哼，若是小姐有得什麼閃失，就拿你頸上人頭抵罪！」

莫為聞得「萬噬咀心」時虎軀劇顫，對那後面「拿人頭抵罪」倒似不太在意，聲音淒烈的道：「屬下罪該萬死！請夫人饒過屬下這一次！今後屬下為夫人辦事定當萬死不辭！」

說這話時，竟已是雙膝跪地，對著善柔連連叩頭起來。

徐靖等人似是對同伴的受責毫不在意，都站立一旁，竟無一人為莫為說一句好話。

項羽見了心滿不是滋味，禁不住冷冷發言道：「夫人，你下屬辦事已經很是盡力了，我看你就放過他，這次不要懲罰他算了吧！」

善柔聞得項羽之言，臉色連變，最後終於緩和下來，冷聲道：「嗯，這次有得羽兒為你說情，就暫且放過你。不過可要記住，以後辦事可給我不要再失敗了。否則，這次記著的處罰一起算！」

說完又微笑著轉向項羽道：「羽兒，你這寬厚仁慈的性格可真像你爹項少龍。」

項羽不置可否的笑了笑，眼睛望向那受責剛剛站起的莫為，卻見他虎目中向自己投來了兩束感激之光，但虎軀卻還是對善柔給他的威嚴餘悸未了的微顫著，由此可見這貌似芙蓉的美夫人在眾屬下面前是何等的「兇神惡煞」。

善柔這時卻又轉身對項梁道：「對了，項大夫，扁興既然不在吳中了，潔兒的病就麻煩你為她治了。你既是少龍的兄弟，我想你絕對不會不救少龍的女兒吧？」說完臉上暗閃過一絲詭秘之色。

聽得她最後的一句話，項梁和項羽心神均是同時猛的一震，臉色大變。

什麼？解秀潔是少龍的女兒？這……這是不可能的呀！項梁強抑住心頭震驚。

三哥有七位夫人，可是一個也沒有給他生下子女，連羽兒也是二哥滕翼送給他過繼的義子，怎麼會與這善柔夫人生下一個女兒呢？這……這到底是怎麼回事？難道是……

項梁正如此心潮洶湧的想著，震驚萬分的項羽已是禁不住失聲脫口道：「你說什麼？你女兒是我妹妹？」

話剛出口，項羽頓即知自己失言，一臉驚詫交合著惶惶不安的望著善柔。

善柔此刻俏臉上露出嬌若桃花的笑容，望著項羽柔聲道：「不錯，潔兒就是你同父異母的妹妹，你致娘是我的妹妹。」

項羽聽了心下覺著有一絲苦澀的失望，但又有一份突如其來的驚喜，同時亦也明白了為何自己對解秀潔和善柔一見面就有著一種莫名親切感的緣由。原來是因那小美人是自己妹妹，原來是因這善柔夫人是致娘的姐姐。

項羽正傻愣愣的看著善柔，心中一片凌亂之時，善柔卻叫過了一臉幽怨也是驚又喜的解秀潔來到項羽面前，扶著她的香肩，柔聲道：「潔兒，他就是你哥哥了。叫哥哥啊！」

解秀潔秀目中突然落下淚來，嬌軀微顫著，音若蚊蚋的叫了聲「哥哥」後卻又突地抱住善柔低聲哭泣起來。善柔似是明白女兒的心意，微歎了一聲後，輕拍著她的柔背低聲道：「潔兒，見到你哥應該高興才對啊？怎麼哭呢？怕哥哥笑話你嗎？好了，不要哭了！要知道你也這麼大的人了！再過兩年都要找婆家了。」

項羽這時心中也覺酸酸的，木然的叫了一聲：「秀潔妹妹。」

若有所失的也沒得言語了。

項梁雖是暗責項羽太過疏忽，但事已至此也沒得什麼挽回餘地，現刻只有不管他那潔兒是否是三哥的女兒，也只有虛與委蛇的暫且應付著過去了。如此的話，只要彼此不發生什麼矛盾衝突，表面上想來還是會客客氣氣的吧。但看這善柔夫人的顏色和聽她的那些話，確實大有可能以前是三哥的馬子，若是她還念著前情的話，是不會害羽兒的吧！

何況那潔兒對羽兒似是一往情深的呢？此刻變為兄妹關係，也定會盡力護著項羽的了！

善柔夫人還要利用自己為她潔兒治病，暫刻也不會有什麼危險。唉，一切只有聽由天命的任其發展了！不過，羽兒若是有得什麼危險，自己拚死也得保著他！至於會稽之事就只有「暫緩」了，想來三哥遲遲不見自己叔侄二人的消息，定會知道自己二人出事了吧！

如此對於反秦的主體實力是不會有得影響的，就怕嫣然嫂子等因擔心羽兒而也出得關來，若遇見辣皮夫人可就糟了。

項梁前前後後憂憂慮慮的想著，最讓他擔心得多的還是項羽，因為他若出了什麼事，自己萬死也不抵其咎啊！嫂子和眾兄弟等臨行前已是千叮萬囑的叫自己保護羽兒的，誰知此刻竟弄得個如此局面來？

不過又忽而怪怪的想著，這善柔夫人雖是曹秋道的弟子，性子也顯得凶柔難測，忽陰忽陽，不過憑三哥的眼光當初要泡上她，想來也有其溫柔善良的一面吧，說不定正如她先前對羽兒所言，不會說出自己等的身分，而盡力幫助自己二人呢！但是她這些隨從也聽到了……

如此想來，項梁的心情自我安慰的平靜了許多，見著項羽傻愣愣的怪樣，不禁湊到他耳邊苦中作樂的抑笑道：「羽兒，你此刻可也真是塞翁失馬焉知非福呢！不但得了個如花似玉的便宜妹子，還因此而成為國師曹秋道的徒孫。哈！如此好事，誰不羨慕？」

項羽聞聽得項梁取笑，惱羞交加的低聲道：「項伯伯說個什麼呢？我們現在是身陷險境了，你還有得心情說笑？」

說到這裡又忽而微歎了一口氣道：「唉，要是爹爹在這裡就好了，如此的話我就可以知道那潔兒到底是不是我妹妹了！」

項梁見得項羽並未心智迷竅，心下暗自敬服。對於一個十五六歲從未闖過江湖的少年來說，遇著此等變故，仍能保持頭腦的清醒的確很是難能可貴的，看來羽兒確實是有著其父項少龍的大將風範——遇事臨危不亂！

見著項梁、項羽叔侄二人喃喃嘀咕，善柔似是明白二人擔心什麼，也湊了過來，低聲道：「你們放心吧，我絕對會保守少龍的秘密的！嘿，至於這些護衛，他們都對我的命令絕對服從，我會叫他們保守秘密的。對了，你們是不是懷疑潔兒不是少龍的女兒啊？待著見了少龍，找他對口就水落石出啦！」

說完一臉頑皮之色的朝著二人眨了眨眼睛，似是在說，我說的可全是真話，信不信就由得你們的了！

項梁知道此刻已是身不由己了，憑自己二人與他們硬拚，定是必敗無疑。如今之計就是只好姑且信著她，還有就是希望羽兒不要被她花言柔語所惑，洩了牧場地址和自己二人來吳中的目的。心下想來，當下苦笑道：「我們當然信得過夫人了。嘿！我剛才只是在說羽兒得了個漂亮的妹妹和美麗的娘親而已。」

善柔聽了臉上微泛起桃紅道：「項大夫可也真是為老不尊，竟跟羽兒說這等話！」說到這裡，忽地抬頭看了看天色，驚聲道：「噢，天都快黑了呢！我們在這裡耽擱都快有二三個時辰了，還是快趕路，到前面的鎮集找店歇息吧！」

項梁和項羽到現刻才被善柔這話提醒，抬頭往西天望去，果見夕陽已是冉冉欲墜，西方的天空被夕陽的餘輝染得一片血紅。

項梁突地看著憂喜參半、楚楚憐人的解秀潔，長長的舒了一口氣，心裡歎息著暗忖道：「唉！都怪自己太過多事，惹出這許多心煩之事來！現在能不能逃過此劫，就全看天意是否助我叔侄二人了！」

天黑時分，一行人終於到得一個叫作「何家屋」的鎮集。此鎮並不算大，大約有三四百戶居民，鎮中店鋪大半都關了門，只微微透出點點昏黃的燈光，偶而傳來幾聲絮語和幾聲淒厲的狗叫聲，使得這蕭索的鎮集在這黑夜之中更增幾許讓人感覺冷落蕭然之意。

這就是暴秦統治引發戰爭的悲哀了！

項梁心下默然傷感的想著，憶起當年秦滅楚時的荒涼之景來，不禁更增幾許悲意。

突地聞聽得前面傳來莫為粗曠的聲音道：「夫人，這裡有家『行吟客棧』！我們就在這家店鋪投宿吧！」

說罷又聽得他衝著客棧老闆喝道：「喂！店家！有沒有上等客房！還有給我們準備一桌上等酒席和造一些便飯！」

莫為話音剛落，頓聽得一個音帶惶然之聲道：「這個……客官，小店已經客滿了，還請多多海涵一二。你們另投他宿吧！」

莫為聞言頃刻惱火道：「什麼？沒客房了？叫那些睡了的人全給老子讓房！今天你這客棧老子全包了。這裡是五十兩黃金，夠付房錢了吧？快點給老子去辦！」

那店家似有點哭聲道：「這個……小店已經給一位官爺給先包了下來，現在……叫小人實在難辦哪！」

莫為大怒道：「什麼大不了的官爺？架子這麼大？竟然包下了整個客棧？你去叫他出來，讓老子跟他談，叫他讓了出去！他有得夫人這麼尊貴麼？快去！快去！叫那傢伙出來！」

項羽等這時也已來到這家「行吟客棧」門前，卻見莫為正大目圓瞪氣勢洶洶的對著一位三十幾歲模樣平凡樸實，稍有著幾份斯文的店老闆指手劃腳的大吼著，而那店主卻被嚇得劇烈的顫抖著，似是左右為難一臉苦相的愣愣看著莫為，而就在這時樓上傳來了一陣似是熟悉的粗野喝罵聲道：「什麼野傢伙在這裡大喊大叫的擾亂咱爺們的春香好夢？你再給老子叫，我就把你剁成肉漿！」

項羽聞言偷笑著對項梁低聲道：「這世界真是狹小，想不到又冤家路窄的碰上了軍官了！」

項梁也笑道：「嘿！我們等著在一旁看好戲吧！」

二人正低聲說笑著，莫為聞言果然暴跳如雷的吼道：「你他奶奶個熊，比老子還橫啊！你給老子出來，我莫為今天不割了你的舌頭挖了你的眼睛，老子今天就不姓莫而改姓沒！」

樓上那喝罵聲頃刻變得驚惶道：「啊！原來是稷下劍派的莫兄到了！在下乃是趙公公手下四大法王之金輪法王的門下胡鬧，不知莫兄光臨，方才言語多有得罪，還請見諒！」

說話間，日間那軍官已是走到樓上走廊，見著善柔和徐靖一眾人也都在場，臉上驚惶之色更深，三步並作兩步的「滾下」樓來，走到善柔身前深施一禮後喏道：「原來……原來夫人也來了！請恕屬下方才失禮！嘿，我家法王今天也在這客棧裡投宿，我這去叫他來接見夫人！」說罷就欲轉身去叫什麼金輪法王。

項梁聞言心裡暗自一驚，忖道：「糟糕！要是被這什麼金輪法王知道了我們的消息可就……」

心裡正如此驚慌的想著，卻突聽得善柔冷聲道：「不用驚動法王了！你們有沒有空餘的房間？退出幾間來給我們暫住一宿就行了！」

原來善柔也想到了項梁、項羽二人，怕得那勞什子的什麼法王來了問起二人來歷，那自己可有得麻煩，倘被他窺破了二人身分，可就更糟。想著這些，所以只得姑且忍下傲氣，說出如此一番顯得在這什麼金輪法王面前矮上一截的話來。

那叫作胡鬧的軍官聽得善柔這話，腰杆更是挺直了些，卻還是不敢放肆的輕聲道：「這……那屬下就不去通知法王說夫人的到來了。噢，空房有得是！屬下馬上就去給夫人騰出二間上等廂房和幾間二等廂房來！」

項梁見了此景，想著這軍官還對善柔有著幾分恭敬，或許是因怕她去向趙高告狀了。如此看來這金輪法王對這胡鬧軍官非常疼愛，而金輪法王又在宦官趙高面前非常得寵了！倒是很想見見這金輪法王到底是個什麼樣的人物？日後好……

項梁正怪怪想著，卻想曹操曹操就到，只聽一個聲若洪鐘的聲音哈哈大笑的傳來道：「胡侄亂說什麼？善柔夫人到了我怎可不出來迎接呢？日後若是被曹國師知道了，我可不就很是難說得過去？」

話音剛落，卻見一個身披紫紅色袈裟的龐大身影從樓上凌空飛落，踏地之後雙目神光閃閃的一掃眾人，最後落在善柔身上。

善柔見得來人，心中不覺的生出幾份不舒服的感覺，因為這金輪法王生得一臉橫肉，頭上披著一盤金髮，眼睛也是不像常人，眼珠是為紅色，再加上那一雙比常人大出一半的巨掌，確實是教人會「望而生畏」。

項羽見了心下也是發毛，暗忖道：「中原裡怎麼會有這種怪物？是不是人生的？」

正如此怪怪的思忖間，善柔已是平靜下來冷冷的道：「讓法王大駕出迎，善柔真是打攪你了！我們此行前去吳中為潔兒尋醫路過此地，找不著宿頭，所以……」

那金輪法王打斷她的話，哈哈笑道：「夫人哪裡話來？我此行來吳中之前，國師曾吩咐過叫我若遇得夫人，可要好好關照。嘿，想不到找著不如撞著，叫我也碰到夫人，怎敢怠慢呢？」

說完又轉身向胡鬧喝道：「給我把東廂和南廂所有的房間給退出來讓得夫人及眾人休息！還有，叫這店家準備幾桌上等酒席，讓我為夫人接風！」

胡鬧聞言恭聲退了下去。

善柔當下也不好意思再行推脫，只得叫了徐靖、莫為等打點眾護衛隨了胡鬧先進房休息，馬匹交由店夥計餵料飲水，待得飯造好後再出來用膳，同時用眼色示意項梁、項羽二人也混進眾護衛中以避開這金輪法王，以免他對二人生出疑心，如被發現那她也就難以護得二人了。

項梁和項羽二人也不想面對這金髮怪人，見得善柔眼色，馬上明白過來，當下也正準備舉步隨了眾護衛去廂房去，金輪法王的目光卻突地落在二人身上，沉聲道：「這二人好像不是夫人的門下，怎麼也會……」

項梁、項羽二人聞言正暗自心神大震，善柔卻已打斷那金輪法王的話頭道：「噢，他們叔侄二人是我請來沿路照顧潔兒的大夫！」

金輪法王漫不經心的應了一聲：「原來如此。」便沒再注意二人，與善柔閒聊起來。

項梁和項羽暗鬆了一口氣，跟著眾武士叢中隨了胡鬧指引，去得廂房休息。這一場虛驚使得二人均都出了一身冷汗，同時也暗中感激善柔，不覺對她的話信了幾分。

平息過緊張的情緒後，項羽低聲對項梁道：「伯父，這善柔夫人真的是在幫助我們呢，你看她女兒是否真是我妹妹啊？」

項梁戲笑道：「你是不是想著小美人兒老婆變成了個小美人妹妹，感到心裡不舒服啊？」

項羽臉紅道：「我是在說正經話呢！伯父不要取笑羽兒了！」

頓了頓又道：「若這善柔夫人說的是真話的話，我們就真的因禍得福，吳中之行就方便多了。不過，這令人討厭的金輪法王卻是個禍患，若他跟在身邊無異於是一個定時炸彈，我們隨時有被發現身分的危險。」

項梁點了點頭又搖了搖頭道：「情形若真是這樣，對我們自是大大有利。但羽兒，人心莫測，我們不可以輕易相信別人！最好還是中途尋個機會能溜走最好。」說到這裡忽又問道：「對了，羽兒，定時炸彈是個什麼東西啊？」

項羽聞言一愣，嘿嘿一笑的搖了搖頭道：「嘿，這是我爹的新鮮名詞！我也不解其中意思。據爹解釋說就是個隨時會讓人瀕臨死亡的厲害武器。」

頓了頓又轉過話頭道：「伯父，你猜這金輪法王來吳中幹什麼？不會是專程來保護善柔夫人吧？我看這善柔夫人與這金輪法王似是很合不到一塊似的，彼此說話都冷冷淡淡，虛偽的應付著對方，會不會是那什麼國師曹秋道與宦官趙高二人合不來啊？」

項梁聞言心中一動，臉上閃過喜色過：「羽兒你的腦筋轉得可真快呢！嗯，我看此事大有可能。憑曹秋道孤芳自傲的個性，他絕不會願意屈服於趙高手下。看來二人是面和心不和，彼此都在勾心鬥角爭權奪利了。我們以後可以利用此點讓他們狗咬狗的鬥個兩敗俱傷，那我們就可以坐收漁翁之利。哈！我們此行雖是受這挫折，可也不算浪費時間呢！」

項羽點頭後卻又臉色嚴肅的道：「但他們在秦王朝這一點上利益卻又是一致，因為沒有了秦王朝也就沒有了他們的今天。所以他們為了對付反秦的勢力，還是會暫且放開彼此的隔閡而合作對敵的。如此一來……這善柔夫人會不會在背後出賣我們啊！」

項梁聞言心裡也是一突，但臉上卻還是望著項羽露出欣然之色道：「此事確實大有可能。以後我們步步還是得小心為是。這善柔夫人或許是在用假像迷惑我們，以套出我們此行的目的和你爹項少龍的下落，我們決不可以上她的當。其實你爹與你現在的幾位娘親都沒有生子女，怎麼會與這善柔夫人生下一個女兒呢？此事我早就心生懷疑了。看來這夫人是用計在詐騙我們，我們得防守好自己的情緒，千萬不可被假像所迷惑，而意氣用事洩了底！」

二人正嘀嘀咕咕的分析著眼前的情況，忽聞聽得敲門聲和莫為混沉的聲音道：「項大夫、項公子，晚飯做好了，請出來用膳吧！」

項羽對這莫為的粗曠樸實生出好感，聞聽得他的叫聲，忙從床沿上站起走去開了門，對著那望向自己的莫為笑道：「謝謝莫大叔了！」

莫為似是對項羽日間替他為夫人說情，使他免受了什麼「萬噬咀心」刑罰之苦非常感激，聞言臉上泛紅，恭聲道：「公子說的哪裡話來？這是屬下職責而已，何用言謝？倒是日間在下幸得公子說情而免受責罰，應謝過公子呢！」

說完對著項羽深施了一禮。

項羽手足無措的上前扶起他，笑道：「這個……在下只是隨口說來罷，倒……」

二人言談客套間，項梁走了出來哈哈笑道：「莫兄弟不要與小侄客氣了！咱們一起下去用晚膳吧！免得大家久等！」

三人來得「行吟客棧」的待客廳，卻見廳內已是坐滿了人，大家熱鬧哄哄的，說笑風聲。

善柔和那金輪法王及徐靖、胡鬧幾人坐在西面的一個雅座上，見得項羽、項梁二人，胡鬧目中凶光一閃，眼珠骨溜溜的直轉。

善柔見得胡鬧之狀，知他在氣項羽日間曾傷過他的兄弟，此刻有得金輪法王為他撐腰，說不定會刁難二人，心下不禁大急。

突然胡鬧站了起來，走到項梁、項羽席前，傲慢的看著項羽冷冷道：「這位小兄弟的鞭法挺是不錯的嘛！日間我幾個兄弟聯手也不是你敵手，現在在下想向小兄弟討教幾招，以為大家助助酒興如何？」

說完揮手叫了他的幾個手下，讓眾人騰出一塊空地來讓二人過招。

項羽對這樣被徐靖一招就嚇得「屁滾尿流」的一個傢伙自是不怕，但因礙於那個什麼金輪法王在旁，自己出手的話定會叫他注意上自己，為了考慮顧全大局，只得強忍住心頭怒火，裝作惶然道：「這個……官爺，草民是善柔夫人請來的郎中，日間因見官爺欲非禮夫人，所以氣憤不過傷了幾位軍爺，還請官爺能饒過草民的魯莽。嘿，說起武功，草民因行醫江湖，所以只習得幾招三腳貓的防身招式，此刻怎麼配跟你動手呢？只會讓草民丟人現眼了！」

項羽這一番話雖是卑聲低氣的說來，但其實已是用上了無盡心計，因為胡鬧最怕的是善柔告發他日間對她無禮之事，現在借勢說來，一是可讓胡鬧生出懼怕之心，二是把自己身分靠向善柔，使得金輪法王也得看在善柔份上，而不敢為胡鬧撐腰。這樣一來既可使得胡鬧不得再找自己碴兒，又可保全自己身分不致洩露。無論怎麼說，金輪法王不會當著善柔夫人的面，為本是無禮在先的胡鬧撐腰和盤問自己二人的身分吧？

善柔似是對項羽的這番說辭甚為讚賞，秀目朝他投過一束柔愛的光來，接著又轉向對面的金輪法王憤然道：「這項大夫叔侄二人乃是本夫人請來的人，貴屬怎麼可以為難他們呢？日間那小兄弟確是出手傷了幾人，但他也是出於對我的關切之心才如此作來的！哼，貴屬若是欲向他尋仇，就算到本夫人頭上好了！」

胡鬧聞言頓時臉色蒼白，退回席間，惶恐不安的望著金輪法王，靜待他的責罰。

但金輪法王只是微瞪了胡鬧一眼後，轉向善柔哈哈笑道：「夫人不必生氣的！唉，都怪在下平時管教屬下無方，致使這沒用的傢伙冒犯了夫人的玉駕，夫人若是欲責胡鬧的話，就責罵兩句在下好了。至於胡鬧向那位小兄弟討教武功，此乃他說過是想藉此助大家酒興而已，夫人怎說是他想向那小兄弟尋仇呢？」

金輪法王如此明目張膽的為屬下袒護，善柔不禁氣得玉臉紫青，冷哼道：「但是刀劍無眼，若是不小心誰傷著了誰那可就……」

金輪法王打斷她的話沉聲道：「那只能是怪對方學藝不精囉！不過我會叫胡鬧手下留……」

善柔心下冷笑忖道：「連我也不是羽兒幾招之敵，這胡鬧是自取其辱！」心下想來，不待金輪法王把話說完，不怒反笑道：「好！就讓他們二人比試一場！若死若傷誰也不得插手！」

善柔這方的護衛見金輪法王如此囂張，心下均都有氣，他們都親眼目睹過項羽的神弓鐵珠。

桌拉至靠牆一角，聽中不多時就已空出個七丈見方的空地來。場中氣氛一時怪異之極。

呵，雙方的矛盾開始尖銳化了！

項羽心中喜憂參半。喜的是若自己此戰贏了，就會加深金輪法王對曹秋道一派的仇恨；憂的是如此一來自己也與金輪法王結下了不解之恨，會阻礙自己叔侄二人來吳中的目的。

但是此時與胡鬧一戰已是避無可避！管他那麼多呢！先打了再說！項羽心念一定，抬頭卻見項梁向自己點了點頭，似是示意他痛打一頓胡鬧。

得到伯父允許，項羽更是手癢難當，步入場中，來到已是準備好攻勢的胡鬧對面，雙手微微一拱道：「軍爺，請了！」

說罷緩緩解下腰中麟龍神鞭，隨手一抖，發出一聲虎嘯龍吟之聲，一片鞭影頃刻瀰漫空氣之中。

第十三章　運功療毒

項羽把麟龍神鞭隨手一抖，所散發出的威猛氣勢頃刻使得胡鬧心神一震，不自覺的退了兩步，但繼而瞧著金輪法王瞥過的威嚴目光，不禁虎牙一咬，鬥志徒增，手中一柄似刀非刀似鉤非鉤的怪異兵刃當中一晃，接著暴喝一聲，身形一個箭步標前，鉤刀隨著前衝的身形自身體右上側斜劈而出，再橫掃一拉；竟是一派以硬打硬的亡命打法，使得項羽被他不顧命的攻擊給迫得身體往左側橫退兩步。

胡鬧頓時心中一喜，暗忖道：「哈！原來你這小子果真是只有兩招花花招式！今天老子不把你生劈成兩半才怪！」

思忖間，胡鬧那方圍觀的官兵哄然叫好，為他吶喊助威。

項羽心下冷笑，腳踩「七星北斗步」，手中長鞭亦也展開從「乾坤混元掌法」中演化而來的鞭法。一時卻見項羽四身周圍全是鞭影，而他的真身卻已是給鞭影「淹沒」不見，只有一道道從鞭影中吞伸出的光圈，有若黑龍出擊的直往胡鬧襲去。

如此化實為虛的神妙鞭法讓得胡鬧一時感覺眼花燎亂，手中鉤刀竟是不知從哪個角度出擊為好，手足無措時，項羽突地現出身形，凌空橫身一縱，麟龍鞭快若閃電的帶著破空之聲往胡鬧手中鉤刀捲去。只聽「砰」的一聲悶響，胡鬧手中鉤刀被鞭捲住脫手而出，同時身形亦也給震得連退兩步，但當他還未定神過來時，項羽手中長鞭又回襲而至，鉤刀在他舞動的鞭尖上竟似有人在使般，發出一團團旋轉的刀芒，突地卻又奪鞭飛出，往胡鬧頭部橫削過去。

胡鬧晾魂未定中見得自己鉤刀向自己襲來，不由得嚇得亡魂大冒，暗呼「我命休矣時！」卻突見得金輪法王手中抖出一輪圓形帶齒的輪盤，閃電般向就快擊中胡鬧的鉤刀飛去。

只聽得「噹！」的一聲兵器交擊的巨響，刀輪相碰，鉤刀被一截兩斷的擊落在地，同時一輪金光向金輪法王迴旋過去。

眾人驚呼聲隨著金輪向法王手中飛回而突地靜默下來，都愣愣的靜待著局勢的發展。

項羽心下在暗叫「可惜」之時，亦也對金輪法王剛才一輪之擊截斷精鋼所鑄的鉤刀而暗暗震驚不已。如此剛猛功力確也是他自練成「玄意心經」後所碰到的罕見高手了！或許父親項少龍和二伯滕翼也要略遜之一籌吧！

思忖間，金輪法王龐大的身軀已長身而起，目中射出點點厲芒，逼視著項羽，突地哈哈大笑道：「原來夫人身邊竟還藏有如此年青高手！本法王倒是看走眼了！」說完朝著已是呆若木雞的胡鬧叱喝道：「還不給我退下？呆站在那裡讓人看著笑話嗎？」

說著突地又是語氣一轉，冷冷的望著項羽沉聲道：「曹國師身邊似是除了解儀之外從未聞聽得如此年青高手，不知小兄弟是何人門下呢？」

項羽見著這金輪法王這副「尊容」心下就有點不舒服的發毛，聞言避過他的眼光，正待答話，善柔夫人也已站了起來，遠遠的冷聲道：「我們稷下劍派的高手，法王是否一一知曉呢？這位小兄弟乃是師父近幾年新收的一個門人，師父為了怕我在這兵荒馬亂的時候行走江湖出事，所以派他秘密保護我。至於他是何人門下，法王現在應該已經知曉了吧！」

接著又衝著氣宇昂揚的項羽道：「羽兒，沒你的事了！退回席中去吧！」

項羽隨聲應：「是。」

正待退下，金輪法王卻又突地喝止道：「且慢！夫人說他是國師之徒，為何先前卻又聲稱他是那江湖郎中的侄兒呢？嘿嘿，夫人對這卻是給我個解釋來！」

善柔聞言冷笑道：「是不是我稷下劍派，甚至我師父的行動，法王都要過問呢？如此的話，我倒是叫師父去問問趙公公有沒有批給你這個特權？若有的話，我再來回答你這個問題！若沒有呢，我似乎可以說無可奉告！」

金輪法王聽得這話心暗驚，他雖是甚受趙高寵信，但對於國師曹秋道就是連他主子也得忌讓一二，因為秦二世胡亥對曹秋道也寵信，現今在朝廷中國師曹秋道、丞相李斯和公公趙高乃是權傾朝野的人物，若是得罪了曹秋道，他要怪罪下來，就是連趙高也保他不住。

心下想來，當下氣焰大減的笑道：「夫人這話怎說呢？國師的事情，屬下自是不敢插手管了！哈，在下只是好奇心切，所以才會口不擇言的冒犯夫人罷了。不過在下對這位小兄弟的絕世鞭法確是羨慕得很，不知夫人可否允許在下向這小兄弟討教幾招，彼此切磋切磋呢？當然只是純粹的切磋技藝罷了，夫人不必擔心在下會傷著這位小兄弟。」

金輪法王的這番話可以說是自他出世以來說得最為委婉的一番話，但善柔卻毫不領情，眉頭一皺，玉臉俏寒道：「今日來羽兒連番與人交手，再加上我們長途跋涉未停，已經很是勞累了呢！法王若是真想與羽兒切磋技藝，我看還是留待日後吧！等我們返回咸陽，回得宮中，我定會叫師父向皇上請示，讓你們二人擇個吉日良辰，在朝中文武百官面前比上一場，那不是更為精彩絕倫吧？嘿！那時若是法王勝了，可不是風光得很？說不定趙公公大為高興之下，法王還會因此而連升幾級呢！」

善柔這一番甚是凌厲的冷熱嘲諷，讓得金輪法王臉上紅一陣白一陣的煞是難看，目中凶光閃閃，似是極為惱怒，但慮及國師曹秋道，當下還是只得強行的抑制住心中的怒火，尷尬的一陣哈哈大笑道：「夫人可真是會說笑呢？為得些許小事怎敢驚動皇上？嘿，既然小兄弟累了，那本法王就待日後再向他討教！」

說到這裡，目中閃過狡獪之色，陰險的嘿嘿笑道：「對了夫人，近段時間那些亂臣賊民到處作亂造反，夫人可得小心為是噢！今次我奉趙公公之命來豐縣查看當年始皇為破壞當地龍氣而建的『厭氣台』時，被我不經意的發現了這吳中地似也隱隱的出現了誕生帝王的祥雲瑞氣，因此來到此地尋察破壞這龍氣的風水之地。嘿嘿，既然此地有龍氣出現，看來不久也會出現什麼亂事了，夫人的金枝貴體還是不要久待在此地為好啊！同時夫人也得小心那些反賊滲入身邊噢！」說完不經意的看項羽、項梁一眼，嘿嘿的怪笑了兩聲。

項梁聞言心中暗驚，想不到這金輪法王還真有點道行，竟然懂得風水之術，且冥冥中似已窺破了自己等想進兵吳中的天機。自己也曾看過幾本此類的典籍，這風水術倒是確實蘊含著無窮無盡的竅門，若真給這金輪法王破了吳中的風水龍氣的話，那自己等他日進兵中原，豈不是因此而遭失敗？這……這卻如何是好？

項梁正暗自焦慮時，善柔已是發話，冷笑道：「這個卻不勞法王為我們擔心了！我自會知曉如何保護自己！噢，晚了！我們想先行告退休息。法王請自行慢慢用膳！」說罷竟不理金輪法王再打圓場的話，叫了眾人各行回房休息、卻讓項羽、項梁二人隨了她至她房中。

項羽、項梁二人滿心忐忑的跟著善柔去了東邊的上等廂房，金輪法王看著他們離去的背影，目中厲芒連閃，嘴角浮起一絲陰毒的冷笑。

隨了善柔到得房中，卻見她微笑的望著項羽柔聲道：「羽兒今天可真為我出了一口鳥氣！那金輪法王真是太過囂張，連我也沒放在眼裡！」

說到這裡突地臉色一沉道：「不過，羽兒，這金輪法王是個睚眥必報的小人，對我他雖不敢怎樣，但他也是個精明的人，現已懷疑你們的身分，若是被他窺出破綻，知道我說的是謊話，他必會陰魂不散的跟著你，以報一箭之仇，所以你們二人今後行事可得小心一二，免得滋生事端。」

這番話前半段不倫不類的粗口柔聲說來，正讓得項梁、項羽二人啼笑皆非時，忽又聽得她後半段的正言肅詞，不禁心神大震，暗自敬服這俏美夫人來。

項羽頓即肅容：「多謝夫人提醒！」

善柔聞言卻是臉色淒苦的笑道：「羽兒還是不能信過柔姨嗎？唉，現刻我是有些事情在隱瞞欺騙著你們，但一是為情勢所迫，容不得我吐露真相；一是想獲得你們的信任。」忽地又歎了一口長氣道：「這十多年來，柔姨的心很苦呢！這種與狼為伍的日子，柔姨不知活得有多累，但是我還是不得不貌合神離的跟他們狼狽為奸，因為……我有著……難以言喻的苦衷！我……我……」

說到最後竟是美目悄然流下兩行淚珠，低聲啜泣起來，嬌軀也不禁微顫著，顯是被觸發傷心事情以致情難自禁。

項羽不禁被她滿含辛酸的真情流露之語所感染著，黯然神傷的心情波動起異樣的情緒來，抬頭望著善柔夫人那張梨花帶雨的俏臉，心中一熱，脫口熱切的喚了聲道：「柔姨！」

善柔聞得這聲發自項羽內心的真情呼喚，嬌軀劇震，驚喜交加的忍不住上前一把緊抱住項羽的虎軀，哽咽的柔聲喚道：「羽兒！」

看著此等悲傷的感人之境，靜站一旁的項梁心中也覺被一股異樣的情緒激動著，眼角不知何時竟也濕潤起來。三人就這樣在感情交流中靜靜的沉默著。門外突地傳來徐靖惶急的聲音道：「夫人！不好了！小姐的病情又復發了！」三人聞言這時均是大驚。

善柔忙放開項羽，衝至門前推開房門，臉色煞白的道：「你說什麼？潔兒她……現地怎麼樣了？快……快帶我去看她！」

善柔隨著徐靖急步向鄰近的廂房走去，項羽、項梁也是心情緊張的忙跟上他們。

到了解秀潔房中，卻見床前站著兩個滿面淒容的俏婢，床上的小美人兒臉色蒼白，汗珠大顆大顆的從額上冒出，嬌軀不停抽搐發顫，呻吟聲淒厲之極，顯是正在極度的痛苦之中。

善柔悲呼一聲衝上床邊，俯身抱住不斷扭動的解秀潔，聲音顫抖的道：「潔兒！潔兒！你不要嚇唬娘啊！娘若是沒有了你，卻是叫我怎麼活啊！」說著已是大聲痛哭起來。

正因病發作痛苦不堪的解秀潔聞得母親哭聲，睜開了一雙失神的美目，當她看到項羽望著自己的含有某種複雜感情的目光，蒼白的臉上突地顯出一抹紅潮來，呻吟聲和抽搐的嬌軀也均都停下，失神的美目也閃出幾分神采。

善柔見狀似明白女兒此刻狀態的緣由，微怔了一下後忽地轉身朝項梁惶聲道：「項大夫，請你為潔兒再發功一次吧！她……」話未說完已是泣不成聲，目光楚楚憐人的望著項梁。

項梁此時對這善柔夫人真的是甚俱好感，因她方才對項羽說的一番話使他很受感動，聞言頓即上前為解秀潔把了一把脈後，臉色突地大變，語音沉重的道：「夫人，潔兒的病情似乎更加惡化了！想是我運發至她體內的玄意真氣雖是打通了她滯固的五陰絕脈，但因她病情已是至得膏肓之境，所以反起到了負面作用。我的玄意真氣陽剛之氣觸發她體內的陰寒之氣，更加劇了她的病情。」

善柔和項羽諸人聞言均是色變，善柔悲聲叫道：「那……項大夫！現在該怎麼辦呢？」

看著這善柔夫人現刻六神無主的模樣，項梁心中也不知該說些什麼為好，因為憑他的醫術推斷，解秀潔的病情已是惡化至讓他無能為力的地步，說不定再過兩天這小美人就要香消玉殞，目下唯一的方法就是再用玄意真氣的陽剛之力，暫時抑制住小美人體內陰寒之毒的擴散，如此或可減輕她現刻的痛苦，但……若救得她的性命已是不再能了，反只會加速她的死亡。

這自己該怎麼說呢？項梁心中遲疑憂愁之極時，目光落在也是一臉慘容的項羽身上時，心念倏地一動，暗忖道：「羽兒已練成了『玄意心法』的第四重，功力比我深厚許多，若是由他發功為這小美人治病，說不定他的至剛至陽的玄意真氣可以逼出小美人體內的陰寒之毒呢！」

想到這裡，項梁緊鎖的沉凝臉上忽地露出了一絲喜色，只讓得善柔如在冰天雪地之中見著一盆炭火般，心神為之大喜，以為項梁思忖出了診治女兒這五陰絕脈之症的方法。

只聽得項梁沉聲道：「只好賭上一賭了！」說完叫過傻愣愣的項羽道：「羽兒，這次由你來發功為這小姑娘治病！記住，她的小命可全在你手裡了！你可得凝心靜氣發動玄意真氣，在她體內的五大陰脈裡，直至通行無阻時才可收功！」

接著再跟他講了一通如何運氣逼毒之法，叫善柔扶正解秀潔的嬌軀後，再讓項羽脫了靴子，上得榻上，伸出手掌抵在解秀潔的纖掌上運功為她逼毒。此時不能讓人打攪，又叫善柔叫來徐靖、莫為等兩大高手為二人護法。

半個多時辰過去了，項羽臉上此時通紅發亮，似若一塊紅玉，而解秀潔的頭頂百會穴上冉冉冒升出一絲一縷陰寒青氣，看得眾人大喜之餘又是緊張不堪。

行功已至緊要關頭，項羽臉上的紅色漸漸消退而露出蒼白之色，豆大的汗珠一滴一滴順著他的俊臉流下，看來他已運功至極限而漸至虛脫之景。項梁看得心頭大驚，忙閃身至項羽背後伸出雙掌抵在他背後，發功送至項羽體內。

善柔看得心神都快為之窒息，酥胸嬌喘起伏不已，而就在這要命的時刻，門外突地傳來徐靖的低聲阻喝道：「法王，小姐病情已經好轉，不勞您老掛心，請回吧！」

原來金輪法王一直派人監視著善柔眾人的動靜，聞聽得項羽正在為解秀潔治病，心生歹毒之意，當即率了一眾人借探問解秀潔病情為由，前來攪亂。聞聽得徐靖之言，金輪法王故意發出一聲哈哈大笑道：「本法王特意來探望潔兒病情，怎可不見她一面呢？」

這陣大笑運了內力發出，使得項羽心神劇震，當即噴出一口鮮血，讓項梁和善柔見了同時大驚。但項羽得伯父內力後繼之助旋即又定下心神，竟還是強摧殘餘內力至解秀潔體內。

善柔此時心中驚怒交加，對那金輪法王的歹毒之心恨得咬牙切齒，但見著項羽慘變，又是關切之極，正焦慮萬分時，門外已是傳來打鬥之聲，顯是金輪法王正欲強行進房。

善柔心下怒不可抑的正欲出門喝止金輪法王，房門卻轟然大開，傲然長笑聲中，金輪法王已是進得房內，使得善柔內心狂驚之下脫口驚叫道：「你想幹什麼？」言語間已是拔出長劍遙指金輪法王，想拚命也要護得三人。

金輪法王見了善柔驚惶的模樣，心中湧起一股報復的快意，但臉上卻還是裝出詫異驚色道：「夫人這是幹什麼？如臨大敵似的！我可是好意來探望潔兒病情啊！你……你怎可如此對我呢？」說完又故意把身往後退了兩步。

門外的徐靖、莫為等正與金輪法王的一眾手下打鬥著，善柔見狀冷笑怒極的道：「還說是來探望潔兒？那你帶來一眾手下幹什麼？哼！你……你根本就是不安好心！回去時，我定會叫師父去向趙公公討回這個公道！」

金輪法王這時卻是毫無懼色，聞言又是一陣哈哈大笑，冷然道：「夫人不要總是拿國師來威脅我！哼，這什麼項大夫、項小子二人根本就不是國師的門人，對不對？我現在懷疑他們是陳勝派來吳中臥底的賊，要緝拿他們回去審查！皇上說過，對於這些反賊，寧可錯殺一千不可漏網一個，緝拿反賊是皇上派任給我的職責，夫人不會阻攔我吧？」說罷又是一陣大笑。

善柔聞言一陣心虛，強力抑制內心軟弱，怒道：「你……你這是公報私仇！潔兒和羽兒若是有得什麼閃失，我定要找你拚命！」

金輪法王方才之言，本是在疑心之下斗膽的偽詐之語，想不到善柔果被自己唬個正著，露出馬腳，見狀心下大喜，狂態復發道：「嘿嘿，夫人若是阻止我行辦公事，那我就……不客氣了！此事就是被皇上知道，我也沒得什麼責任！至於國師……他可也沒得什麼話說了！因為我可以說你跟反賊同流合污欲謀造反！」

善柔被金輪法王這一番話氣得玉臉鐵青，可又十分擔心著解秀潔和項羽二人，正自心急如焚得不知怎麼辦才好時，項羽突地又是慘叫一聲，噴出一口鮮血，身體向後倒去。

這一下嚇得驚怒中的善柔和已是臉色蒼白的項梁亡魂大冒。項梁一把抱過已是昏迷不醒的項羽，聲音發顫的道：「羽兒，你醒醒啊！」

而善柔則是衝至床邊扶起面色紅潤的解秀潔，驚喜的道：「潔兒，你的病是否感覺好些了？」

解秀潔「嚶嚀」一聲睜開秀目，見著母親，沒有回答她的問話，反問她道：「羽哥哥呢？方才我聽到他的慘叫之聲，似乎看到他滿身是血，他……他怎麼樣了？」說著滿臉惶急之色。

項羽這時也呻吟一聲醒了過來，解秀潔聞聲望去，見著項羽果真渾身是血，一張本是紅潤的臉煞是蒼白，虎目中也是失神無光，芳心劇震，脫開善柔手臂猛的一把抱住項羽，火熱驚惶的淒叫了聲：「哥哥！」又是輕泣起來。

項羽見了，蒼白的臉上露出一絲舒心的笑意。

自己果然不負所望打通了「妹妹」的五陰絕脈，逼出了她體內的陰寒之毒，只不過自己……

項羽感覺自身的內臟痛得猶如萬針同刺般，剛才金輪法王的一陣猛然大笑使得他真氣走岔，反震自己心脈，已是受得重傷。

金輪法王冷冷的在一旁看自己的「傑作」。哈！這年青的高手受了重傷，自己要擒獲他已是容易多了！抓住他之後自己隨便給他加個罪名折磨而死，那善柔夫人的實力將會大打折扣。而國師追究起此事來，自己也可推脫一乾二淨，真是痛快之極！

金輪法王心下想來，當即走了上前去對善柔冷冷道：「夫人，這兩個疑犯在下想帶走了，你不會有異義吧？」說完又叫進了早就停手的自己的一眾手下，叫他們準備擒拿起項梁、項羽二人，似是根本沒當善柔還在旁邊似的。

項梁這時虎地站了起來，怒目圓瞪金輪法王眾人，冷森森的道：「看來老子要大開殺戒了！」說著已是緩緩拔出了腰間佩劍，正待挺身向自己圍近的眾敵反動攻擊時，善柔卻突止住了他道：「項大夫且慢！此事不用你們插手！我善柔今天倒要看看這老傢伙怎麼敢拿我們？」

說完手中已自革囊裡掏出了一面虎頭金牌，高舉過頭喝道：「現有皇上御賜的金牌在此，見牌如見駕！」

金輪法王見得善柔手中令牌，心神大駭，當即雙膝一跪躬身俯地顫聲道：「吾皇萬歲萬萬歲！」

他手下的一眾武士見狀，既刻也跪了下來，恭聲高呼「萬歲」。

善柔待得眾人站起來後，冷冷的對金輪法王道：「法王是否還要緝拿項大夫叔侄二人呢？」

金輪法王想不到善柔有此「奇兵」相助，雖是氣得咬牙切齒，但對這違抗「皇上」令牌之命的欺君之罪卻還是不敢扛，聞言道：「奴才豈敢違抗皇上令牌之命！夫人，屬下告退了！」

善柔卻是冷喝道：「慢著！每人給我自己掌嘴十下才可走開！」

金輪法王聽了目中凶光一閃卻旋即收斂，心下惱怒已極的迅速自掌了十記嘴巴以後，冷哼一聲不顧手下隨從奪門而出。

待得金輪法王那幫人退下後，善柔的整個人也像虛脫了似的頃刻疲軟下來，步履踉蹌的走到項羽身前，柔聲問道：「羽兒，你現在怎麼樣了？」

項羽聞言強打起幾分精神笑道：「柔姨，我沒得多大礙的了！只是暫時虛力而已。」

項梁責聲：「什麼暫時虛力啊？你的內腑已經受了嚴重的震傷了！小子，到此刻還要充英雄好漢！已經沒得美人對你垂青啦！」說完朝解秀潔望了兩眼，似是在說道：「你的小美人兒老婆已經變成小美人妹妹了，還泡誰啊？」

項羽明白他話中之意，臉上一紅道：「伯伯，你也顧些羽兒的面子，不要抖我的底嘛！」

善柔聽了又是關切又是氣惱的笑罵道：「你這小子可確實是像透了你那死鬼父親項少龍！死到臨頭還是嘴硬的要充英雄！」

項羽聞得善柔說起父親，心下一陣神傷魂斷。唉，老爹，你們是否出得塞外了呢？羽兒現在好需要你的幫助啊！若是有你在身邊，羽兒和善柔阿姨他們也就不用受那金輪法王的鳥氣了！

項羽正黯然的想著父親項少龍，解秀潔突地嬌聲道：「娘，那可一定得想法治好羽哥哥的病啊！他可是為了救我而受傷的！若是他有得什麼意外，女兒也不會獨活了！」

項羽和善柔聞言都是心神猛地一震。

項羽暗忖道：「傻妹子心性怎麼也像她娘一樣有時如此急烈啊？不過她是出於對自己的關切。」

善柔卻是想道：「想不到這妮子對羽兒用情竟是如此之深！他日找著少龍，定要教他促成此段姻緣，成全這對郎才女貌的璧人。」心下想來，當下細細再次打量了一番項羽和女兒的嬌羞之態，真是越看越高興，忽地一陣銀鈴脆笑道：「潔兒，你放心吧！你羽哥哥啊他吉人自有天相，不會有事的！」

解秀潔見得母親的詭異目光，俏臉一紅，撲進善柔懷中撒嬌道：「娘，你取笑人家！我不跟你說了嘛！」說完卻又俯在善柔耳邊低聲道：「娘，羽哥哥真的沒事嗎？他……他是否是我親哥哥？」

善柔想不到這鬼丫頭卻也如此機靈，從自己目光中就猜出項羽可能不是她親哥哥，聞言當下也俯在女兒耳際低語道：「不是啦！我先前如此說來只是在騙你羽哥哥他們，獲取他們信任為你療病的。嘿，你這鬼丫頭是不是真喜歡上你的羽哥哥啦？若是的話，娘可以……」

解秀潔未待善柔的話說完，已是驚呼出聲道：「女兒不來了嘛！」話音剛剛出口，當即發覺自己失態，旋又躲進善柔懷中，一張俏臉燒得通紅，芳心卻是怦怦直跳的暗喜不已。

善柔微微一笑，扶正嬌羞不堪的女兒後又道：「對了潔兒，你現在感覺五陰經脈中是否還有殘餘的陰寒毒氣？」

解秀潔稍定了一下心神，目光偷瞟過項羽後，音若黃鶯出谷般清脆的答道：「我現在感覺全身血液都暖烘烘的暢行無阻，並且體內還有一股灼熱的真氣在流動著呢！」

善柔舒緩了一口氣後走向項羽道：「羽兒，潔兒的病勞費你大耗真力！對了，你的傷勢現在不宜過分勞心力，我看你們去吳中要辦的事，不如交由柔姨去替你們辦吧！」

項羽、項梁聞言面面相覷，自己等意欲反秦的事卻教他們怎麼能向善柔說出呢？倘是說了，那境況可……不過善柔這話卻也提醒了二人自己來吳中的目的，不禁心神又都為之一緊。唉，何時才能到得吳中實施自己的計畫呢？

善柔見了二人神情，似是明白了些什麼，臉色大變的失口驚叫道：「你們真的是陳勝王派來吳中臥底？」說時怔怔的看著項梁、項羽叔侄二人，讓人一時不知她心裡在想些什麼。

項梁、項羽二人聽得善柔這聲驚呼，心神也都同時一震。項梁苦笑的冷冷道：「夫人既已猜出我們的來歷，不知會把我們怎麼樣呢？」

解秀潔已是悄臉蒼白，慌亂不知所以的望著項羽，旋又一臉哀求之色的望向母親善柔。

氣氛頓時給凝結僵化起來。

沉默良久，善柔突地嫣然一笑道：「我不管你們將來吳中做些什麼，我只知道我一定會幫著你們。好了，我們不談這令人不愉快的事情好嗎？不過在羽兒傷勢未好之前，我希望你們不要離開，無論如何我也要待羽兒傷勢痊癒之後，再放你們去做你們想做的事。」說到這裡頓了頓又道：「不管你們遇到了何等危險，記著不要忘記柔姨或可幫上你們一把！」

項羽聞言一怔，心中不明善柔的話說的到底是真是假。解秀潔忽地掠至他身邊輕笑道：「羽哥哥，娘不會出賣你們的，你放心吧！」

項羽心頭一熱，突地跪地向善柔拜了下去道：「羽兒謝過柔姨關心！」

善柔見狀不知所措的忙上前一把拉起項羽，摟進懷裡，輕扶著他的臉頰道：「瞧你這是做什麼？他日若是見著你爹，說不定我也會跟著你們反了秦王朝呢！你不知道柔姨多麼討厭秦王朝的殘暴和官場上的黑暗？」

說到這裡頓了頓，歎了一口氣又道：「唉，生活在這時代的人雖都瞭解這個社會，但卻都沒有膽子來反抗這個社會。因為你一旦出頭起來反抗這個社會，它就會把你吞噬掉。除非你能推翻這個暴政另立新政。」

說著眼睛忽地發亮道：「但是這個世上又有什麼事情能夠難倒項少龍呢？只

要他想做的事情，就一定會成功的！」

項梁這時開口道：「夫人這番話真是一針見血的說出了現今這個社會人們的心態。不過當人們承受這個社會給予的壓力達到了飽和點時，還是瀕臨死亡前的怒吼。星星之火可以燎原，秦王朝覆亡的日子確實是不遠了，因為人民的力量終究是偉大的，它可以創造一切，也可以毀滅一切。夫人若是真能棄暗投明，我代表少龍和他的八千鐵騎歡迎你！」

項梁的這番話全是自項少龍那裡聽來，這時依他的語氣說來，也有一番意氣昂揚的氣勢，只讓得善柔聽了心懷澎湃不已的道：「好！只要少龍哪日進吳中，我善柔就哪日投靠他！」

三人自這一刻再無隔閡，相視大笑起來。

金輪法王再也不敢前來搗亂。翌晨，善柔、項羽一行起來用過早膳後也沒跟金輪法王打過招呼，就駕車起行向吳中進發。

項羽的傷勢真的很重，時時吐出血團之後就又昏迷不醒。只讓得項梁、解秀潔、善柔三人心頭大急，卻又不知如何是好。

解秀潔秀目通紅道：「梁伯伯，你不是大夫嗎?怎治不好羽哥哥的病啊？」

項梁也是面容憔悴的道：「唉，伯伯只是個冒牌大夫而已。羽兒他心脈被玄意真氣震亂，我所知的唯一能治好他傷勢的方法，就是能有一位功力比他還高的人用內力鎮住他紊亂的心脈，同時打通他的任督二脈，讓羽兒的真氣能夠凝集於丹田之中，達到生生不息之境，隨後就可讓他自行運功療傷，傷勢才可痊癒過來。但是……唉，當世之中能有幾人內力能高得過羽兒呢？」

善柔忽道：「要是少龍在的話，他會有辦法的！」

項羽搖頭苦笑道：「三哥的武功雖當世沒得幾人能敵，但我想他的內力也高不過羽兒。」

善柔沉吟了一番，咬了咬道：「無論如何我也想要治好羽兒的病。過些天待你把吳中的事辦好後，我就帶羽兒回咸陽，懇請師父為羽兒療傷。羽兒傷好後，我再跟他一起來找少龍。」

項梁聞言一喜道：「當世之中確實只有你師父曹秋道的功力或可勝得羽兒了！若他肯為羽兒療傷，定是可救得羽兒。」

說到這裡旋又黯然道：「但是羽兒的傷勢可能拖不到你們回到咸陽呢！從吳中到咸陽差不多要二個多月，羽兒的傷勢這麼嚴重，或許還未到咸陽就……」

善柔忽地恨聲道：「都是那賊法王，若是羽兒有得什麼差錯，我定要把他碎屍萬段！」

沒有商量出個良策，三人皆沉默起來，各懷心情的看著床上渾身血跡、臉色蒼白昏迷不醒的項羽。秀潔更是忍不住輕輕啜泣起來，讓得善柔亦也陪之同哭。

突地車窗外傳來一陣急促的馬蹄聲，項梁心裡倏地一驚，忖道：「莫不是金輪法王他們又來搗亂？」掀開馬車窗簾，卻見一道熟悉的身影從眼前馳過。

是蕭先生！三哥他們果也趕來吳中了！

心中狂喜之下，項梁運足力道高喊道：「蕭先生！我是項梁！三哥！我是梁弟！是你們嗎？」

車窗外的馬群驟然停下，只聽得真是蕭月潭的聲音傳來道：「是項梁！少龍，我們終於趕上他們二人了！」當即又聽得他也喊道：「是項梁兄弟嗎？我是蕭月潭！你在哪兒！」

項梁即刻又再問聲，善柔這時卻也擠到窗口，顫聲問道：「真的是少龍來了嗎？」

項梁正待答話，蕭月潭和項少龍已經回轉馳近馬車，善柔乍見自己日思夜想的舊情人熟悉的身影，驚喜的悲呼一聲「少龍！」二字剛剛出口，人卻突地因精神過度緊張興奮而昏迷過去。

第十四章　陰陽大法

項少龍突聞聽得一聲闊別多年熟悉已極的呼喚聲，心神為之劇震，腦際一陣轟響，神情恍惚之下，身形差點從馬背上摔了下去。

啊！是柔柔！是柔柔的呼喚聲！

真的是柔柔在叫我嗎？我的耳朵不會聽錯吧！

項少龍策騎閃電般的馳近項梁伸出頭來的馬車窗口，第一句就顫聲問道：

「梁弟，剛才叫我的是否善柔？她現在在哪裡？」

善柔這時在解秀潔惶急的推拿之下甦醒了過來，此刻真真切切的聽得項少龍的聲音，腦際中有點恍如隔世的感覺。

嬌軀顫魏魏的站直起來，把頭探出車窗，四目交投，雙方都像觸電般抖顫了一下。

項少龍只覺喉頭打結，心中的千言萬語，一時都不知從何說起，雙目只是怔怔的看著善柔。

她的俏臉清瘦了許多，秀目中也似蘊含著飽經滄桑的怨，一瞬不眨的盯看著自己。

蕭月潭這時也已策馬來到項少龍身側，乍然見著善柔，神情也是怔怔一愣。

項少龍極力平靜了一下自己的心情，聲音喃喃的道：「柔柔，真的是你嗎？我的眼睛不會看錯吧？這……這不會是幻覺吧？」

善柔的美目突地滾下兩行淚來，嘴角哆哆嗦嗦，似很想說些什麼，但喉間卻也似有根魚刺卡在其中似的，讓她一時又發不出聲來。

項梁在旁看著兩人別後重逢的驚喜神態，心中對善柔先前所說的一些話旋都釋然。

她果也認識三哥，且看兩人現在這模樣，以前的感情必定很深，但不知為何沒有相處在一起？還有，這解秀潔真的是三哥的女兒嗎？

項梁正如此怪怪的想著，善柔這時突已發話道：「是我！少龍！是柔柔！」

說著竟又突地哭出聲來，在項少龍躍下馬背走近車窗時，善柔旋又像發了瘋似的，指著項少龍像機關槍掃射似的連連喝罵道：「你這狠心的死鬼，這麼多年為什麼不來看望我？害得我一個孤伶伶的帶著儀兒和潔兒四處流浪奔波！你可知道我活得有多辛苦！活得有多累啊！子元他離我而去了！你也不來關心我疼愛我！這麼多年來我一個人帶著兩個孩子四處找你，可是你卻這麼狠心不知躲在哪個地方與幾個老婆快活！我……我恨死你了！你說，這些年來你有沒有想念過柔柔？」

說到最後已是淚流滿面，抽泣著怒目圓瞪著項少龍，讓得項少龍見憐無限之餘，心中卻又不知是得何種滋味，只覺眼角也在發漲。

解秀潔見著母親的神情如此激動，嬌軀搖搖欲倒，上前一把扶住善柔，泣聲道：「娘！」

項少龍見著善柔的女兒也有如此大了，活脫脫的就是一個當年的「善柔」，心中百感交集，傻愣愣的望著善柔，一時不知說些什麼為好。

是啊！柔柔要把她兩個孩子扯養成這麼大，憑一個弱質女子家，其中要吃多少苦頭啊！

善柔發洩了一通深埋在心中多年的苦情後，見得項少龍被自己罵得的那副模樣，心中一軟，忽地又似想到了什麼似的急聲道：「對了，少龍你快上得車上來！羽兒他……他受傷了！」

項少龍聞言大驚，心神一斂，三步並作兩步的上了馬車，蕭月潭聽了也當即翻身下馬，緊隨項少龍上得馬車。

二人進得車廂內，即見臉色蒼白昏睡不醒的項羽正躺在榻上。

項少龍心神劇震，快步走到床邊，探身摸了摸項羽的額頭，感覺燙如火燒。再探了探他的呼吸，也是急促而凌亂。

項梁這時垂頭臉灰的喏喏道：「羽兒是真氣震傷了心脈。三哥，這都怪我沒有保護好羽兒，你責罰我吧！」

而善柔這時也是收了刁蠻之態，神色黯然的道：「這不怪項大……項先生的事呢！羽兒傷成這樣，都是為了潔兒的病才……你要責罵就責罵我好了！」

頓了頓又道：「少龍，你可一定得想法治好羽兒的病！若是他……有得什麼事，我……我就一命賠一命隨他去好了！」

善柔最後一句話又恢復了刁蠻意味，但確也是她不知怎麼用言語來表達出自己心中的歉意和哀傷，實在悲氣交集之下說出此等話來。

項少龍心頭雖是驚急怒交，但事情既然發生了，責怪也是於事無補。讓自己冷靜下來後，目光嚴厲的逼視著項梁沉聲道：「給我把事情發生的經過說一遍來！看看找不找得到救治的方法。」

項梁和善柔當即把項羽為解秀潔運功療傷，金輪法王前來搗亂，使至項羽真氣岔亂直攻心脈的事情說了一遍。個中細節應項少龍要求，已羞非常的解秀潔也述說了一下項羽為她運功療傷時的各種感受。

項少龍聽完三人述說後，面色凝重的沉吟了一番後沉聲道：「羽兒的玄意真氣是至剛至陽的，剛猛非常。真氣直攻心脈，任是金剛不壞之身也承受不住。還好因有潔兒至陰寒毒消去了羽兒的大半功力，再加上梁弟及時運送真氣護住了羽兒受傷的心脈，所以羽兒的內傷雖是嚴重，但一時還沒要了他的命。不過，我也想不出什麼比梁弟更好的辦法為羽兒療傷的了。」

蕭月潭走上前去為項羽把了一把脈後，突地變得似喜非喜似憂非憂地道：「奇怪！羽兒體內似乎還存餘有一絲真氣，而這股真氣卻又似是為了克制體內的一股陰寒之氣而生，難道……陰盛陽生，陽生陰克，陰陽交合而至平衡。以陰生陽，以陽導陰……」

蕭月潭嘀嘀咕咕的念了好一陣什麼陰陰陽陽之類的話，突地一陣哈哈大笑道：「我想到了為羽兒療傷的快捷方法了！」

項少龍、項梁、善柔、解秀潔不禁同聲驚喜的問道：「什麼方法？說來聽聽！」

蕭月潭好整以暇的道：「就是陰陽大法！」

四人聽了不解的又同聲問道：「什麼叫作陰陽大法呢？解釋來聽聽！」

蕭月潭忽地臉上一紅不自然的道：「這個……嘿！可得先叫這位小姑娘先行離開一下！」

解秀潔聞言道：「我為什麼不能聽聽呢？我也很關心羽哥哥呢！」

善柔則突地似是明白了些什麼來似的，走到解秀潔跟前對她一陣好言相勸，叫她得到別的車廂去一會，可解秀潔就是不依，最後沒法，湊到女兒耳邊低聲道：「這個什麼陰陽大法是跟男女事有關的，你一個大姑娘家在這裡聽著，難道不覺得不好意思嗎？」

解秀潔一聽俏臉一紅，卻也突地湊到母親耳際道：「娘，你聽來之後再偷偷告訴我好嗎？我……我也很是關心羽哥哥的傷呢！」

善柔心裡暗笑這小妮子不羞，竟然明知此些話少女不宜聽著，卻還……不過也很是拿她沒法，當下只得點了點頭道：「好吧！你先出去吧！」

待得解秀潔離開，蕭月潭才背對善柔緩緩道：「陰陽大法呢，就是以陰導陽，以陰集陽。羽兒本是男兒陽身，他那練的玄意真氣也是陽剛剛氣。剛才我從他脈象上探知，像他這樣心脈受損，真氣難以提聚的境況下卻還有著一股絲絲縷縷的真氣正在滋生，衝擊著他體內，可能是潔兒倒回至羽兒體內的一股少量的陰寒之氣。從這裡可以推斷知，羽兒體內正有以陰生陽的功效，也就是說若能讓他體內的陰氣越盛，他的玄意真氣也就為了克制這股陰氣而集聚的越多。如此的話，若是能有一位少女的純陰之體與羽兒交合，羽兒必能借助此少女的純陰而導發他體內強大的玄意真氣，進而他就可自行療傷了！」

項少龍和項梁聽了大喜道：「果然是絕妙之法！」

但旋即又神色黯然道：「但是去哪裡找一位與羽兒情投意合的姑娘呢？我們總不能去做得什麼傷天害理的事吧！」

正大感頭痛時，善柔害羞地玉臉通紅的拉過項少龍，喏喏的低聲道：「少龍，你看潔兒她……」

項少龍聞言失聲道：「這怎麼可以呢？」

善柔還以為他的話意是說自己是他舊情人，而女兒則與他兒子歡好而說「不可以」，當下微嗔道：「這有什麼不可以嘛？他們二人又不是親兄妹！也可以結為夫妻的呀！」

項少龍明白善柔誤解他的話後，有點哭笑不得，原來他剛才之話意是項羽本為善柔姐姐善蘭所生的兒子，與解秀潔是表兄妹，在現代裡親近結婚是違法的，所以才脫口說出「這怎麼可以」的話來，但想不到善柔卻誤解自己話意為自己和羽兒父子二人娶善柔和潔兒母女二人而說「不可以」。愣愣笑著看了善柔好一會才又突地問道：「潔兒和羽兒二人的感情如何？」

項少龍這句話聲音提得比較高，讓項梁給聽了去，忙接口道：「兩小是一見鍾情！」

話剛說完，突又想到善柔曾說解秀潔是少龍的女兒，現在怎麼……難道為了治羽兒的傷，不惜……

項梁正如此怪怪想著，項少龍聞得他之言卻是哈哈笑道：「好！就這麼辦！蕭先生和梁弟就作個羽兒和潔兒的見婚人，此刻就為他們二人訂了婚罷了！」

蕭月潭聽了也是哈哈笑道：「好，天作良緣！這個見婚人我當定了！」

項梁則是臉色異樣的拉過項少龍低聲問道：「三哥，那解秀潔到底是不是你女兒啊？」

項少龍奇道：「你怎麼會有這等想法？」

項梁道：「嘿！是即將成為嫂子的辣夫人說的！」

項少龍笑罵道：「你就信了她？」

項梁道：「她說得一本正經的，我能不信麼？當時可是為那潔兒治病前的緊要心理交戰時期呢！」

項少龍還待說話，善柔卻突地一把拉過他道：「走，跟我一起去把這事與潔兒說清楚！」

項梁和蕭月潭面面相覷，均忖道：「你不是要把少龍帶去兩個人偷偷親熱吧！」

項少龍隨了善柔上了另一輛馬車，卻並沒有見著解秀潔的人影，心下大詫時，善柔卻突地一把抱住了他，灼熱的給了他一頓痛吻後，突地玉容慘變道：「少龍啊！你可知道這些年來，人家是多麼的想念著你啊！還以為你給嬴政害死了呢！害得人家不知為你流了多少淚！若不是為了儀兒和潔兒，我早就……」

話未說完，項少龍的厚唇已封住了善柔火熱的小口，二人再次纏綿良久，項少龍才輕扶著善柔清瘦的臉頰憐愛的道：「柔兒，我知道這些年你吃了許多的苦，但是從今以後我會在你身邊全力保護你的！好了，不要哭了！柔兒乖乖！」

說著又俯下頭輕吻去她臉上掛著的淚漬，柔聲道：「從今以後我要讓柔兒變成世上最快樂的女人，我會天天晚上都陪著你，以彌補你這些年來空守閨閣的寂寞之苦！」

善柔嬌嗔的笑道：「你這大色鬼，老毛病又犯了！哼，你天天陪著我啊，其他的幾位妹妹不怨聲載道才怪！我可不敢得罪她們！」

項少龍這時心情因項羽的傷勢有得救漸漸好轉，摟著這也讓自己不知為她神傷魂斷多少個日夜的俏美人，憐愛之下不禁慾火頓熾，男性生理反應迅速漲起，剛好頂著善柔的大腿內側，使得她粉臉通紅，眼角含春，在項少龍怪手的大肆侵襲之下更是嬌喘連連。

項少龍正要褪下善柔的羅裙，卻被她纖手捏住。她強行的抑制住被項少龍挑起的情欲，突地秀目又落下淚來，幽怨悲切的道：「少龍啊！你可得為我想個辦法救救儀兒呢！他……他現在被我師父用藥物迷住了心性，變得唯他是命，到處殺人，好可怕又可憐喔！」

項少龍大驚之下慾火頓消，忙道：「劍聖曹秋道！他也沒被小盤殺死嗎？」

善柔幽幽道：「不但沒死，這些年來還一直都在作秦始皇的貼身侍衛，現在更是貴為秦王朝的國師。儀兒則是被他利用來掌管秦王朝的秘密殺手組織稷下劍派。少龍啊，無論如何你也得從我師父手中救出儀兒。現在儀兒雖被師父用藥物迷失本性，但他還是懂得親情的，非常關心我和潔兒呢！我……我不想他死！」

原來當年秦始皇滅得齊國後，解子元因還沒來得及歸隱而遭殺害，善柔母子母女三人因曹秋道投降嬴政向秦始皇說情的關係而保住了性命，但善柔帶著一兒一女，憑她弱質女子一個怎麼能夠生存下去呢？無奈之下善柔看在兒女的份上只得去投靠師父曹秋道，曹秋道因對善柔這唯一的女徒非常寵愛，所以收留了他們母子女三人。

在後來的日子中，曹秋道因終生未婚沒有子女，對善柔的兒子解儀產生了一種特異的父子之情，於是收了解儀作為乾兒子。善柔本欲反對，但被曹秋道威勢所迫，只得應允。曹秋道對解儀這義子極為疼愛，自小就用內力為他洗經易髓，用藥物為他堅筋固骨。

同時自他五歲起就教他武功。隨著曹秋道在秦始皇面前權力日益俱增，解儀在他的薰染之下也變得愈來愈壞，曹府裡的僕婢不知被他害死的有幾。不過他對母親善柔卻是非常敬孝，從不敢當著她面前做什麼壞事，且無論是誰欺負了母親，他也非得報復他不可，就是義父曹秋道也不例外。只要義父責斥母親，他就非得跟曹秋道吵鬧幾天不可。

後來曹秋道沒得辦法，只得暗地裡威脅迫使善柔不要總是待在曹府，叫她隨意遊蕩江湖罷了。這一著也甚合善柔之意，因為早就看不慣師父為秦始皇為虎作俍的行徑了，於是開始閒遊江湖的生活，暗中尋訪項少龍的消息。

但是一年又一年過去了，項少龍的音信仍是杳無蹤影。而就在解儀十二歲那時，曹秋道給他服食了一枚由秦始皇追求不死之藥時賞給他的由千年朱果作引加上了其他十多種罕世藥材煉成的丹丸，使得解儀在功力大增的同時，心性也隨之迷失，成為曹秋道的殺人工具，被任命為稷下劍派的少門主。

善柔知道後跟曹秋道大吵了一場，叫他讓兒子解儀脫離殺手組織，跟自己一起遊走江湖，但曹秋道反惱羞成怒的打了善柔一巴掌，說解儀永遠都是他的，同時要善柔也聽從他的命令，派了劍派中的兩大高手徐靖、莫為與她一起去江湖中為他搜集各種情報。

善柔為了從魔掌中救出兒子，於是忍氣吞聲，姑且充作了曹秋道爪牙。但在她行道江湖時被她無意中獲得了一本二百多年前一位隱世高人的手卷《萬毒秘笈》。

善柔大喜之下按秘笈秘製了兩種毒藥，一種叫作「萬噬咀心」，一種叫作「仙樂丸」。暗暗的給徐靖、莫為等服食之後，就控制了他們，本還待再一步把毒丸給曹秋道的一些高等手下服食以瓦解他的力量，卻不小心被他發現，於是用解儀逼迫善柔交出「仙樂丸」的配方，獻給了秦始皇。但對於《萬毒秘笈》曹秋道卻是還不知曉。於是善柔再次改進了此兩種毒藥，只控制徐靖、莫為等身邊的一眾人，而再也不敢打入曹秋道的勢力內部。對於這師徒二人之間的各種矛盾，外人並不知曉，所以表面看來曹秋道和善柔相處得很好，而實質上，二人卻是在一種微妙的關係下進行著勾心鬥角。

項少龍聽了善柔這一番辛酸的往事陳說，心情在沉重之餘，不由得把她摟得更緊，輕輕的道：「柔兒，你放心吧！我一定會從曹秋道手中救回儀兒的！對於秦王朝裡那些無法無天的傢伙，我一定會毫不手軟的一個個予以懲罰！」

善柔聞言心中一震，憂心忡忡道：「少龍，你真的也準備效法陳勝起兵反秦嗎？」

項少龍堅定的點點頭，沉聲道：「嗯！為了天下蒼生，我不得不再次站出來！」

善柔輕輕的扶摸著項少龍的虎背，星眸半閉的憂聲道：「但是……少龍你不知道，秦王朝的實力實質上還很是強大呢！光是京城裡的都尉、都騎、禁衛三軍就有十多萬，再加上鎮守邊防的大軍有四五十萬，還有名郡各縣的秦兵，總共加起來恐怕有八九十萬之眾吧！這……這麼龐大的勢力，你怎麼鬥得過他們呢？」

項少龍哂道：「哼！他們有八九十萬大軍又怎麼樣？秦兵一直以來養尊處優

慣了，只會在人民頭上作威作福。叫他們去戰場上拚命？只是一幫烏合之眾罷了！而廣大的貧民百姓生活本是處在死亡的邊緣，憑他們不怕死的勇氣，上起戰場來雖是沒有作戰經驗，但也定可敵得過一個怕死的秦兵！我們高舉反秦義旗，順應天下民心，有著千千萬萬的人民作為我們戰鬥的屏障，又有什麼強敵打不過的呢？秦王朝？氣數已盡！距離滅亡的日子已經不遠了！」

項少龍說這番話時語氣冷冰冰的，似乎對他一手幫小盤打下的江山一點感情都沒有，讓善柔聽了心下有些怪怪的感覺，但聽得他話中對反秦的成功似乎信心十足，心中也不覺湧生起幾許希望的勇氣來，緊緊的摟住他的脖子，在他耳邊吐氣如蘭地道：「只要少龍認為是對的事情，柔兒一定會盡力支持你的！」

說到這裡，突地壓低聲音嬌羞的道：「對了，柔兒想念了你這麼多年，你難道就不疼愛人家一番以作補償嗎？」

項少龍聽了心中一蕩，知道這嬌婿女久曠多年，此刻見著，發洩了心中積鬱的怨情後，春情勃發。不由得把對善柔滿腔的憐愛之心給爆發了出來。

善柔「嚶嚀」一的呻吟一聲，嬌軀劇烈的顫抖和急喘著，一對秀眸半開半闔，溢發出無限欲望的春意，在項少龍的懷中狂熱的回應著項少龍的挑逗。強烈的刺激和快令她感覺整個身心都在迷醉都在升騰……

項少龍抱起善柔酥軟無骨的嬌軀，把她輕放在車廂內的榻上，正待褪去她的衣裙，善柔忽地音若蚊蚋的道：「車廂的門還沒拴住呢？還有，車窗的布簾也還沒放下！你……你……」

項少龍聞言失笑低聲道：「柔柔難道還很害怕嗎？又不是大姑娘頭一遭！」

善柔大嗔道：「要是被人闖進來看見我們……這個樣子豈不羞死人了？」

項少龍笑道：「做賊的人原來還怕現身？」

善柔突地抱住他的手臂猛咬了一口，惡聲惡氣的道：「誰作賊了嘛？是你這大色鬼……」

項少龍痛得輕叫一聲脫開善柔，依她之言拴了車門拉下車窗布簾後，再伏到她發燙的嬌軀上，大笑道：「現在我可以放心的來疼愛柔兒了吧！」

說完雨點般朝善柔俏臉粉頸上吻去。

善柔「吃吃」而笑，此刻拋開了一切矜持，任得項少龍肆意施為。

登上快樂的極峰時，這成熟豐滿的美女渾體痙攣，不克自持地倒在項少龍完美的男性軀體上，香唇又湊到了項少龍的嘴上，一手軟嫩的小手不停地輕扶著項少龍堅實的胸肌。

項少龍舒暢地輕扶著善柔光滑柔嫩且富有彈性的肌膚，舔著她臉上落下的幸福的情淚柔聲道：「傻瓜，哭什麼呢？以後我會天天都讓你這麼幸福的！嗯，剛才快樂嗎？」

善柔俏臉通紅，輕輕的哼了一聲，把頭埋在項少龍的懷中，嬌軀撒嬌地扭動著，媚態橫生。

項少龍看得心神劇蕩，欲再次操戈征伐時，善柔嬌吟道：「現在是大白天呢！少龍啊！我們是去找潔兒的呀！」

項少龍清醒過來，尷尬的嘿嘿笑道：「那我們還不快點前去找潔兒！」

項少龍和善柔說通了嬌羞不堪的解秀潔後，便再去找項梁、蕭月潭商量何時讓項羽和解秀潔施行陰陽大法。

蕭月潭沉吟了一番後緩緩道：「羽兒的傷勢是不宜久拖的，因為我們到了吳中後就有得要事辦，若是羽兒傷勢未好，從而掛牽著這個心病，將會防礙我們的行事，也會損失我們的力量，所以我看此事就選在今晚吧！」

項少龍和善柔同時失聲道：「什麼？今晚！這麼急！潔兒她心理上恐怕接受不了啊！」

蕭月潭嚴肅道：「這不是一件玩笑的事情！而是關係到羽兒的性命大事！所

以我們要拋開一些拘束的認真對待！」

頓了頓又道：「潔兒的心理建設還是由少龍和弟媳去做吧！對這陰陽大法施展時，也不能有得任何的驚動，所以也得讓人護法。弟媳婦你就在二小身邊進行指導和監督，當羽兒身上釋發出晶瑩的白光時，也就是陰陽大法順利成功之時。這時你要叫羽兒守住心神，凝氣丹田，叫他運氣沖散心脈中積血，行功十二周天，他的傷勢就會痊癒。至於我們三人則在車廂外全力為他們護法，絕不允許有外人侵惹，否則二小都會有性命之危，就是大羅金仙也救不活他們了。」

善柔聞言心情沉重之餘，粉臉通紅的訥訥道：「我……我難道就要在車廂內看著潔兒和羽兒行這什麼……陰陽大法嗎？這……這……」

蕭月潭臉上毫無笑意，沉聲道：「我說過了，此事得放開拘束思想！羽兒的性命其實就是操在弟媳婦你身上呢！若是你認為此事羞堪的話，那這事就行不通，總不能叫我們三人……」

善柔心中總有些不倫不類的感覺，自己這……丈母娘在旁看著女婿和女兒行……周公之禮，這是天下間開的什麼玩笑呀？

項少龍雖覺得此事確是有些讓人難以接受，但現實卻又逼得讓人不得不如此做。緩步走到善柔身前，雙手搭住她的酥肩，低聲道：「柔兒，此事就委屈你了！羽兒她……」

項少龍的話還未說完，善柔伸手暗掐了一下他低聲道：「好了，我……聽蕭先生的話就是了！不過得叫潔兒的兩個女婢云云和仙仙跟我一起到車廂裡去照顧潔兒。」

項少龍聞言笑道：「你這不是害這兩個丫頭得一種病麼？虧你想得出來！」

善柔道：「害她們得什麼病啊？說來聽聽！」

項少龍湊到她耳邊低聲道：「當然是害她們得像方才柔兒對我一樣的思春病啊！」

善柔哼道：「胡說八道！」忽地也咬住項少龍的耳邊道：「這也沒關係呀！叫羽兒收了兩婢作妾，不就可治好她們的病了嗎？」

項少龍失笑道：「你這不是又在害潔兒麼？多兩個人與她爭風吃醋！」

二人正沒完沒了的打情罵俏著，蕭月潭忽道：「這事就如此計畫定了！項梁兄弟你著人去打探一下我們今晚宿營的地方，最好隱密點，人跡甚少的。同時叫眾位兄弟今晚凝神全力戒備，以防有敵來犯！」

說著又轉向善柔道：「弟媳婦你也著你的手下今晚最好與我們配合點，免得滋生什麼意外事端！」

善柔聽了默然應道：「是。」

項少龍和善柔找到解秀潔時，卻見她正獨自一個人待在項羽所在的馬車上，坐在床沿，怔怔的看著昏迷未醒的項羽發愣，見得二人進來，一張俏臉頓時羞得紅通通的，嬌首低垂，簡直想找個地縫給一頭鑽了進去。

項少龍和善柔相視一笑。善柔走上前去輕輕的按著女兒的肩頭柔聲道；「潔兒，你想你羽哥哥的病早些好過來嗎？」

秀潔嬌羞的輕點嬌首，低聲道：「但是，現在能有什麼辦法使羽哥哥一下子好起來呢？」

善柔朝項少龍望了一眼，示意他避開。待項少龍出得車廂後才壓低聲音道：「當然有啦！就是你蕭伯伯所說的陰陽大法呀！不過……此事可得要潔兒你幫忙呢！否則就……」

解秀潔聞言面露羞喜之色道：「我……我要怎麼才能幫得上羽哥哥呢？我可是什麼也不會呀！」

善柔對她耳語道：「只要你與你羽哥哥行周公之禮就可以了，待得他功力集聚後，他就可以自行運功療傷。潔兒是否願意呢？」

解秀潔不解道：「什麼叫作行周公之禮啊？」

善柔聽了粉臉也是一紅道：「這個……你現在就不要問了。只要你答應下願不願救你羽哥哥就是了，至於其他，娘到時自會教你的。」

解秀潔看到母親臉色，似是明白了些什麼，音若蚊蚋道：「潔兒的命是羽哥哥救下的，只要能治得好他的傷勢，我……什麼都願意付出的了！」

善柔聽了心中在欣喜之餘，卻又望著女兒的嬌羞之態，一時也不知有些什麼感想來。

善柔按著解秀潔沉默不語時，項少龍突地又走了進來，望著善柔不自然的笑道：「說好了嗎？現在天色已是黃昏時分了呢！」

善柔聞言驚叫一聲，跳了起來跑到車窗，掀簾探頭一看，心如鹿撞的道：「果是黃昏了！」

天色終於漸漸暗了下來，眾人先擇宿營的是一處山谷之地，周圍了無人煙，倒是確是個清靜之所。善柔打點眾屬下用過晚膳，叫他們提高警惕後，叫了徐靖和莫為跟隨項少龍、蕭月潭一起為項羽和解秀潔施行陰陽大法時做護法，項梁則被項少龍派了去作夜間防衛工作。

車廂內昏迷不醒的項羽在善柔的指點下被羞澀不堪的解秀潔和云云、仙仙三女脫得身無寸縷的仰躺在床上，看著項羽那男性魁梧堅實的肌肉，解秀潔的心緊張和興奮得無以用筆墨來形容之。

遠遠站在一旁的善柔卻也是極不自然的閉上了秀目……

第十五章　驚悉陰謀

在善柔的指導下，解秀潔與項羽羞澀地行周公之禮，昏沉的項羽逐漸清醒，記起了自己為解秀潔運功去寒毒時，因金輪法王擾亂而至心脈受自己真氣反噬而震傷的事來，當下也便依善柔之言凝神運氣。

又是半個多時辰過去了，項羽像進入禪坐之境般一動也沒動，只有頭頂百會穴上冉冉繞著一團晶瑩帶紫的真氣之光。

善柔和解秀潔、云云、仙仙諸女都緊張的盯著項羽，大氣也不敢出。

車廂外的項少龍、蕭月潭、徐靖、莫為眾人雖是沒發現有什麼敵人來犯，但心神卻都非常沉重。項少龍更是坐立不安的走來走去。

車廂內項羽頭頂的真氣愈來愈烈，突地他的足底湧泉穴也釋放出一團真氣之光，與頭頂的真氣連在一起，旋轉在項羽四身周圍，並且愈轉愈快，最後竟帶動他的身軀一起轉動起來，讓人看不清他的身影。

「蓬」的一聲巨響，項羽被真氣所帶動轉動的身體因愈轉愈快，至使身體竟隨真氣往上直衝，破頂而出，騰空足有十多米高後又盤旋著空中緩緩降落下來，四身真氣發出的瑩紫之光在這黑夜裡煞是好看。使得眾人愕然良久後又驟然驚呼出聲。蕭月潭激動的對項少龍道：「羽兒他……他……衝破了生死玄關了！」

項少龍聞言一怔，但繼而大喜的哈哈大笑道：「羽兒這次是因禍得福了！衝破生死玄關！練武之人一輩子都夢寐以求的事情！哈哈！現在天下之間有幾人是得羽兒之敵？劉……你死定了！羽兒決對不會敗給你的！就是天意也在相助羽兒呢！他一定可以主宰天下！」

項少龍興奮過頭之下脫口說出的這番話，讓得蕭月潭、徐靖、莫為諸人心神均是為之一震，同都暗忖道：「什麼？項羽是將來天下的主宰者？」

蕭月潭對這想法還能夠接受，但是徐靖和莫為卻認為項少龍不是在說大話，那就是他們聽錯了。天下間竟然有人能夠自信的說出誰是天下主宰者？開的什麼玩笑！他以為他是無所不能未卜先知的神仙啊！三人正各自怪怪的對項少龍的話各有所思的想著，卻又忽見得項羽身形落地之後，又成一個一丈見方的圓形旋轉著，在他身形閃過的身後竟自燃起一團團的火光來。

啊！好剛猛的內家真氣！圍觀眾人都驚歎得不由自主的倒吸了一口涼氣。

善柔這時也幫解秀潔著好了衣服，二人出得車廂外見了項羽的情形，也都驚得目瞪口呆起來。天啊！這是哪家子的內功？竟能釋真氣而燃！如此功夫，天下還有誰人是他之敵？

解秀潔激動而嬌羞的摟著善柔道：「娘，羽哥哥的傷勢終於可治好了！」

善柔道：「都是你剛才的功勞呢！死丫頭，娘在旁邊竟然也……」

解秀潔聞言撒嬌的嗔道：「那……那是為了治羽哥哥傷勢的需要嘛！」

善柔笑道：「噢，剛才是治傷的需要！以後成了這壞傢伙的老婆後，又是什麼樣的需要呢？生理需要嗎？」

解秀潔大是不依的正待跟母親撒嬌，善柔忽道：「好了好了，潔兒，你看，項羽的身形停了下來呢！」

解秀潔聞言頓即正身的往項羽望去，卻果見他已置身停在火圈正中，雙掌一手托天一手撐地緩緩的揮動，真氣在他雙掌的舞動中成了一個有形無蹤的圓球，接著又見他相掌相對放於丹田之處，按照一種練功心法作了幾下深呼吸後，回歸平靜。四身周圍的火圈也在他收功之後自行滅去。

在眾人詫異的目光中，項羽站了起來，睜開虎目，掃視了眾人一遍後，目光最後落在善柔身邊的解秀潔身上，心中湧起一種異樣感覺。

項少龍和蕭月潭見了對視會心一笑。

解秀潔則是羞紅著臉，想避開項羽的目光卻又偏偏移不開，只讓得善柔見了芳心暗笑之餘，又想到方才車廂內二小的浪態，俏臉也不由漲得通紅，剛好又碰著項少龍向自己投來的異樣目光，頓時羞得也是無地自容。

項羽這時走上前跟父親項少龍和伯伯蕭月潭打過招呼後，當即走到已被善柔推開一旁的解秀潔面前低聲道：「謝謝你了！潔妹！」

解秀潔風情無限的白了他一眼後，柔聲道：「比起你為救我的犧牲，這算什麼！若不是你冒險救了我，小妹或許已經不能站在你面前說話了！」

說完垂下嬌首，再也不敢與項羽對視。

項梁這時不知從哪裡竄了出來，怪叫道：「呵！羽兒的傷好了！嘿，小倆口卿卿我我的嘀咕個什麼呢？是不是在商量著怎麼樣生個……」

解秀潔喝叱道：「你再胡說，人家就不喊你伯伯了！」

項梁聞言頓即止住氣的道：「唉，我可是你小倆口的大媒人呢！我不但要你這小妮子叫我伯伯，還想喝上你們的一杯喜酒呢！」

項少龍這時也笑著接口道：「這個自是少不了你的份的了！」

善柔卻是笑道：「你可不要為老不尊！小心潔兒叫羽兒揍你一頓噢！羽兒現在的玄意真氣更加剛猛，你可不是他敵手呢！」

眾人圍著項羽和解秀潔說笑一番後，項梁突地斂住笑容沉聲道；「三哥，我們下一步該怎麼辦？這會稽郡現在可也是風雲暗起呢！來了個宦官趙高的一級手下金輪法王，說是來這吳中破壞什麼龍氣風水，我看說不定會針對我們而來。上次我們和彭越聯手劫搶匈奴進貢秦王朝的貢品時，沒有把那幫王八糕子殺絕，逃了個叫章邯的什麼將軍，很有可能就是這傢伙回朝後給我們搬弄來的事非。」

項少龍聞言正待發話，善柔已搶先道：「嗯，朝廷中確實是有個叫章邯的傢伙！他任職少府，主管秦王朝的漁、鹽稅政。不過他原也是軍人出身，乃是將門世家。因其一身『鷹爪鐵布衫』橫練功夫無人能敵，且熟讀兵書，瞭解中原地理山水形勢，交通情況等，所以也甚得秦二世胡亥的重用。據聞他手下有東南西北四大鐵衛，也是朝中一個勢力頗紅的人物。」

項羽嗤道：「不也敗在我們的手下？上次他的兵力比我們還多呢！」

項少龍突地模糊的記起了有個鉅鹿之戰，項羽降服的秦軍統帥，就是叫什麼章邯來著。

想到這裡，渾身一震，當即道：「嘿，這章邯可是個人才呢！上次在塞外只是被我們得了天時地利，出其不意、攻其不備的吃了個敗仗。今後你若是與他對敵時能夠生擒了他下來，為父就服了你了！」說完臉上還是有些不自然的神色。

若這金輪法王真是章邯搬弄至吳中來的，這人可真是有點能洞察自己等先機的才能，倒真是不可小視他了。這吳中之行說不定也就會有許多的波折呢！嗯，自己倒是不可大意了。項少龍正如此想著，項梁和蕭月潭幾人聽了他剛才的一番話，不禁心下都是大詫的納悶。少龍從來都很自負，從來不把敵人放在心上，此刻為何對這章邯如此的大加稱讚呢？

項羽聽得父親對這章邯很看重，聞得他最後兩句話顯得很是興奮的道：「好！將來我一定要生擒了章邯給爹你看看！」

善柔這時卻風情無限的瞟了項少龍一眼，打了個呵欠道：「已經是三更天了呢！人都睏死了！有什麼事明天再商量也不遲吧！」

項梁和蕭月潭見了相視一笑。

項梁推了一下項少龍，忙道：「嘿，是呢！夜深了，不再耽擱嫂子和三哥將行的好事了！」說完又望向項羽道：「還有你們這一對小夫婦呢！」

善柔和解秀潔齊都嬌羞的笑罵項梁。

眾人歡笑而散，只留下靜寂的夜。

一宿有驚無險。翌日大早眾人吃過早膳過後，出了山谷走上官道，繼續向吳中進發。

徐靖指著前面的一個山口道：「我們出了這個山口，就可望見吳中郡城了！估計黃昏日落時分就可抵達！」

項少龍聞言點點頭道：「嗯，夜間到達最好！這樣可以縮小我們的目標！」

項羽笑道：「被秦兵盤查也沒關係呢！有柔姨這位大人物在這裡，誰敢為難我們啊？」

項梁正色道：「現在不同呢？有金輪法王這個傢伙從中作梗，說不定這郡守被他要脅，那我們可就有得麻煩了！」

項羽恨聲道：「再遇上這傢伙，我定宰了他！」

善柔附和道：「嗯！是不可放過這可惡的傢伙！這種人渣殺一個世上就少一個禍端！」

項少龍頭痛道：「嘿！這些以後再說吧！我們現在要討論的是怎樣兵不血刃的瓦解吳中！」

眾人聞言皆都默不作聲起來。

蕭月潭忽道：「我們何不裝扮成曹秋道門人，隨柔夫人來這吳中微服查訪陳勝王亂黨的樣子混進郡府，隨後再對那郡守殷通進行威逼利誘，迫他反秦？如此可以避過金輪法王的耳目！」

項梁搖頭道：「你以為殷通和金輪法王是傻瓜？說不定我們現在的行蹤都在他們耳目的監視之下！混進郡府？豈不是自投羅網！」

善柔沉思一番後道：「我看這金輪法王單槍匹馬的來吳中，很有可能也只是如他所說來豐縣察看『厭氣台』，隨便來吳中走走罷了。」

項少龍苦笑道：「若真如此就是最好了！就怕事情不是那麼簡單嘛！」

眾人又都商議了老半天，還是沒得出個最後定論來，項少龍只得搔搔腦殼道：「算了！走一步算一步！車到山前必有路，我們不會坐困愁城的！勝是勝定了，只是一時還沒想出取勝的辦法罷了！不過，吳中是奪得下來定了的呢！歷史啊！是不會記載錯的！」

眾人聞言均都愣愣不知所以。項少龍見了，明白他們不知自己通悉他們這個時代的歷史，不由得故作神秘的望著眾人怪笑起來。

吳中位於有「八百里秦川」之稱的關中平原渭河南岸。南是秦嶺山脈中段的終南山，重巒疊峰，陡峭峻拔，成為南面的天然屏障。北則有堯山、黃龍山、磋峨山、梁山等構成蜿蜒延綿的北山山系與秦嶺遙相對峙。

項少龍一行正是橫跨秦嶺自塞外來到吳中。

吳中城共有南北十一條大街和東西十四條人行街，縱橫交錯的把城郭內部劃分為九十九坊。其中每坊又是有幾條寬敞大道與主街相通使得吳中城成為一個四通八達之城。

穿插在城中大大小小的街道上，項少龍心中豈能無慨？想到終於抵足在這西楚霸王項羽發展霸業的「第一站」上，那種感覺確難以言喻。

項梁鬼頭鬼腦的道：「三哥，我們找一處客棧先歇息下來吧！要找那般通和金輪法王這樣子也不行啊！再說也不必急於一夜的吧！」

項少龍笑道：「好吧！你去打點啊！」

徐靖和莫為頃刻接口道：「我們和項先生一道去吧！」

項少龍含笑點頭應可。

吳中城裡的客棧可就多得多了，雖然陳勝起義的消息已經鬧得天下紛紛揚揚，但吳中城裡的夜市卻還是熱鬧得很，若不是有著時時來來往往巡邏的秦兵，可真感覺不出這郡城中也有著戰爭帶來的緊張氣息。不過那些秦兵似已失去了往日的兇焰，顯得有點精神惶惶的。

項梁帶著項少龍眾人到了一家叫作「悅來」客棧的店裡投宿。見著一下子來這麼多的顧客，店家喜得眉開眼笑，連連向眾人打招呼，叫店夥計牽了馬匹去餵飼料，口中並且叨叨不絕的道：「嘿，諸位客官，本家客棧乃是吳中城中最老的字號！所有來吳中城的豪門貴族都會來本客棧投宿。諸位看來也是王親貴族之流了，本棧一定會服務周到，設備一流！」

聽得店家這一番吹牛皮的嘮叨，項羽禁不住打趣道：「那你這家客棧近來有沒有其他的官員之流來投宿過啊？」

本是一句隨口問來之話，想不到店家確果真答道：「嘿，客官，前天本店還接待了當今皇上身邊的大紅人趙公公的手下金輪法王和千毒法王一行呢！」

項少龍聞言一驚道：「什麼？還有個千毒法王？趙高的四大法王到底有幾個來了這吳中？」

蕭月潭也神色凝重道：「看來事情果真複雜起來了！」

善柔則是色變道：「這千毒法王用毒的功夫可稱當世一流！乃是當年齊相田單的門客，齊亡後被趙高收羅。想不到趙高連他也派來了吳中！這……他們到底在玩什麼花招呢？」

項羽哂道：「管他來幾個呢！來一個殺一個！來兩個殺一雙！就不信他們是鐵打金仙！」

項少龍叱道：「現在還不是我們發橫的時候！此戰只宜智取不宜力勝！晚上我們去探一探郡府，看看會不會有什麼收穫不！」

那店家聽得眾人這一番話，隱隱的感覺這一幫人定大有來頭，不由嚇得臉色劇變，身體微顫的恭聲道：「諸位客官！噢，不！諸位官爺！小人方才說的話全是放屁！請你們還不要放在心上。嘿，小人有個壞毛病就是喜歡說大話。唉，這個……兩位法王並沒來店投宿，小人只是道聽塗說聽說他們來了吳中城！哎，還個……諸位官爺，請原諒小人說謊之過！」

項梁見了笑著遞給他一錠黃金道：「沒你的事！對了，把你聽到的有關那兩個什麼法王的消息說給我們聽聽，那這錠黃金就是你的了！」

店家眼睛突地一亮，吞了一口唾沫邊接過黃金，邊嘿嘿笑道：「這個……怎麼可以叫官爺破費呢？」

說著頓了頓，整理了下情緒後道：「小人也是昨天聽得幾個來本店吃飯的軍爺隨口說起的。說是有兩個法王來到了本城，似是曾逼迫郡守殷通與他們合作一起幹什麼事情，但是郡守不答應，雙方給弄僵了。又說什麼這下可有得好戲看了什麼的。至於其他，我就不知道了。嘿，我就聽來這麼多！」

項少龍聽了他這番話，心中大震，朝店主揮了揮手道：「好了，你退下吧！噢，對了再給我們準備一頓晚膳！」

店家連連躬身點頭應是道：「是！方才那位官爺吩咐過小人了，小人已經叫了夥計去為諸位官爺準備晚膳了，馬上就好！」

說著指了指項梁，又躬了一身，又喜又懼的退了下去。

蕭月潭沉聲道：「看來趙高派兩大得力高手來吳中果是有什麼陰謀，但是不知為何郡守殷通不願與他們合作？唉，合作？到底指什麼呢？」說完皺起眉頭，一臉的深思之色。

項梁聳肩道：「或許是合作對付我們吧！」

項少龍搖頭道：「我看事情沒有那麼簡單！」

項羽露出奇怪的神情道：「難道是趙高也想反秦？這個……沒道理的呀！」

項梁受得他言語啟發，失聲怪叫道：「啊！趙高是想篡位自己當皇帝吧？」

項少龍點頭沉聲道：「我看是有這個可能！」

善柔緊張道：「那……我們應該怎麼辦？總不能讓趙高奸計得逞吧？若真叫

這狗賊當上皇帝，天下只會比現在更亂的了！還有儀兒……」

項少龍笑著安慰道：「放心點吧！我會叫這傢伙活不了幾年的！嘿，大勢所趨……」

這時店主過來說晚膳準備好了，叫眾人去客廳用膳。項少龍等頓即打住了話頭，隨店主去了客廳。用過晚膳後，項少龍去項羽房中叫他與自己一起去夜探會稽郡府。

項梁剛好去找項少龍，被他得知二人行蹤，當即要項少龍帶他一起前去。項少龍為難道：「梁弟，你的攀沿功夫可沒學到家呢，我看還是……」

項梁阻住他不依道：「這麼精彩的事情不叫我去，三哥你可有點不夠意思呢！」

項少龍尷尬道：「怎麼會呢？只是客棧裡也需要人照顧嘛！」

項梁道：「這不還有蕭先生和善柔嫂子他們嘛！」

二人爭執一番，最後還是項少龍妥協，只得應允了項梁一同前去，不過只准他在府外接應，而不准他也去找殷通和金輪法王他們。項梁亦也欣然的退讓一步，同意了此項計畫。

項少龍和項梁、項羽三人以敏捷的身手，尋辨好郡府的位置，忽停忽跑，時緩時快地在小巷左鑽右轉好一陣後，最後在一所宏偉的府第旁側停了下來。府中門口有侍衛把守，燈火一片通明，看來府中確是有什麼大事發生似的。

項少龍叫項梁在一處偏避的地方等候，領了項羽，深吸了一口氣，沿牆往後宅的方向奔去。逾牆而入，到了後宅，確定沒有巡邏的侍衛和惡犬後，才落到地上。察看了一番後宅的情勢後，二人又確定了郡守殷通的住所方向，才射出勾索，往屋頂上爬去。一口氣潛過數重屋宇後，突聽得下面傳來兩人的說話聲。只聽一個聲音尖細些的道：「老爺這兩天神情恍惚慌慌張張的，我看都是因那金輪法王和千毒法王引起的。」

另一個聲音混啞些的道：「嗯！我還聽說兩位法王是趙高丞相派來籠絡大人的，看來趙高心懷不軌呢！」

先前的聲音道：「大人也不知為何竟不願與他們合作？聽說金輪法王用趙丞相令牌釋解了大人兵權，即日要把城中的十萬精兵調走呢！」

混啞聲音道：「唉，現在兵荒馬亂的，反賊又多，城中無兵，我看我們吳中城要失守呢！」

尖細聲音道：「這話可說不得！被人聽到告了大人，腦袋可能不保了！走吧！大人和屈集先生還在商量著什麼事呢！若是被他見到我們偷懶，可就有得罪受了！」二人長吁短歎、罵罵咧咧的嘮叨一番後才大大咧咧的走開了。

項少龍聞聽得二人這一番話，心下又驚又喜。

果真與自己等所猜般，趙高派二大法王來吳中是有陰謀的。殷通為何不願與趙高合作呢？難道他自己也想獨立起兵反秦？但是現在他的兵權被金輪法王釋解了，城內秦兵也將被調走，殷通又有何憑藉呢？唉！管他的呢！反正他越空虛，對自己來說就越方便行事！心下想來，與項羽暗握了一下手，二人展開敏捷的身手，向殷通的會客室爬去。

「哼！他趙高在朝中可以驕橫跋扈，但在我這吳中他算什麼東西？連一個草莽市井之輩陳勝也鬧得天下沸沸揚揚！嘿！這秦王朝是要完蛋了。老子現在誰的帳也不賣！」

一陣叱喝之聲突地傳入項少龍和項羽耳內，讓得二人心神同時一震之後，又是大喜。

聽這人說話的語氣，定是殷通無疑了！想不到火氣這麼大！

一個尖沉的聲音道：「但是大人，我們現在又不可跟他們明目張膽的對著幹，所以還是得忍上一忍啊！只要待我們找到了吳起將軍當年大敗趙國時奪得的珍藏，那我們就可……嘿，吳中乃是個地廣人多物厚的『天府之國』，只要有了經費，興兵二十來萬應該是沒問題的。」

殷通道：「可是屈先生，如今連那些草莽市井人物都稱王號君的，假若我們不趁機及時而動，將來恐怕難免居人之下，受別人的控制。」

屈先生道：「大人，有句俗話叫作『小不忍則亂大謀』。嘿，先叫那些烏合之眾鬧得個天翻地覆，待我們一切準備就緒後，就大舉向秦朝進攻，只要我們率先攻下了咸陽，那這天下還不是我們的？」

殷通道：「屈先生的話是有道理，可是現在我們就這麼白失了十萬大軍，我心裡咽不下這口氣呢！」

屈先生道：「這個大人也不必有氣。想這十萬大軍全是秦兵，到時我們要去反秦，他們會聽令我們的調遣麼？所以失去這十萬秦軍對我們來說，雖有害卻也有利。因為軍隊調走了，我們吳中城在朝廷那些人眼中就顯得不為重要了，如此我們興兵反秦也就不會那麼張揚。這就叫作有一得必有一失。」

殷通「嗯」了一聲突轉變話題道：「聽那金輪法王說國師曹秋道的女徒弟善柔也帶了一幫人來到了咱吳中，你看他們又有什麼動機？」

屈先生似是沉吟了一番後道：「曹秋道素來和趙高合不到一塊來。我看他們來吳中可能是曹秋道發覺了趙高想篡位謀權的野心，所以受曹秋道之命跟蹤金輪法王他們而來的。」

殷通哈哈笑道：「若真如此，我們就可來個一石二鳥之計了！」

屈先生道：「大人是說，我們可以在國師曹秋道女徒面前搬弄趙高的是非，讓他們狗咬狗？」

殷通笑道：「還是屈先生最瞭解我！噢，對了，那善柔一行到得城中的哪家客棧投宿了？」

屈先生道：「據探子回報是『悅來客棧』！」

項少龍和項羽聽得暗暗大驚，想不到自己等人在敵人的監視之下卻還不知道，幸好這殷通沒有動什麼殺機，否則……

又聽得殷通和屈先生密商了一些什麼計畫，最後聲音越說越低，二人聽不清了，正待離去時，突聽得一陣慌亂的叫喊聲道：「抓刺客！抓刺客！」

項少龍聞聲心下大驚，忖道：「糟了！莫不是梁弟？」

請續看《尋龍記》卷四 闖關

無極作品集

尋龍記 卷三 陰謀

作者：無極
發行人：陳曉林
出版所：風雲時代出版股份有限公司
地址：10576台北市民生東路五段178號7樓之3
電話：(02) 2756-0949
傳真：(02) 2765-3799
執行主編：劉宇青
美術設計：許惠芳
業務總監：張瑋鳳
出版日期：2024年10月
版權授權：蔡雷平
ISBN：978-626-7464-65-6
風雲書網：http://www.eastbooks.com.tw
官方部落格：http://eastbooks.pixnet.net/blog
Facebook：http://www.facebook.com/h7560949
E-mail：h7560949@ms15.hinet.net
劃撥帳號：12043291
戶名：風雲時代出版股份有限公司

風雲發行所：33373桃園市龜山區公西村2鄰復興街304巷96號
電話：(03) 318-1378　　傳真：(03) 318-1378
法律顧問：永然法律事務所 李永然律師
北辰著作權事務所 蕭雄淋律師

行政院新聞局局版台業字第3595號 營利事業統一編號22759935

定價：340元

國家圖書館出版品預行編目資料

尋龍記／無極 著. -- 臺北市：風雲時代出版股份有限公司，2024.10 -- 冊；公分
ISBN：978-626-7464-65-6（第3冊：平裝）

857.7　　113007119